独身貴族は異世界を謳歌する

～結婚しない男の優雅なおひとりさまライフ～

1

錬金王
ill. 三登いつき

GC NOVELS

ジルク＝ルーレン
現代日本から転生した
筋金入りの〝独身貴族〟

ルージュ
ジルク工房の営業担当。
家族を愛する常識人
トリスタン
少しお調子者な魔道具師見習い
（彼女募集中）

カタリナ＝マクレール
作曲家志望のヴァイオリニストで
ジルクの隣人
「じゃあ、俺は帰る」
「待って！」
そう思って立ち上がったのだが
カタリナが裾を引っ張ってくる。
「なんだ？」

独身貴族は異世界を謳歌する

~結婚しない男の優雅なおひとりさまライフ~

1

錬金王

ill. 三登いつき

GC NOVELS

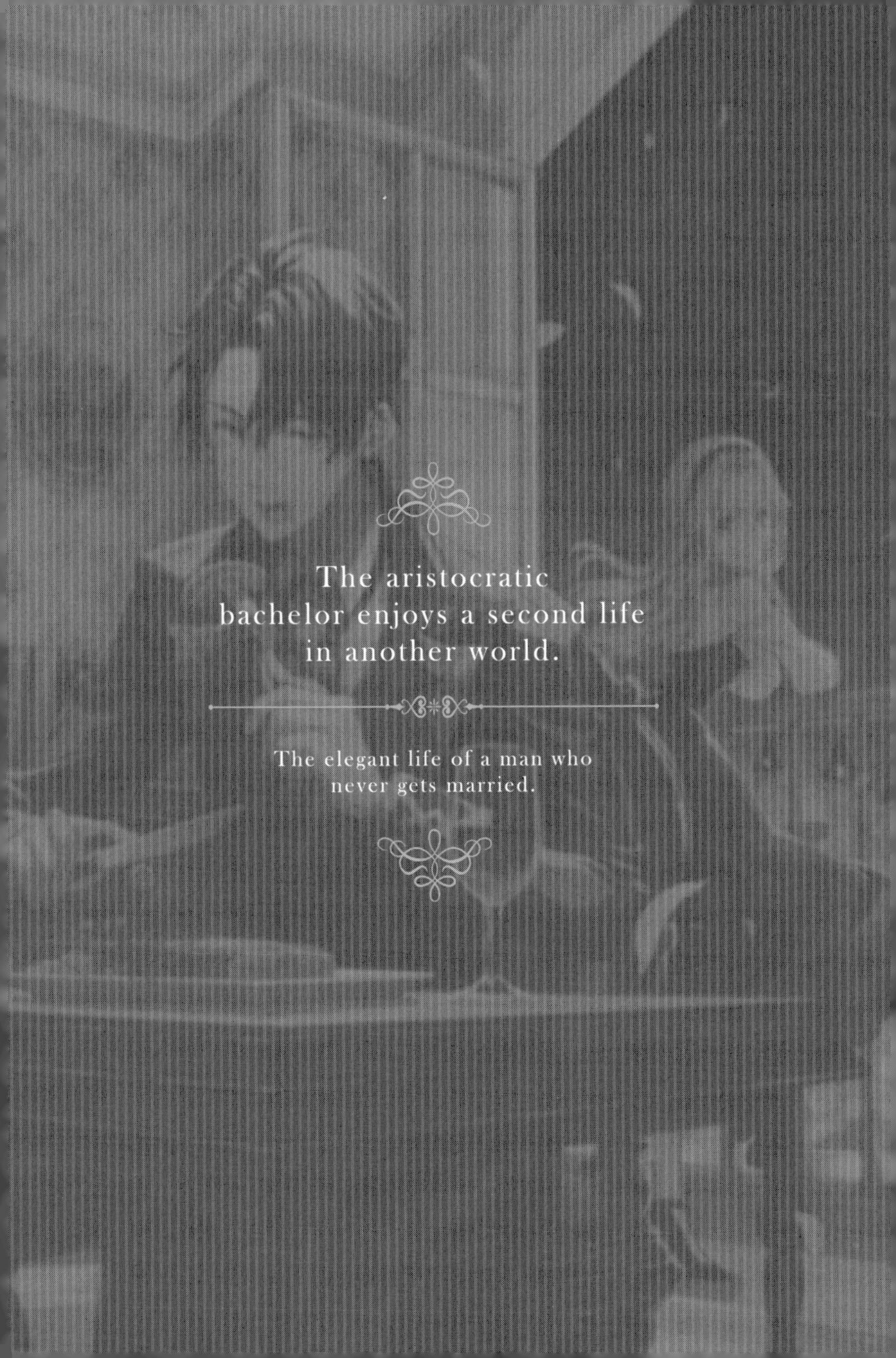
The aristocratic
bachelor enjoys a second life
in another world.
The elegant life of a man who
never gets married.

1話 Episode 01

独身貴族は孤独死する

二〇××年。

現代日本は少子化問題を抱えていた。

厚生労働白書によると、生涯未婚率が男性で約二十六パーセント、女性で約十七パーセントにまで上昇。

その十年後には男性で約三十パーセント、女性で約二十三パーセントになる見通しだ。

少子化の原因としては非婚化による未婚率の増大が挙げられる。

それらには経済的要因や心理的要因、環境的な要因などもあるが、独身貴族の台頭も大きな要因の一つであった。

——独身貴族。

結婚しておらず経済的に独立しており、稼いだお金も時間も全て自分のために使える独身者。

この物語はそんな独身者の一人である、独楽場《こまば》利徳《りとく》（三十五歳）の独身生活を描いたものである。

自宅のキッチンにて、俺はステーキを焼いていた。

買ってきたのはお気に入りの精肉店で買った高級和牛肉。

一食分の値段としてはかなり高いが、金には余裕があるので問題ない。

フライパンの上には脂の乗った大きなステーキとスライスしたニンニクがあり、ジュージューと音を立てている。

味付けは塩、胡椒《こしょう》とシンプルな調味料のみ。上質な肉の前ではそれ以外の味付けは不要だ。

ステーキに火が通るのを確認したら、最後にワインをかけて香りづけ。

うちのコンロはＩＨで火がつかないので、ライターを使って直接火をつける。

すると、ボウッと音を立てて炎が立ち昇った。

「……いい焼き上がりだ」

勢いよく燃え上がる炎に興奮しつつ焼き上げたら、食器棚から取り出した皿に盛り付けた。とはいえ、ステーキ単体だけというのも彩りが足りないので、作り置きしておいたポテトサラダと、バターで炒《いた》めたニンジンとインゲンを盛り付けた。

彩りとしてはこれで十分だろう。今日のメインはステーキだ。あまり彩りばかりに力を入れても仕方がない。

キッチンからリビングのテーブルに食器を持ち運ぶ。

ステーキのお供になるのは白ワイン。グラスを用意すると、そこになみなみと注ぐ。

驚く人も多いかもしれないが、和牛には断然白ワインがオススメだ。

和牛の霜降り肉は質が高くなればなるほど、脂の割合が多くなる。

その脂をより美味しくするには赤ワインよりも白ワインだ。脂肪の塊であるフォアグラが白ワインと合うのと同じ理屈だ。

さらに軽く焼いたバゲットを用意すれば夕食の完成だ。

「いただきます」

焼き上げた霜降り和牛にナイフを入れるとスッと切れて、肉汁が零《こぼ》れ出る。

柔らかい肉の感触に期待が大きくなり、一口サイズにしたものをようやく口に入れた。

噛《か》みしめた瞬間に広がる肉汁、そして旨《うま》み。

噛み進めていくと口の中でスッと溶けていくような柔らかさだ。

そして、その脂が舌の上に残っている内に白ワインで流し込む。

残っていた脂と白ワインが混ざり合う。

「……美味《うま》い」

食べて美味い。飲んでも美味い。その連鎖が永遠と続き、俺のフォークが止まることはない。

一人で好きなものを好きな時に食べる。最高だ。

俺は今年で三十五歳を迎えた。世間ではこの年齢になると、当然結婚しているかのように見られるようだが俺は違う。

昔から俺は一人が好きだ。

それは身内に対しても例外ではなく、一人の時間が好きだった。

結婚した奴等《やつら》は、愛する女性との生活の良さを語り、子供を育てることの充実感を語ってくるが、俺にはまったく共感できないし響かない。

結婚しなければ結婚費用が必要ない。子供を作らなければ養育費も必要ない。

消えていくのが確定しているお金の全てが自分に使えるのだ。これほど幸福なことはないだろう。

誰かがいればペースを乱される。

なにかを決定するのに誰かを考慮する必要がある。

誰かと一緒にいるとどうしても妥協したり、譲り合う必要がある。

それらは避けては通れない。

そんな人間関係のしがらみが俺は堪《たま》らなく嫌だった。

だから、誰にも縛られることなく、自由に一人の時間を過ごすのだ。

世の中は晩婚化や非婚化による少子化などと嘆いているが関係ない。

今や多種多様な思想が認められている社会だ。結婚したい奴が結婚し、したくない奴はしなければいいのだ。

ステーキを食べ終わると後片付けをし、リビングにあるスクリーンを下ろす。

プロジェクターを起動すると、機器を操作して今期のアニメをスクリーンに映し出す。

設置されたスピーカーから軽快な音楽が鳴り、可愛《かわい》らしいキャラたちが動き出す。

「これぞ夢のホームシアターだな」

同棲者《どうせいしゃ》がいれば迷惑極まりない行いだが、この家に住んでいるのは俺一人だ。

誰の目も気にする必要なく、好きにアニメを観《み》ることができる。

アニメ鑑賞のお供にはポテトチップスのコンソメ味とコーラだ。

塩味ではなくコンソメ。ここは譲れない。

物語に没頭しながらポテチを食べて、コーラで流す。

夕食に比べればチンケな取り合わせかもしれないが、不思議とこういったジャンクなものの美味《おい》しさは侮れないな。

夜遅いことも相まって、背徳感がすごいな。

こんなことをすれば絶対に身体に響くだろうが、そんなデメリットから目を逸《そ》らしてしまうほどこの組み合わせは悪魔的だった。

まあ、明日はジムにも通うし大丈夫だろう。そこで今日摂取したカロリーを落としてくれればいい。

そんな現実逃避をしながら俺はスクリーンに映るアニメに没頭していくのだった。

アニメの区切りのいいタイミングで息を吐《つ》いて、時計を見ると時刻は二十四時ちょうどだった。

「……もうこんな時間か」

どうやら二時間くらい夢中になって観ていたらしい。

ポテチとコーラはとっくに空になっているが、二時間の充実感の代償と考えれば安いものだ。

「風呂に入ってさっさと寝るか……いや、その前にゴミを捨てておくか」

明日は燃えるゴミの日だ。うちの区画の収集は一番目なのか、出社と同時に捨てていては間に合わない時がある。

そうなってはまた数日間をゴミと一緒に過ごすことになる。そのような地獄を味わうくらいであれば、前日の夜に捨ててしまう方が遥《はる》かに楽だ。

ただでさえ、朝は忙しいのだ。無駄なタスクは残しておきたくない。

そう決めて俺は面倒に思いながらもゴミを集めて、指定のゴミ袋へと纏《まと》めた。

ずっしりとしたゴミ袋を持ち上げて、玄関に向かおうとすると突然胸に痛みが走った。

「ぐっ、うううううっ⁉」

かつて経験したことのない胸の痛み。

あまりに痛くて苦悶《くもん》の声を上げながらリビングに倒れてしまう。

それに痛みだけでなく呼吸もできない。大きく口を開けるも、上手《うま》く酸素が入ってこなかった。

助けの声を上げようにも最早《もはや》声すら出ない。

仮に出たとしても俺は一人暮らしなので誰かが駆けつけることはない。高級マンションとあってかここは防音もしっかりとしているので、ちょっとした声では誰かに届くこともないだろう。

そんなことをつらつらと考えていたが、思考が混濁《こんだく》してくる。

あれほど苦しかった胸の痛みも感じない。痛みの感覚すらなくなっているのか。

徐々に視界が暗くなっていき、擦《かす》れた自分の吐息しか聞こえない。

……俺はここで死ぬのか？

朦朧《もうろう》とした意識の中で浮かんだその言葉を最後に、俺の意識は完全になくなった。

✣ ✣ ✣ ✣ ✣

ふと目が覚めると、俺は真っ白な空間にいた。

「……どこだここは？」

ついさっき、ゴミを捨てようとしていたら胸に痛みが走って……あまりの苦しさにリビングで倒れたはず。

運良く病院に運ばれて意識を取り戻したのかと思ったが違う。

そこには区切りというものがなく、延々と平坦《へいたん》な白が続いている。

あまりにも続きすぎて、少し歩けば最初に立っていた場所がわからなくなるくらいだ。

病院でもないとすれば、ここは一体どこなのだろう？

「良かった。無事に魂を呼ぶことができたみたいだ」

首を捻《ひね》っていると、後ろからそんな声が聞こえてきた。

振り返ると、そこには優しげな顔立ちをした金髪碧眼《へきがん》の男性が立っていた。

くすみ一つない白い肌、整いすぎと言えるほどの完璧な顔の輪郭、すうっと通った鼻梁《びりょう》に形の良い薄い唇。

同じ人間とは思えないくらい顔や身体の造形が整っている。どこか人形じみた男性だった。

髪色や瞳の色だけでなく、身に纏う衣装も一般的なものではない。

魔法使いのようなローブを身に纏っている。コスプレイヤーという可能性もあるが、それにしては自然だ。

「……誰だ？」

「そうだね。君が理解しやすいように言うと、地球を管理している神様さ」

「……神だと？」

2話
Episode 02

独身貴族は神と出会う

「うん、僕は神様さ」

怪しむように言った俺の言葉に怯《ひる》むことなく、地球の神と名乗る男性は胸を張って言った。

言っていること自体は荒唐無稽《こうとうむけい》で実に胡散臭《うさんくさ》いが、嘘《うそ》をついているような仕草や騙《だま》すような意図は表面上では見えなかった。

「酷《ひど》いな。僕のことを胡散臭いと思うなんて」

「心の声でも読めるのか？」

「ここは僕が創造した空間だからね。僕にできないことはないと言っても過言ではないさ」

神と名乗る男性はそう言うと指をパチンと鳴らす。

すると、何もない真っ白な空間が次々と景色を変えていく。

緑豊かな森の中、荒涼とした大地、深い海の中、果てには都心の風景へと。目まぐるしく風景が変わると、ようやく元の白の空間へと戻った。

「ほらね？」

「……そのようですね」

「あはっ、急に丁寧な態度になったね」

この男性が神様かそうじゃないかは置いておくとして、ここでの主導権を握っているのは確かだ。

あまり失礼なことはしない方がいいだろうな。

「あなたが神様だとすると、どうして俺はここに来ることになったのでしょう？」

「君はついさっき倒れ、そのまま自宅で死んでしまったからだよ」

神に言われて改めて先ほどの状況を思い出す。

なんとなく予想はついていたが、やはり俺は死んでしまったらしい。

「せめてパートナーがいれば、自宅で誰にも発見されず孤独死するようなこともなかったんだけどね」

「余計なお世話だ」

神とやらが、妙に皮肉チックなことを言ってくるので素が出てしまった。

思わずハッと我に返るが、神は苦笑いをしながら「素の口調でいい」と言ってくれた。

神にため口というのも違和感があるが、丁寧に話していては時間がかかるし、ここは甘えさせてもらうことにしよう。

「確かにあの時は危ない状況だったけど、誰かが近くにいて病院に搬送してもらえれば助かった可能性はあったんだよ？　結婚さえしていれば、こんなことにはならなかった」

「そういうリスクも承知の上で俺は独身でいたんだ。たとえ、虚《むな》しく孤独死しようとも悔いはない」

独身を貫くことでの大きなリスク。それは自身の健康だ。

たとえ、一人で生きていく覚悟と能力があったとしても、健康というものには抗《あらが》えない。

自分が病気で動けなくなったり、怪我《けが》をしたりすれば、独身者は途端に身動きがとれなくなる。

病院に行くのも一苦労だし、今回のように倒れてしまっても誰にも気付いてもらえない。

だが、そんなことは百も承知だ。将来を懸念して、好きでもない人と一緒に暮らすだなんてバカげている。

たった一つの保険のためにそれ以外の時間を台無しにされるなんて俺には我慢ならない。

ストレスを抱えながら誰かと過ごすよりも短命で楽しく過ごせる方がマシだ。

事実、俺は神とやらに死んだと言われても何も後悔はしていない。

三十五歳で死亡という平均寿命よりも遥《はる》かに早い最期だったが、自分の好きなようにストレスフリーに生きることができた。

俺はその結果に満足している。

「……君も筋金入りだね。こういう末路をたどった人は多少なりとも後悔するものなのに」

そこで後悔するということは、心のどこかに結婚してでも長生きしたいという思いがあったのだ。

冷静な自己分析ができていないそいつが悪い。

「ところで俺はどうしてここに呼ばれたんだ？」

「とある神が君のことをとても気に入ってね。君をここに呼ぶように頼まれたんだ」

「とある神というのは？」

「あそこにいる神さ。独神《ヒトリガミ》っていうんだ」

神が指をさした方向を見ると、そこには白い空間の中でポツリと佇《たたず》む黒髪黒目の男性がいた。前髪はとても長く目元がやや隠れている。

あれが俺を気に入っている独神？　フードを被《かぶ》っており、なんだか陰気なオーラを纏《まと》っている。

「……遠くないか？」

「そうだね。こっちにおいでよ」

地球神がそう声をかけるが、独神は首を横に振る。

自分が気に入って呼びつけるように頼んだのに、関わってこないとはどういうことだ？

「本当にそれだよね。相変わらず彼は一人が好きなんだから」

「もしかして、独神というのは孤独を愛する神か何かか？」

「その通り。彼はとにかく孤独を愛する神でね。確固たる強い孤独の意思を抱いている君を気に入ったみたいなんだ」

「…………」

地球神がそう言うと、独神がコクリコクリと頷《うなず》く。

しかし、彼は頷いただけで特に自分から何も話そうとはしない。

いや、ここは独神が俺をここに呼んだ流れを説明するところじゃないのか？

「……それで独神は独楽場君をどうしたいの？」

尋ねられると独神は地球神を呼びつけて、ぼそぼそと耳打ちをする。

この距離で実際に相手がいるのにどうして普通に喋《しゃべ》らない？

「なるほど……どうやら独神は君を異世界に招待したいみたいだ」

「異世界というと、漫画やアニメにあるようなファンタジー世界か？」

「その通り。独神の管理する世界は現代日本とは違ったスキルや魔法といった力が存在し、魔物といったファンタジックな生き物が棲息《せいそく》している世界……だったよね？」

地球神が確かめるように言うと、独神はこくこくと頷く。

どうやら進行役はこのまま地球神がやってくれるらしい。

「本来なら人は転生する際に人格や記憶はリセットされてしまうのだけど、君の場合はリセットされずに独神の世界で生まれ変わることになる」

異世界への転生というやつか。死ぬ前に観《み》ていたアニメが、ちょうど異世界転生系だったのでおよそは理解できる。

「異世界に俺を呼んでくれるのは光栄だが、俺に何をしてほしいんだ？」

独神と俺に一種の親和性があり、気に入ってくれたのはわかったが、異世界に呼ばれて何をすればいいのかわからない。

そのことを尋ねると、再び独神が地球神に耳打ちした。

「そこで自由を謳歌《おうか》してくれればいい……と言っているよ」

「ただ好きに生きるだけで独神のメリットになるのか？」

怪訝《けげん》に思いながら再び問いを重ねると、独神はこくこくと頷いた。

それだけでどのような利があるのかは不明であるが、それであいつは嬉《うれ》しいらしい。

「……もし、仮に生まれ変わることを断ったらどうなる？」

「そうなった場合は君の魂は塵《ちり》になるね。既に輪廻《りんね》転生の輪から外れてしまったから、君という存在が生まれ変わることはなく無になるよ」

サラッと恐ろしいことを言う地球神。

死んだという事実に変わりはないし、どうあがいても現代日本に蘇《よみがえ》ることはない。

だとしたら、独神の世界への生まれ変わりを受け入れるのが正解か。

「神の気まぐれで人の子を振り回すのも申し訳ないから、君に異世界で暮らしていけるように力を優遇してくれるそうだよ」

「それはさっき言ったようなスキルや魔法とやらの力か？」

「うん、そうなるね」

「それはどんな力でもいいのか？」

「与えられる力に限度はあるけど、可能な限り叶《かな》えると独神は言ってるよ」

「力を貰《もら》うにあたって色々と質問をしたい。少し時間を貰ってもいいだろうか？」

「構わないよ」

俺の質問に地球神と独神はしっかりと頷いた。

3話
Episode 03
独身貴族は異世界に転生する

独神の世界に転生させてもらうことになった俺は、異世界で生きていくために色々と質問を重ねた。

独神の管理している世界は、ゲームやアニメに出てくるようなファンタジーな世界で、スキルや魔法といった力が存在し、人を襲う魔物が跋扈《ばっこ》している。

文明レベルは地球でいう中世くらいで、科学の文明はそれほど発達していない。

「つまり、異世界での生活は現代日本よりも不便ということか」

快適な独身生活を送る上で不便なのはいただけない。日本で暮らしていた快適な生活も、素晴らしい生活家電があってこそだ。それらがない世界で生きるというのは大変そうだ。

「自分の管理している世界のことを言うのもなんだけど、地球で生きている人間の楽をしたいという欲望は他の世界に比べて群を抜いているね。独神の世界でも魔道具といった家電に変わるものは開発されているけど、遠く及ばないよ」

「魔道具？　異世界にはそんなものがあるのか？」

「確かあったよね？　魔物の素材や魔力を利用して作る生活家電みたいなものが」

地球神が確かめるように言うと、独神は頷《うなず》いた。

なるほど。だとしたら魔道具を作る能力を手に入れて、異世界で現代日本の家電を再現してみるのも悪くないかもしれない。

魔道具を作るというのは、特別な職業だろう。その道に進んでいけば、少なくても食いっぱぐれることはなさそうだ。クリエイター的な職業なので、日本での生活のように会社に縛られることもないだろう。

独身で生きていく以上、人一倍のお金は必要だ。

独神の管理する異世界では老人ホームなどといったものはない。大抵のものは家族に世話をしてもらう場合が多く、裕福な者は金で使用人を雇って面倒を見てもらうそうだ。

当然、家族なんてものを作るつもりはさらさらないので前者は却下。従って俺の老後は後者になるだろう。

だとすると、一般人よりも多くのお金が必要だ。

金があれば大抵のことはなんでもできる。

金を稼げる職業を手に入れておくに越したことはない。

いいぞ。地球神たちと会話をしていくと、だんだん方向性が固まっていく。

「貰《もら》える能力とやらは一つだけなのか?」

「複数でも構わないそうだ。ただ、望む能力が大きければ大きいほど与えられる数は少なくなるよ」

「魔道具を作る能力を所望したいのだが、それは大きな願いになるか?」

「……へえ、面白いことを望むね。その程度ならまだまだ与えられるよ」

どうやら魔道具を作るのは、それほど大きな力にカテゴライズされないらしい。

それなら他に欲しいものを願っても大丈夫そうだな。

「では、病気にならない丈夫な身体が欲しい」

「勿論《もちろん》、可能だけど理由を聞いてもいいかい？」

「どれだけ人生設計をしようとも、健康寿命だけはどうしようもないからな」

そう、さっき俺が死んだようにどれだけいい仕事について、快適な生活を手に入れようともすぐに死んでしまっては味気ない。

「新しい人生が待っているっていうのにもう独身生活を決め込んでいるのかい!?」

「当たり前だ。俺は異世界に行こうが結婚はしない」

たとえ、環境が変わっても一人が好きなことに変わりはない。何を当たり前なことを言っているんだ。

「……一度痛い目を見ても、なお独身を貫こうと決めている姿勢にはあっぱれだよ。道理で独神が気に入るはずさ」

地球神の横では、独神が手を叩《たた》いて爆笑している。

転生しても独身でいようと決めている俺の姿勢をとことん気に入っているらしい。

まあいい。病気にならない身体が貰えるのなら、また早死にする可能性も低くなったし、将来の健康とやらに怯《おび》えて結婚するなどという守りに入る必要もないな。

身体が弱ると心も弱る。独身生活を貫くと決めている俺でも、心身が弱るとどうなるかわからないからな。

それを事前に潰すことができる道筋が選べたのは僥倖《ぎょうこう》だ。

別に子供は好きでもないし、嫌いでもない。強いて言うならば「無」だ。

育てることに喜びなど感じないし、孤独を辛《つら》いと思うことはない。

独身生活を送る上でのメリットが伸びて、デメリットが完全になくなった形になる。

これでいよいよ俺にとって結婚する意味はなくなったな。

なんて考えて一人笑っていると、地球神がドン引きした顔をし、独神は相変わらず嬉《うれ》しそうに笑っていた。

「この二つの他にもまだ貰えるのか？」

「まだいけるよ」

「じゃあ、最低限の魔法が扱える力と剣術、体術を頼みたい」

ただでさえ、戦闘とは無縁の世界で過ごしてきた俺だ。少しくらい戦闘の素養がないと、魔物が跋扈する異世界では生き抜けないだろう。

「それなら【全属性適性】と【剣術】【体術】スキルといったところかな？　こんな地味なスキルでいいの？　もっと君が知っているゲームやアニメのような強いスキルもあるんだよ？」

地球神がどこか試すような口ぶりで言ってくる。

「こういうのは地道にコツコツと育て上げるから楽しいんだろう？　これ以上のものは不要だ」

確かにそういうことを考えなかったかと言うと嘘《うそ》になる。

とんでもない魔法が扱えたり、チートじみたスキルもあったりするのだろう。

しかし、そんなものに興味はない。

別に異世界で最強になりたいわけではないんだ。

俺が目指すのはあくまでも優雅な独身生活。ただそれだけだ。

「地球にいる独身者ってコツコツとやるのが好きだもんね」

「自己投資と言ってくれ」

自己投資はいいぞ。読書に資格の勉強に筋トレ。

読書は自分の視野を広げてくれ、知識を増やしてくれる。

資格の勉強をすれば、挑戦という刺激が得られ、自らの能力を高めることができる。

さらに筋トレは自らの身体能力を高めるだけでなく、精神的安定性を生む。

どれも有意義な人生を過ごすためにやっておいて損はないことだ。だから、俺たち独身者は自己投資を惜しまない。

「……自己投資の良さはわかったから。それじゃあ、君には魔道具師としての素養、【健康な肉体】【全属性適性】【剣術】【体術】といったスキルを与えるよ」

地球神がそう言ったものの、実際に与えてくれるのは独神らしい。

彼の身体から黒いオーラが立ち昇り、俺の身体へと注がれた。

「それじゃあ、説明も終わったし、力も与えたことだから君を独神のいる世界に送るよ」

地球神がそう言って腕を振るうと、俺の足元に大きな魔法陣が広がり、輝き出す。

立ち昇る粒子の奥では独神が不気味な笑みをこちらに向けて消えた。

「それじゃあ、独楽場君の新たなる人生に幸福があることを願うよ」

結局、最後まで独神は俺に一言も話しかけることはなく、俺は粒子に包まれて異世界とやらに転生した。

✥ ✥ ✥ ✥ ✥

目覚めると藍色の髪をした若い女性がこちらを覗《のぞ》き込んでいた。

年齢は十代後半だろうか？　整った顔立ちをしておりエメラルドのような瞳が特徴的だ。

その隣には栗色《くりいろ》の髪をした男性がおり、黒ぶちの眼鏡をかけている。

二人ともとても優しい笑みを浮かべていた。まるで愛《いと》おしいものを見るような視線だ。

その視線がどうにも慣れなくて、俺は視線を周りに巡らせる。

しっかりとした天井があり、本棚やクローゼットが置かれていた。

部屋の内装や調度品を見ると、それなりにいい家のような気がする。

さらに巡らせるとずんぐりとした手が映った。

三十五歳とは到底思えない小さな手に身体。

どうやら地球神の言っていた通り、本当に独神の世界に転生させられたらしい。

とすると、目の前いる二人は俺の両親かもしれない。

「――――……――――」

女性がにっこりと笑って何かを言った。

しかし、何を言っているのかまったく聞き取ることができなかった。

聞こえてきた音から察するに日本語とは違うようだ。

「ううー、ああー」

試しに声を出そうとしてみるが、まったくもって舌が回らない。

赤ん坊故に舌の回りも悪いのだろう。出てきたのは完全に喃語《なんご》だった。

しかし、両親はそれを喜び、女性がとびっきりの笑顔で俺を抱き上げた。

身体こそ赤ん坊であるが、意識は前世の三十五歳のまま。

自分より若い女性に抱え上げられるなど、羞恥《しゅうち》以外の何ものでもなかった。

しかし、今の俺は非力な赤ん坊だ。抵抗できるはずもなく、俺は母親にあやし続けられた。

……地獄だ。

4話 Episode 04 独身貴族は将来を有望視される

赤ん坊として異世界に転生し、八年の月日が経過した。

歩くことさえできなかった俺だが、今ではすくすくと成長し立派な八歳児。

藍色の髪にエメラルドのような瞳。どうやら俺は母さん似の容姿みたいだ。

俺が転生したのは、ルーレン家といって魔道具作りを生業《なりわい》とする家系であり、貴族だ。

先祖代々、魔道具を作り出す魔道具師であり、作り出した魔道具が認められて子爵の位を賜《たまわ》ったそうだ。

生まれ変わり先が魔道具師の家系というのは運が良すぎるので、これも独神の力によるのだろう。

子供の頃はこつこつと勉強を重ね、ある程度の年を経てから学ぶことになるかと思っていただけに、この恩恵はとても嬉《うれ》しかった。

屋敷の中には様々な魔道具がある。

火打ち石を必要とせずに種火を作り出せる魔道具。

一定の水を放出し続けることのできる魔道具。

電気を使うことなく光を灯《とも》し続ける魔道具。

それを作るために必要な魔石や魔物の素材で溢《あふ》れていた。

そして、何より父や母が魔道具師というのが大きい。

魔道具に関係することはすぐに教えてくれるので、俺は小さな頃から魔道具作りについて学ぶことができていた。

将来、魔道具師を目指している身からすれば、この恩恵は一番に嬉しいものかもしれない。

「ジルク、何をやっているんだい？」

リビングにやってきたのは、栗色の髪と黒ぶちの眼鏡が特徴的な父のレスタだ。

ジルクというのは俺の名前だ。ジルク＝ルーレン。それが第二の人生の俺の名前だった。

この世界の言葉は当然日本語ではなかったために戸惑ったが、さすがに八年も生活をしていると習得することができる。

「新しい魔道具の設計図を描いている」

「へえ、どんなものだい？」

「冷蔵庫っていって、箱の中を冷気で満たして食べ物を長い間保存できるようにしたいんだ」

この世界には前世で暮らしていた便利なものはない。だから、魔道具でその再現を目指していた。

今は将来に向けて冷蔵庫を作るべく、自分の知識で再現できそうなところを描いている。

現在の季節は夏。この世界では一般的に食材の保存は塩漬けにしたり、乾燥させるといった手段しかない。

それではこのような気候に、まともに新鮮な食材が食べられないことになる。

俺の人生の中でも食事は大きな娯楽に入るので、クーラーや扇風機よりもこちらを先に開発したかった。

「……これは」

微笑《ほほえ》ましい父親の顔をしていた父であるが、俺の設計図に目を通すと徐々に瞳が真剣なものと化した。

普段、穏やかな顔つきをしているだけに真剣な表情になった時の変わりようはすごい。

「どうしたの、レスタ？」

レスタが目を皿のようにして設計図を眺めていると、今度は俺と同じ髪色をした女性が入ってきた。

ミラ＝ルーレン。今世の俺の母親となる人物であり、レスタと同じく魔道具師でもある。

「ジルクが考えた魔道具の設計図だ。見てくれ」

血相を変えているレスタの様子に驚きながらも、ミラは身を寄せて俺の設計図に視線をやる。

すると、レスタだけでなくミラも目の色を変えた。

「……熱気を遮断するためにもう少し箱は分厚くした方がいいかも、それにこの魔力回路じゃ氷魔石から取り出せる冷力と持続時間が心配だわ」

なるほど、さすがはプロの魔道具師とあって俺では気付かない点を指摘してくれる。

前世のような完璧な素材がないから、既存の素材ではまだコンパクト化は難しいようだ。

「冷気は下に落ちる性質があるから、あまり強い冷気が出なくても問題ないかなって思った」

「なるほど、それで氷魔石を上部にはめ込んでいるのね」

「でも、食材を冷凍保存できるようにもしたいから、魔力回路の効率化と増強はしたいかも」

「それなら氷魔石を二つにして魔力回路を直列にすればできるかも？」

「でも、それじゃあ氷魔石の消耗が激しいよ。まずは回路を見直してみよう」

魔道具作りの話になったのか、俺を置いてけぼりで白熱した会話を広げる両親。

習っていない部分もあるので、ついていけない部分があるのが少し悔しい。

「まだまだ詰めるべき部分はあるけど、魔道具として立派に成り立つわ。しかも、この魔道具は絶対に売れる。この設計図は本当にジルクが描いたの？」

「うん」

俺がそう答え、レスタもしっかりと頷《うなず》くとミラは信じられないとばかりに目を見開いた。

しかし、その後すぐにとびっきりの笑顔を見せて俺に抱き着いた。

「ジルクは天才ね！　まだ八歳なのにこんなにもすごい魔道具の発明ができるなんて！」

「本当に信じられないよ。ジルクがいれば、ルーレン家は安泰だ」

ミラだけでなくレスタまでも俺に抱き着いてくる。

夏なので二人が抱き着いてくると少々暑苦しいが、俺のことで喜んでくれているので無下にもできない。

俺はミラとレスタの興奮が収まるまで、ずっとされるがままに褒められ続けた。

✢ ✢ ✢ ✢ ✢

冷蔵庫の設計図を両親に見せてから、二人は各所に連絡をとって必要となる素材を集めていた。

俺はといえば、両親からの課題として冷蔵庫の効率化を考えていた。

勿論《もちろん》、効率化の正解は現役魔道具師である両親が既に答えを出しているのだが、それでは俺の成長にはならないとのことで俺なりの答えも導き出すようにとのことだ。

両親の厳しさに涙が出そうであるが、魔道具師としての経験を積むためなので俺は精力的に取り掛かっている。

小さな頃から魔道具の開発に携わったというのは、将来の実績になる。その時にしっかりと胸を張れるように相応の実力を身につけておかなければ。

優雅な独身生活を送るためにも、自立した力は必要だ。

そんなわけで両親から与えられた効率化の本を片手に、設計図や魔力回路を見直す作業を行っている。

「お兄ちゃん、遊ぼう！」

しかし、そんな俺の精力的な作業を邪魔する存在がいた。

イスに座って作業している俺の服の裾を引っ張ってくる。

しかし、俺としてはそれどころではないので無視。

「ジルクお兄ちゃん！」

しかし、相手はそれに業を煮やしたのか裾をさらに強く引っ張り出した。

「おい、やめろ。服が破けるだろ」

さすがにその力の込め具合に危機感を抱いた俺は、仕方なく言葉を発する。

振り返ると栗色の髪をツインテールでくくった少女と、藍色の髪をした大人しそうな少年がいる。

少女の方はイリア＝ルーレン。少年の方はアルト＝ルーレン。

今世における俺の妹と弟であり、俺が優雅な独身ライフを送るための勉強時間を削ってくる存在だ。

「だって、お兄ちゃんが遊んでくれないんだもん！」

「俺は魔道具を改良するのに忙しいんだ。イリアとアルトで適当に遊んでろ」

「やーだー！　お兄ちゃんも一緒がいい！　遊んで！」

俺がそのように言って作業に戻ろうとするも、イリアはぐいぐいと袖を引っ張ってくる。

弟であるアルトはイリアのように直接訴えてはこないが、真横にやってきてジーッと視線を向けてくる。

非常にうざったいことこの上ない。

まったく、相手にできない理由を説明しているというのにどうして理解できないものか。

これだから子供というのは面倒なんだ。

「イリア、何を騒いでるの？」

さすがにこれだけ騒いでいれば気になるのだろう。

母さんが俺の部屋の様子を見に来た。

「お兄ちゃんが遊んでくれないの！」

「イリアが改良作業の邪魔をするんだ」

「お兄ちゃんってばいっつもそう！　イリアが遊んでって言っても、読書や剣の稽古で忙しいって逃げる！　お兄ちゃんはイリアのこと嫌いなんだ！　うわあああああああん！」

まさかの訴え途中に泣き出す妹。

そこには何一つ論理的な主張はなく、ただ感情をぶつけているだけであった。

そして、隣にいるアルト。訳もわからない癖にイリアの泣いている姿を真似するんじゃない。お前まで泣いているように見えるだろう。

「……ジルク、たまにはイリアとアルトと遊んであげて」

魔道具師となり、優雅な独身生活を送るために俺に無駄にできる時間などない。

イリアとアルトと遊ぶよりも、冷蔵庫の改良を考える方がよっぽど有意義だ。

「ね？」

そんな俺の不満がわかっているのだろう。

母さんが腰を落として俺に視線を合わせてくる。

その真面目な瞳には純粋に兄としての成長を願うような色がこもっていた。

こんな状況ではおちおちと考えることもできない。

それに母さんの機嫌まで損ねたら、イリアたち以上に厄介だからな。

「わかった」

「ありがとう、ジルク」

俺が頷くと母さんはよしよしと俺の頭を撫《な》でる。

それが妙に心地よかったが気恥ずかしいので、照れ臭さを隠すようにイスから立ち上がる。

「イリアのことは嫌いじゃない。だから、泣くな」

「うっ、ひっく……本当？」

「本当だ」

「えへへ」

俺がしっかりと言葉にしてやると、イリアは目元を赤くしながらも笑った。

これでとりあえずは泣きやんだようだ。

「ほら、これから遊ぶんだろ？　今日は何をしたいんだ？」

「えっとねー、イリアは鬼ごっこがしたい！」

「僕はかくれんぼ」

「わかった」

手を繋《つな》ぎながらそのような主張をしてくる妹と弟の言葉に俺は素直に頷いた。

はぁ……好きな時に好きなことをできないというのは辛《つら》いものだな。

前世で長年好きに生きてきただけにより痛感してしまう。

やっぱり、誰かと一緒に住むというのは俺には合わないな。

早く一人前の魔道具師となって、独身生活を謳歌《おうか》しなければ。

✣ ✣ ✣ ✣ ✣

「イリアとアルトはジルクに相手してもらえたのかい？」

「ええ、ちょっと不満そうにしていたけどジルクが折れたみたい」

「ジルクは八歳とは思えないほどに大人びている。勉強もできて、剣術の稽古も筋がいい」

「それに魔道具師としての基礎も終えて、応用にまで手を出しているわね」

「こんなことを言ってしまうと親バカに聞こえるかもしれないけど、ミラに似て容姿だっていい。ジルクは将来かなりモテるだろうね」

「ええ、きっと大人になったら綺麗《きれい》なお嫁さんを貰《もら》って、ルーレン家を継いでくれるに違いないわ」

挿話 Episode-X　独身貴族の妹は不安になる

わたしの名はイリア＝ルーレン。魔道具作りを生業《なりわい》とするルーレン家の長女。五歳。

わたしには三つ上の兄がいる。母さんと同じ藍色の髪と綺麗《きれい》なエメラルド色をした瞳。

ジルク＝ルーレンだ。

兄は妹であるわたしから見ても、整った顔立ちをしている。それだけでなく優れた魔法資質を持っており、非常に落ち着いていた。

知識が豊富すぎて喋《しゃべ》ると止まらない時もあるが、そんな一面も含めてわたしは兄が好きで、尊敬していた。

ただ一つ不満があるとすれば、それは魔道具の製作、勉学、読書、稽古などを優先してまったくわたしに構ってくれないこと。

兄はわたしが遊びに誘ってもちっとも構ってはくれない。妹であるわたしへの優しさが欠如している。

しかし、こうやって騒ぎ続けると母さんか父さんかがやってきて、わたしに構うように説得してくれるのを知っている。すると、兄は渋々ながらもわたしと遊んでくれるのだ。

こういう面を見ると薄情な兄にも思えるが、一度遊ぶとなると全力で相手をしてくれる。

適当に放り出すようなことはしない。なんだかんだと面倒見がいいのだろう。

兄は八歳ながらも冷蔵庫という新しい魔道具を発明し、父さんと母さんと既に魔道具の仕事にも関わるようになっている。

たった三つしか違わないはずなのに、それ以上の遠さを感じる。

わたしも兄と同じような年齢になれば、新しい魔道具を開発し、色々な魔道具を作れるものだろうか？　まったくそんな気はしなかった。そう考えると、やっぱり兄はすごい。

父さんや母さんも兄をすごいと褒めて、将来は優秀な魔道具師になると言っていた。

そして、素敵なお嫁さんを見つけて聡明《そうめい》な領主になるだろうと。

わたしもそれには同感で、ルーレン家にいる誰もがそう思っていた。


しかし、それから四年もの月日が経過したが、兄は一向に伴侶となる婚約者を見つけることはなかった。

「それ、お兄ちゃんからの手紙？」

「ああ、そうだよ」

リビングで手紙を読んでいる父さんと母さんが気になり、私もそこに寄っていく。

見せてもらうと手紙には綺麗な字で、学院での生活の日々がつづられていた。

定規を使って横線を引き、その上に綺麗に文字が並んでいる。

「なんというか手紙というより……」

「報告書よね。あまりにも手紙が素っ気ないから、しっかりと報告するようにって手紙で書いたら、こういう形でくるようになったわ」

……なんというか兄はこういうところが捻《ひね》くれていると思う。

とはいえ、兄の書いている文章そのものは非常に要点が押さえられており、読みやすい。

無駄に優秀だ。

「いつも通りだね」

手紙をサッと読んでみたが、どんな魔道具を作っただとか、魔物素材を取りに行ったとかそんなものばかりだ。

「そうだね。今回もそれ以上の報告はなかったね」

「どういうこと？」

「ジルクももう十二歳だ。そろそろ好きな人の一人くらいいてもおかしくないだろう？」

全寮制の学院にいる兄だが、そのような報告は一度も上がらない。

貴族ともなると十歳を過ぎると、将来の伴侶を意識する。

学院に通う目的の一つには婚約者探しという名目もあるくらいだ。

貴族にとってはそれくらい婚約者探しも重要なこと。

高貴な家柄にもなると生まれる前から決まっていることもあるが、うちは子爵家ということもあって、そのようなことはなく、自由恋愛を推奨されているので緩い。

とはいえ、十二歳にもなるとそろそろ気になる人くらいいるのではないかと思う。

「もうすぐ夏期休暇に入るわ。その時に一度戻ってこさせて聞いてみましょう」

「そうだね。恥ずかしがって言えないだけかもしれないし」

兄の恋愛事情が気になった両親は、学院の長期休暇で兄を呼び戻し、思い切って尋ねることにしたようだ。


兄が久しぶりに屋敷に帰ってきたその日の夕食。

父であるレスタが尋ねた。

「ジルクは好きな女の子とかいないのか？」

「いないな」

兄はきっぱりと答えた。

「そうなのかい？　学院には色々な女の子がいると思うけど」

「興味がない」

「も、もしかして、ジルクは男の子が好きとか……？」

「そういう意味じゃない。女と付き合うことに興味がないだけだ」

おそるおそるの父さんの問いかけに、兄はややうんざりした様子で答えた。

男性が好きだというわけでもないのに、女性と付き合うことに興味がないというのは変だ。

「先に宣言しておくが、俺はこの先誰とも結婚するつもりはない」

父さんと母さんが戸惑いの様子を見せる中、兄さんはさらなる爆弾を投下した。

「結婚するつもりがないって、どういうことなの？」

「どういうこともなにも、その言葉の意味そのままだ」

「なにか女性に嫌なことでもされたの？」

結婚に対して否定的な様子の兄に対して、私もそれを疑った。

もしや、兄は学院で女性に嫌がらせを受け、女性を嫌いになったのではないかと。

「別にされていない。これは俺の性格的な問題だ。俺は一人で生活する方が好きなんだ」

母さんと私がそのような心配をするも、兄はそんなことを言う。

一人で生活する方が好き。これはまた変わった考え方だ。

結婚もしないまま一人で生きていくだなんて寂しくないのだろうか？　兄の考えていることがよくわからない。

「しかし、それじゃあうちの領地が……」

「俺はこういう性格をしているから人を纏《まと》めるのに向いていない。アルトかイリアに継がせればいい。別に領地を継ぐのが長男である必要はないだろう？」

兄はそう告げると、話は終わりとばかりに食事を済ませて、自室に引っ込んだ。

父さんと母さんも兄の言葉にただただ戸惑っている様子だった。

将来有望な兄が結婚せず、領地も継がないというのだから驚きでしかない。

私もてっきり兄が普通に結婚して、領地を継ぐものかと思っていたので、その言葉には驚きでしかなかった。

「まあ、誰しもああいう時期はあるものさ」

「そうね。時間が経《た》てばジルクも普通に恋愛をして婚約者を見つけてくるわよね」

兄がいなくなると父さん母さんはそんな風に笑い合う。

しかし、私は本当にそうだろうかと疑念を抱いた。

兄は昔からやると言ったら、ストイックにそれを実行してみせる。

十二歳という若さながらも魔道具師の資格をとってみせたのがその証《あかし》だろう。

ころりと思考を変えて、結婚して領地を継ぐとは思えなかった。

5話
Episode 05

独身貴族は変わらない

——あれから二十年の歳月が経《た》った。

俺ことジルク＝ルーレンは二十八歳となっていた。当然、結婚などはしていない。

今ではルーレン家の屋敷を出て、王都で生活をしている。

学院で念願の魔道具師としての資格を手に入れた俺は、王都に工房を建てて、自ら開発した魔道具で生計を立てていた。


今日も爽やかな朝を迎えることができた俺は、身支度を整えると素早くリビングに移動。

冷蔵庫の中からハムやチーズ、レタスといった具材を取り出すと、それらを手早くカット。

昨日買っておいたパンの上にそれらを盛り付けると、自作したホットサンドメーカーにセット。

焼き上がるまでに台所の片付けをしておき、余った食材は冷蔵庫へと戻す。

「……やっぱり、もう少し小さくしたいな」

俺が八歳の頃に初めて設計図を描いた魔道具である冷蔵庫。

両親の力を借りながら改良を重ねて再現することができた。

この世界では一部の極寒の地域以外では、食材の保存方法は乾燥、塩漬け、あるいは氷魔石、氷魔法使いによる一時的な冷凍といった手段しかなかった。

しかし、冷蔵庫の発明により、やや値段は張るものの冷蔵という手段で食材を保存できるようになり、王都の一部の家庭や商店で普及していった。

冷蔵庫というこれまでになかった食材の保存方法を確立することでルーレン家は大変潤い、俺の口座にも定期的にそれなりのお金が振り込まれていた。

しかし、俺と両親が改良を重ねた冷蔵庫は、前世のものに比べるとややデカい。

元々のコンパクトさを知っている俺からすれば大きすぎるとしか言いようがなかった。

特に台所のスペースというものには限りがあるために余計に存在感が強くなる。

俺の住んでいるアパートの台所はかなり広めだ。

俺の家でさえ、そう感じるということは一般的な家ではもっと窮屈に感じてしまうのだろうな。

「……これも課題だな」

とはいえ、あまり一つのことばかりに拘《こだわ》ってはいられない。

この二十年間で俺は冷蔵庫だけではなく、魔道コンロ、ドライヤー、扇風機など、様々なものを開発している。

とはいえ、快適な生活を送るためにまだまだ足りないものは多くある。

それらを作り上げるためにもいつまでも一つの魔道具に拘っている場合ではないからな。

そんなことを考えていると、ホットサンドメーカーが焼き上がりを告げる音を鳴らした。

ちょうど台所の片付けが終わった俺は、熱々のホットサンドを取り出し、包丁で半分に切った。

こんがりと焼け目のついたパンからは香ばしい匂いが漂い、間からは熱でとろけたチーズと火の通ったハム、しんなりとしたレタスが顔を覗《のぞ》かせている。

少し厚めのそれを手にして口に運ぶと、サクッとしたパンの食感が響き渡る。そこからとろけた濃厚なチーズと塩っ気のあるハムが絡み合い、その味の濃さをレタスとパンが受け止めてマイルドにしてくれる。

ホットサンドメーカーは個人的に作ったものなので、売りに出していないが、これは売ってもいいかもしれないな。

「我ながらいい魔道具を作ったものだ」

✣ ✣ ✣ ✣ ✣

朝食を摂り終わると、俺はアパートを出て職場へと向かう。

俺の工房は王都の中央区にあるので北区にあるアパートからは少し距離がある。

とはいえ、歩いて十五分とかからない距離。前世でいうタクシーのような馬車の送迎サービスがあるが、混雑した朝の時間に使ってもそれほど時間の短縮にもならないので徒歩が無難だ。

季節は春を迎える頃だが、朝の空気はまだ少し冷たい。

だけど、このスッと冷えた空気が俺は好きだ。冷たい空気を取り込むと、頭の中までスッと冷え込むような感じがするからだ。

石畳が敷き詰められた通りの中を、俺はいつものように歩く。

中央区に近づくにつれて閑静な住宅街から、賑《にぎ》やかな商店エリアへと変わっていく。

商店の他にも様々な施設が集まっているので、自然とそこに向かう人の姿も増えていた。

通りには人間だけでなく、獣人、エルフ、ドワーフ、リザードマンといった人間以外の様々な種族がいる。

人間以外の種族がいることに最初こそ驚いたが、二十年以上暮らしているとさすがに慣れた。俺たち人間と姿こそ違えど、同じように感情を持っており、意思の疎通ができるからな。

彼ら独自の魔法やスキルに助けられることも多く、様々な種族が入り乱れた世界は上手《うま》く共存することができていた。

通りを進んでいくとますます人が増えて、屋台や商店などが立ち並び賑やかになる。

「いらっしゃい！　脂肪たっぷりの紅牛《クリムゾンブル》の肉はいかがだい！」

「こっちは今朝獲《と》れたばかりのエレファントマグロがあるよ！　煮ても、焼いても良しだ！　今日は特別に一人前八百ソーロだ！」

あちこちで呼びかけの声が上がり、仕入れた食材を売ろうとしていた。

それらの食材を支えているのは冷蔵庫だ。

俺の冷蔵庫は家庭用だけでなく、大型化して商用の冷蔵庫としても利用されている。

そのお陰で王都をはじめとする都市では、近年食の流通が盛んになっていた。

王都で新鮮な肉や魚があの値段で買えるようになったのは、ここ十数年のことだ。

優雅な独身生活に豊かな食生活は欠かせないからな。

俺が大人になるまでに新鮮な肉や魚が食べられるようになって本当に良かった。

小さな頃から妹や弟に妨害されながらも、魔道具の勉強をしてきた甲斐《かい》があったものだ。

商店エリアをくぐり抜けて中央区の住宅街へと差し掛かろうという場所に、我がジルク工房は佇《たたず》んでいた。

煉瓦《れんが》造りの三階建ての民家。それを囲うように塀ができており、中には綺麗《きれい》な芝生が生えている。

素材の仕入れや品物の納品を考慮して中央区にしたが、普段は開発をする場所だからな。

中央区のあまり騒がしい場所に建てたくはなく、できるだけ人気《ひとけ》の少ない静かなところを選んだ。

工房に入ると形ばかりのエントランスがあり、その奥には作業場が広がっている。

二階、三階と部屋はたくさんあるが、そのほとんどは魔道具や素材で埋まっているので実質的な活動エリアは一階のみと言っていいだろう。

「ジルクさん、おはようございます」

作業場に入ると、金髪碧眼《へきがん》の若い男性が声をかけてきた。

こいつはトリスタン。ジルク工房の従業員であり、俺の部下だ。

「ああ、おはよう」

「今日は機嫌悪いんですか？」

挨拶を返すなり、唐突にトリスタンが尋ねてくる。

いつも通りに返事をしたつもりだが、今の俺はそんなに不機嫌そうに見えるのだろうか。

まあ、昔から愛想のないタイプで冷たい顔つきだという自覚はあるが。

「別にそんなことはない」

「そんな風にムッとした顔でいたら勿体《もったい》ないですよ？　ジルクさん、見た目はいいんですからもっと笑顔でいましょう。そうしたらモテモテです」

「別に女にモテる必要はない。余計なお世話だ」

「ジルクさんは枯れていますね。俺がジルクさんだったら、女の子と遊びまくりですよ」

トリスタンはいい奴だが欠点は、無駄口が多いことと頭がハッピーなことだ。

不特定多数の女と遊んで何が楽しいのか理解できないな。

「それより氷魔石の加工は終わっているのか？」

どうでもいい話に移りそうだったので、俺は無理矢理に仕事の話に戻した。

すると、トリスタンはつまらなそうな顔を一瞬したものの、俺のデスクに魔石を持ってくる。

「終わっていますよ」

トリスタンが魔力加工した魔石をひとつひとつ確認する。

魔物の核である魔石はそのままの状態では使えない。

魔道具として使いやすいサイズにカットしたり、魔力のムラを均《なら》す必要がある。

そうしてやらないと魔道具に使用した際の効果にムラが出てしまうからだ。

これを魔力加工という。

トリスタンにはそういった雑用をやらせている。

「問題ないな。次はここにある素材の加工をやっておいてくれ」

「今日も多いっすね」

加工された魔石のひとつひとつを吟味した俺は、デスクの引き出しから次に使用したい素材を取り出してトリスタンに渡した。

素材の膨大な量にトリスタンは驚きながらも自分のデスクに戻っていった。

「よし、今日も魔道具を作るか」

そろそろ夏も近づいてきた。実家から振られた冷蔵庫の生産案件も片付いたので、そろそろクーラーの製作にかかってもいいかもしれないな。

前世ほど暑さは厳しくないにしろ、扇風機だけでは暑苦しいと思える日もある。

加工された氷魔石を手にして、俺は今日も魔道具作りに勤《いそ》しむのであった。

6話
Episode 06

独身貴族は結婚しない

「おはよう!」

工房のデスクでクーラーの設計図を描いていると、工房の扉を開けて元気よく入ってくる者がいた。

少し癖のある赤髪に翡翠色《ひすいいろ》の瞳をした女性。

彼女はルージュといって、うちの工房の従業員の一人だ。

「新しい魔道具の製作依頼が来たわよ！」

ルージュは快活な声を上げて、デスクに依頼書を並べた。

ルージュは、販売ルートの確保や納品作業、依頼の受注などといった工房の雑事を担当してくれている。

「またすか？」

「仕事があるのはいいことじゃない。そんな嫌そうな顔しないの」

「そうなんですけど、問題は従業員が少ないことなんですよね」

トリスタンがやや嫌みのこもった声を俺に飛ばしてくる。

「確かにそれもそうよね。これだけ売り上げも増えたのに従業員がたったの二人しかいないなんて……」

そう、ジルク工房の従業員はトリスタンとルージュの二人だけ。俺を合わせてもたった三人だ。

「ねえ、ジルク。冷蔵庫の納品も落ち着いて、安定的な黒字も出ていることだし、そろそろ人を雇ってみない？」

「必要ない」

ルージュが気持ちの悪い猫撫《ねこな》で声で言ってくるので即座に却下した。

「どうして？　もっと人を増やせばたくさんの魔道具が作れて、工房の売り上げももっと上がるのよ？　世の中にはジルクの魔道具を欲しがっている人がたくさんいるわ」

「何度も言っているが、俺は自分の生活を快適にするために魔道具を作っているんだ。誰かのためだとか高尚な思いはさらさらない。自分が作りたいものだけを作るだけだ」

そう、俺は魔道具で人々を笑顔にする、街を豊かにするだなんて青い思いは持ってはいない。

全ては自分の生活を快適にするために作っているだけだ。魔道具を売っているのは、それらの開発費用や、自分の生活のために売っているだけで、ルージュのような熱意は抱いていない。

「はぁ……あなたの考えはちっとも変わらないのね。発明している魔道具はすごいのに、本人がこれだなんて」

人はそう簡単には変われない。

一度死んで、二度目の人生を送っているのにもかかわらず、まったく変わってない俺が言うのだ。間違いではないだろう。

とりあえず、俺はルージュの持ってきてくれた依頼書を確認する。

この中から自分のやりたいものだけをやればいい。興味がないものは引き受けない。

後は勝手にルージュが他所《よそ》の工房に流すか、辞退するなど上手《うま》くやってくれるだろう。

「それでも俺は従業員の増員を願います！」

ルージュの意見を俺が否定したにもかかわらず、またしても願い出るトリスタン。

即座に却下したいところではあるが、彼には彼なりの切実な意見があるかもしれないので依頼書の確認をやめて一応は聞いてやる。

「どうしてだ?」

「だって、このままじゃいつまで経《た》っても俺に彼女ができないじゃないですか! ルージュさんは綺《き》麗《れい》だけど既婚者だし、他に女性はおらず、無愛想な男の上司のみ! こんな職場じゃ出会いすらないんですよ!?」

少しは多角的な意見が出るかと思って真面目に聞いた俺がバカだった。

なんて浅はかな理由だろう。

「俺ももうすぐ十八歳です。そろそろ結婚を視野に入れたお付き合いってやつがしたいんですよ!」

「職場はあくまで仕事をする場所であって、出会いの場じゃない。うちの工房をなんだと思っている」

「うう、確かにそれはそうですけど、俺にだって潤いが欲しいし、結婚だってしたいんです!」

「大体、結婚のどこがいいんだ? 結婚すれば、財産は共有され好きに使うこともできなくなる。それに自由に遊べる時間もなくなるし、趣味や仕事に打ち込む時間もなくなるんだぞ? 大体、まだ魔道具師の資格もとれていない癖に女に現《うつつ》を抜かすような時間がお前にあるのか?」

トリスタンは魔道具師の見習いであり、まだ資格試験を突破できていない。

国の筆記試験と、魔道具作りの実演を突破して、初めて魔道具師としての資格を手に入れることができる。

それがなければ自ら作り上げた魔道具を売ることもできないし、自分の店を開くこともできない。

ただでさえ、結婚は金がかかる。

まだ一人で自立して収入を得ることすらできていないトリスタンが、結婚などという茨の道に進むことができるのだろうか。

そんなしょうもない考えは捨てて、まずは魔道具師への道を真っすぐに進むべきだろう。

「うう、ルージュさん。ジルクさんが酷《ひど》いことを言ってきます」

「言っていること全てに賛同はできないけど、ある意味正しいっていうのが質《たち》悪いわよね」

痛いところを突かれて半泣きになっているトリスタンと、苦笑いしているルージュ。

トリスタンも普通に業務過多だとか真面目に言ってくれれば検討くらいはしてやるのにな。

まあ、一番にそういう理由が出てこないということは、今の作業量でも余裕があるのだろうな。

不毛な会話をしているが、部下のスケジュール感をしっかりと把握できたので良かったと言えるだろう。

「でも、ジルク。結婚も悪いことばかりじゃないのよ？　愛する人と同じ時間を共有できるのは素晴らしいことだし、子供を育てる喜びだって味わえるわ」

「俺は一人が好きだ。他人と毎日同じ時間を過ごすなんて苦痛でしかない。それに子供も好きでもないしな」

ルージュが結婚の素晴らしさを丁寧に説いてくれるが、俺にはそれらが一切魅力的に思えない。

サラリと否定すると、優しげだったルージュの顔から表情が抜け落ちた。

「……何度も出た話題だけど不毛ね」

「まったくだな」

独身を愛する者と、既婚者が相容れるはずなどない。

どれだけ議論を重ねようとも結婚観の共有は不可能だった。

そういう話題は結婚観を同じくする者とする方が生産的だろう。

「こんなんだからジルクさんは結婚できないんですよ」

「勘違いするな。俺は結婚できないんじゃない、結婚しないんだ。そこをはき違えるな」

別にその気になれば、見合いや縁談の話はたくさんある。

だが、俺は独身でいることが好きだから敢《あ》えて結婚しないんだ。

トリスタンのような結婚できない男とは一緒にしないでもらいたい。

別に結婚になどまったく興味はないが、そのような烙印《らくいん》を押されるのは不愉快だ。

そのように俺が主張をすると、トリスタンとルージュが顔を見合わせて呆《あき》れた表情を浮かべた。

「高身長、高学歴、高収入、容姿も端麗。それだけに勿体《もったい》ないわよね」

ため息交じりのルージュの言葉がやけに工房内に響いた。

7話
Episode 07

独身貴族は一人焼肉をする

「ジルク、そろそろ終わりにしたらどう？」

ルージュに声をかけられて思考の海に沈んでいた意識が現実へと戻ってくる。

窓に視線をやると、景色は夕焼けから夜へと変わりかけていた。

魔道具による灯りが普及しているとはいえ、この世界では前世のような長時間労働はあまりない。暗くなれば仕事を終えるのが通常だ。

トップである俺が仕事をやめなければ、トリスタンやルージュも帰りづらいだろう。

「……今日はここまでにするか」

「この後、皆で食事なんてどうですか？」

ペンにつけたインクを拭い、丁寧にそれをデスクに収納しているとトリスタンがそのような提案をしてきた。

「最近、変わった肉料理を提供する店ができたんですよ。焼肉とかいって、薄く切られた肉を自分たちで焼くそうです！」

「それ知ってる！　いつ見ても人が並んでるところよね。確か名前は『焼肉屋メイギオ』！」

「それです！　よかったらどうですか？」

「焼肉か。悪くないな」

トリスタンの話を聞いていると今夜は焼肉の気分になった。

最近はあまり肉を食べていなかったし、外で思いっきり食べるのもいいだろう。

「ごめん！　あたし、今日は帰って子供の面倒を見ないといけないから」

申し訳なさそうに手を合わせて謝るルージュ。

「ええ、今日くらいいいじゃないですかぁ」

「あたしも行きたいんだけど子供にとっても今が大事な時期だから。ごめんね」

トリスタンがぶうたれるもルージュは手早く荷物を片付けると、工房を出ていく。

早く仕事を終わるように急《せ》かしてきたことから、今日は早めに帰りたかったのだろうな。

このように言われては無理に引き留めることもできない。

「仕方がない。今日は二人で――」

「じゃあ、やめときますか。男二人で行ってもしょうがないですし」

「…………そうだな」

「それじゃあ、お疲れさまです」

俺が頷《うなず》くと、トリスタンはさっさと帰り支度を整えて工房を出ていった。

まあ、別に行かないのなら行かないでいい。夕食は家で済ませるまでだ。

一人残された俺も、デスクにある仕事道具を片付けると、戸締りをしっかりとして出ていく。

外は既に暗くなっており、設置された魔道ランプが通りを照らしていた。

工房から中央区の中心へと歩いていくと、仕事終わりの大工や冒険者などがこぞって大衆酒場や居酒屋などに繰り出しているのが見える。

中央区は日が暮れようとも騒がしい。普段真っすぐに家に帰る時は、迂回《うかい》して静かな住宅街を通るのであるが、今日は夕食の買い物をしなければならない。

今朝、見た時に少し冷蔵庫の中が寂しかったからな。

陽気な歌を歌うドワーフたちの横を通って、商店のある方へ歩く。

立ち並ぶ屋台やレストランからは香ばしい肉の匂いが漂っていた。

「……やっぱり肉が食べたいな」

トリスタンが焼肉の話をするので、すっかり胃袋が肉の気分になっている。

別に家でも肉を食べることができるが、今から買って家で焼いてという手間を考えると少し面倒だ。

今日は準備や後片付けを気にすることなく、網の上で焼いた肉を思いっきり食べたい。

「焼肉屋に行くか」

そうと決まれば買い物は中止だ。

商店エリアに向かうのをやめた俺は踵《きびす》を返して、中央区にある焼肉屋へと足を運んだ。

中央区にある飲食店街のある一画。黒煉瓦《れんが》で造られた一軒家。

白塗りの看板に達筆な黒文字で『焼肉屋メイギオ』と書かれている。

夕食時だからか店の前には大勢の人が並んでいる。

それでも新しい客は気後れすることなく、さらに後ろに並び出している。

これだけの待ち時間があるとわかっていても、食べる価値があるという確固たる決意があるのだろう。


普通なら後から来た俺も最後尾に並ぶことになるが、その必要はない。

俺は並んでいる客たちを無視して店の扉をくぐる。

「すみません、お客様。列に並んでお待ちください。順番にご案内しますので」

「バカ、その御方はいいんだ！」

見慣れない若い店員が声をかけてきたが、奥から恰幅《かっぷく》のいい男性が血相を変えて出てきた。

「すみません、ジルク様。こいつはつい最近入った新人でして。——おい、お詫《わ》びしろ」

「も、申し訳ございません！」

店主に叱責された新人が勢いよく頭を下げた。

名前の後の敬称に気付いたのだろう。顔を真っ青にしている。さすがに気の毒だ。

「いや、気にしてない。それよりお店は繁盛しているようだな」

「ええ、お陰様で。ジルク様に提案していただいたことを実践してみれば、この賑《にぎ》わいですよ。本当にジルク様に感謝の気持ちでいっぱいです」

そう、最近流行《はや》っている焼肉というのは、俺が店主に提案してやり始めたものだ。

元々は老舗《しにせ》の精肉店であったのだが、冷蔵庫の台頭によって他の精肉店や新規の飲食店も高い品質で肉を提供できるようになった。

そんな多様化する食文化に対応できず、精肉店であったメイギオの経営は落ち込んでいた。

そんな風に参っていた店主が、当時客だった俺に相談して焼肉を始めたのだ。

薄く切った肉を提供し、客席で客自身が焼くというスタイルは王都にもなかったらしく爆発的な人気が出た。

元々老舗で肉の管理が良いだけあって、焼き肉との相性は抜群でこの賑わいというわけだ。

「気にするな。ただ俺は自分が欲しいものを述べただけだからな」

「本当にジルク様には頭が上がりません」

「それよりもいつもの席は空いているか？」

「はい、勿論《もちろん》空けております。すぐにご案内いたしますね」

ずっと入り口で話しているのもなんだし、いい加減に腹が減った。

俺は店主に案内してもらってフロアの奥に突き進む。

そこはオープンスペースではなく、しっかりと区切られた個室フロアだ。

わいわいと友人や家族で肉を焼くのもひとつの楽しみ方だが、俺のような独り身の者もいるし、ゆったりと肉を味わいたい者もいるからな。そのようなニーズに応えてのものだ。

本当は一人焼き肉専用のスペースも用意してほしかったが、この世界ではまだそのニーズは少ないらしいからな。

案内された個室は四人掛けの席だ。テーブルやイス、扉の全てが黒で統一されており、非常に落ち着く空間だ。

テーブルの中央には丸い穴が空いており、そこには炭が入っている。

店主が発火の魔道具で炭に火をつけると、そっと焼き網を上に載せた。

テーブルには加熱の魔道具を設置するという案も初期にはあったが、やっぱり炭火で食べたいから敢《あ》えて魔道具は設置していない。

こんなことを言ったら「魔道具を売るチャンスだったのに！」とルージュに怒られるかもしれないが、ここは俺の拘《こだわ》りなので譲れない。

「ご注文はいかがいたしましょう？」

「まずは紅牛《クリムゾンブル》のタン、厚切りハラミ、カルビを一人前ずつ頼む。飲み物はエールだ」

「かしこまりました」

この世界には様々な種類の肉があるので迷ってしまうが、この店で食べるならやっぱり紅牛だ。メイギオの熟成技術、カット技術、味付けは他の精肉店に追随を許さない完成度だ。

ここに来たら紅牛を食べなければ始まらない。

まずはしっとりとしながら旨《うま》みのあるタンから食べよう。

そんな風に考えていると、いつもはすぐに引っ込むはずの店主が迷ったような顔をして佇《たたず》んでいた。

「……どうかしたか？」

「あの、本当に売り上げの一部を納めなくていいのですか？　今でしたらジルク様にも十分な還元ができるのですが……」

なるほど、そのことで迷っていたのか。

正直に言えば、別に上納金などいらない。

幸いなことに金には困っていない。こうしていつでも席に案内してもらって、美味《うま》い肉を売ってくれればそれでいい。

しかし、店主は庶民であり、俺は子爵だ。

こちらは大して気にしなくても貴族に借りを作ったままというのも恐ろしいだろう。

店主も俺の性格はわかっているはずだが、やはり対価がないというのは落ち着かないものだろう。

「わかった。店の売り上げがこのまま三か月ほど続くようであれば一割を貰《もら》う。それ以外はこれまで通りに席の優先的確保と、稀少《きしょう》な肉を入手したら売ってくればいい」

ここ最近黒字になったとはいえ、それまで店の経営は傾いていた。

店舗だって改装してお金がかかっただろうし、今すぐに貰って傾かれでもしたらこちらが困る。

「わかりました。ジルク様にしっかりと還元できるように努力いたします」

「ああ、頑張ってくれ」

「では、すぐにお持ちいたします」

そのように労《ねぎら》うと、店主はにっこりとした笑みを浮かべて引っ込んだ。

それからすぐに注文したものが運ばれてくる。

「綺麗《きれい》な色だ」

真っ赤な紅牛《クリムゾンブル》の肉色に感嘆の息を吐《つ》きながら、トングを使ってタンを一枚とる。

それから、もっとも温度の高い網の中央に置く。

表面に網の焼き目をつけつつ、中まで火を通しすぎないようにする。

タンは縦横無尽に肉の繊維が走っている特殊な部位の肉だ。油断するとあっという間に火が通りすぎてしまい、肉が硬くなってしまう。

そうならないように最初に焼いた面が少し反り出したら、ひっくり返して同じように焼く。

それで火の通りは十分であり、柔らかさをそのまま味わえるのだ。

焼き上げたばかりのタンを口に運ぶ。

紅牛の強い旨みと肉汁が口の中で広がる。コリッとした弾力が楽しく、噛《か》めば噛むほどに味が染み出してくる。

そして、それをキンキンに冷えたエールで流し込む。

じゅわっと舌の上に溶け出していた脂が洗い流された。
この爽快感が堪《たま》らない。
同じようにタンを丁寧に焼いてはエールで流し込む。
ただその繰り返しであるが、それが堪らなく美味い。
タンを食べ終わると、次は厚切りのハラミだ。
ハラミに関しては中央からやや外側の温度の高めのところで焼くのがいい。
表面をバリッとさせるためにしっかりと焼き目をつける。
しかし、中身はミディアムレア程度にしておくのだ。
そうすることで香りも良くハラミ独特の食感を楽しむことができる。
焼き上がったばかりの分厚いハラミを口に入れる。
ハラミ独特のザクッとした食感が楽しい。香りも豊かで肉の旨みも素晴らしい。
塩をつけて食べると味にいいアクセントがつき、肉の旨みが引き立つようであった。
さて、ハラミが終わったら、次はしっかりとタレで下味のつけられたカルビだ。
真っ赤な色をした綺麗な身を中央付近の温度高めの場所に置く。
両面にしっかりと焼き目をつけつつも、内部に赤みを少し残すくらいが理想だ。
「……ここだな」
裏返したカルビをサッと箸で掴《つか》んで自らの皿に手繰り寄せる。

食べた瞬間、赤身と脂身とタレの味が渾然《こんぜん》一体として広がる。

「美味い」

口の中で味が爆発し、香ばしさが鼻の奥へと突き抜ける。

「ああ、白飯が欲しい」

惜しむらくは白飯という存在がないことか。

白飯があれば、勢いよく掻《か》き込んだというのに。

しかし、希望がないわけではない。

つい最近、王都には清酒という日本酒が入ってくるようになった。

極東と呼ばれる国から入ってきた酒で味はまんま日本酒だった。

清酒があるということはその元となる、米だってあるはずだ。

今はまだ輸入されていないが、もしかすると米も入ってくるかもしれない。

その時は何がなんでも手に入れたい。

そして、メイギオのメニューにも追加させなければ。

これだけ美味《おい》しい肉を揃《そろ》えておきながら白飯がないなんて罪だ。

なんてことを思いながら、俺は次々とカルビを焼いていく。

この炭火焼きでの味わいは家では再現できない味だ。やっぱり、メイギオに食べに来て良かった。

人に気を遣うことなく、好きなものを好きなだけ食べられる。

これぞ食事の幸せ。

別に焼肉だからって皆で行く必要もない。

食事は皆で食べた方が美味いなどと言うが、俺はそうは思わないな。

「一人でやってきて正解だったな」

この充実感はトリスタンやルージュがいては得られなかったことだろう。

俺はカルビをエールで流し込み、上機嫌で次に注文するものを考えるのであった。

挿話 Episode-X 独身店主の独白

俺は『メイギオ』九代目店主のペトス。王都の中央区に精肉店を構えている。

うちの店は長年培ってきた技術と知識を駆使して、王都の市民に美味《おい》しい肉を売っていた。

しかし、冷蔵庫という画期的な魔道具が生産されたことにより、お金をかければ誰でも食材の保存がしやすくなった。

それにより王都には多彩な食材が流れ込み、数多《あまた》の飲食店が台頭。

王都では新しい飲食店が次々とオープンし、客を引き込もうと様々な料理が開発されている。

飲食店経営者は『食の飽和時代』なんて呼んだりもして、激しい顧客の獲得競争を毎日のように繰り広げていた。

そんな時代の流れに俺の店も呑《の》まれ、売り上げが減っていった。

皆、新しい食材を使った料理が気になるらしい。さらに周辺では動物だけでなく、魔物肉を専門に扱う精肉店も出てきており、そちらに顧客が流れているのを肌で感じていた。

当初は目新しい食材を使った店が気になるだけだろうと、あまり気にしていなかったのだが、三か月もその状態が続けばそうでないことを嫌でも理解した。

慌てて流行《はや》りの店を食べ歩き、話を聞き、自らの店の売り上げを回復させようと取り入れてみた。

しかし、結果は芳しくなく、経営は悪化する一方だった。

うちはただの精肉店。扱っているのは昔から牛、豚、鶏《にわとり》といった畜産動物のみ。

味にこそ自信があるが、如何《いかん》せんバリエーションが少なかった。

近くの精肉店に足を運べば、より豊富な種類の畜産動物をはじめ、何十種類という魔物の肉が売られており、それらが料理として提供されている。客がどちらを選ぶかは明白だった。

赤字が続いてしまえば従業員への支払いも危うくなる。これ以上の赤字が出る前に店を畳んでしまうべきなのだろうか。

しかし、俺は誇りある『メイギオ』の九代目だ。先祖代々受け継いできたこの店を潰したくはない。

そんな悩みを抱きながら営業していると、いつも通り一人の男がお店にやってきた。

夜空を思わせる艶やかな藍色の髪に、エメラルドのような美しい瞳。

恐ろしいほどに端整な顔立ちをしている青年。

彼の名はジルク＝ルーレン。

冷蔵庫という魔道具を開発した天才魔道具師であり、ルーレン家の長男。

俺たちとは住む世界が違う貴族だ。

そんな彼はうちの肉の味が気に入っているからか、頻繁に料理を食べに来てくれている。

一時は冷蔵庫の開発により『食の飽和時代』を作り出したことから、恨んだりすることもあったが、落ちぶれた今となっても足繁く通ってくれるジルクを憎むことはできなかった。

彼は俺たちの生活を良くするために魔道具を作ってくれただけ。

冷蔵庫は当然のこと、魔道コンロ、ドライヤー、扇風機といった魔道具は俺も使わせてもらっている。それらのお陰でどれほど日々の生活が快適になったことだろうか。

今回の冷蔵庫もそんな快適な魔道具の一つに過ぎない。

そして、今日もいつも通りに定食を提供すると、

「美味《うま》い」

ジルクは実に美味しそうな表情で食べるのだ。

このように足繁く通ってくれる常連をどうして邪険にできようか。

料理人冥利に尽きる感想を漏らしてくれる彼を恨むことなど到底できなかった。

「……店主」

「なんでしょう？」

そんなある日、ジルクは俺に声をかけてきた。

「最近は妙に客が少ないが、この店は大丈夫なのか？」

聞きづらいことをなんて直球に聞いてくる人なんだろうと思ったが、昼食時にもかかわらずガランとした店内を見れば、そのように心配されるのも無理はなかった。

咄嗟《とっさ》に愛想笑いを浮かべて誤魔化すことも考えたが、彼の真っすぐな瞳はこの店を案じてくれているのがわかった。

私は誤魔化すのをやめて、ジルクに今の店の状況を相談してみることにした。

常連客である彼にこんな相談するのは恥ずかしくもあったが、今はもうそんなことを言っていられない状況だった。

ジルクは魔道具の製造を行い、工房を運営する経営者であり、天才魔道具師だ。

誰も思いつかないような発想を持つ、彼ならばどうにかできるのではないかと思った。

どうせ何もしなければ数か月以内に店を畳むことになる。

一縷《いちる》の望みをかけて相談してみると、ジルクは突拍子もない営業スタイルを提案した。

「――肉を薄く切って皿に盛り付け、それを客席で客自身に焼いてもらう!?」

「そうだ。それが俺の提案するスタイル。『焼肉』だ」

店の料理人が焼くのではなく、客自身に焼かせるだなんて聞いたことがなかった。

自分が肉を焼く楽しさがあるとジルクは語るが、そんなものが楽しいのだろうか……。

想像以上の提案に俺はどうするべきか迷っていたが、どうせこのまま何もしなければ沈むことは確定しているので思い切って乗ってみることにした。

ジルクに言われた通りの設備を造り、お店を改装してできたのが『焼肉屋メイギオ』だ。

設備の導入や改築にはかなりの費用がかかったが、ジルクが出資をしてくれることになって、あっという間にできてしまった。

そして、新規一転の営業スタイルを始めると御覧の通りだ。お店の外には連日長蛇の列ができており常に入店待ち状態。閑古鳥が鳴いていたような数か月前の出来事が嘘《うそ》のようだ。

連日の赤字続きがみるみる回収されていっている。このような恩恵を受けられたのはジルク——いや、ジルク様のお陰だ。

この調子でいけば、胃が痛くなるようなジルク様の投資額もスムーズに回収することができそうだ。

そんな絶好調が続くある日、並んでいる客を無視してジルク様が店内に入ってきた。

俺はすぐに気付いたが、入ってきたばかりの新人はジルク様のことを知らない。

列の後ろに並ばせようとした無礼な新人を叱り、謝罪をするとジルク様は許してくださった。

貴族の中には過激な思考をしている方もいるので、ジルク様が温厚な方で良かった。

お店の経営状況について軽く話し、ジルク様を奥の個室フロアに案内する。

ここは特別な縁のある客しか案内しない空間だ。

勿論《もちろん》、ジルク様は最優先であるので、いつでも利用してもらえるように空けている。

ジルク様は腰を下ろすと、メニューを見ながら料理を頼んでいった。

料理をお届けすると、ジルク様は肉を焼き始める。

彼は精肉店を営んでいるわけでもないのに、とても肉の知識が深い。

まるで精肉店の料理人のように部位ごとにしっかりと焼き加減を見極めて、最適な状態のものを食べる。その知識には思わず俺も唸《うな》るくらいだ。

魔道具師のはずなのにどこでそのような豊富な知識を身につけたのか気になるところであるが、ジルク様は一人で食事を楽しむのが大好きなので踏み込みはせずに静かにその場を離れる。

「はぁ……ジルク様。今日もすごくカッコ良い」

「本当に綺麗《きれい》な人よね。次の注文が来たら、私が取りに行きたいわ」

個室フロアから大衆フロアに戻ると、女性従業員がそのような会話をしていた。

ジルク様は見た通りの美しい容姿をしているので、女性からの人気は途轍《とてつ》もなく高かった。

「注文を取りに行くのは構わないけど、それ以上のことはしないようにね？」

「あ、はい。わかってます！」

談笑する従業員に咳払《せきばら》いをしながら注意すると、ビシッと背筋を伸ばして返事する。

彼に対して表立ってアプローチをする従業員はいない。

何故《なぜ》ならば、過去にジルク様に言い寄った女性従業員を即座にクビにしたからである。

ジルク様は俺のお店を救ってくれた救世主であり、昔からの常連客だ。彼の安らぎの時を邪魔する者はいらないのだ。

あまり不躾《ぶしつけ》な視線は送らないように注意しているが、俺も街で綺麗な女性を見かけるとつい目で追ってしまうので仕方のない部分もある。美しいものにはそれだけの魅力があるということだ。

「それにしても、ジルク様っていつもお一人ですよね？」

「ああ、そうだな」

従業員に言われて、ふと気付く。

焼肉屋へと変わってもジルク様がやってくるのは必ず一人でだ。

家族や友人、恋人といった者と連れ添ってやってくるのは一度も見たことがない。

あれだけ好条件の男性であれば、恋人の一人や二人がいてもおかしくないが、そういった噂《うわさ》はまったく耳にしなかった。不思議なものだ。

拘《こだわ》りが強いことも関係して、結婚に向かないタイプなのだろう。俺の身の回りにもそういった職人気質な者はいる。ジルク様にもそういった奴等《やつら》とどこか似た雰囲気を感じた。

「焼肉って、皆でわいわいしながら食べるのが楽しいと思うんですけどね？」

俺も最初はそう思っていたが、ジルク様のように真摯に肉と向かい合う姿を見れば、それだけが楽しみ方ではないように思えた。

「人にはそれぞれの楽しみ方があるんだよ。ジルク様は一人で楽しまれるのが好きだから、詮索はしないようにね」

「「はーい」」

ただ一人で肉と向かい合い、しっかりと育てて美味しく味わう。

それは食材に対しての尊敬や礼儀のようにも感じられた。

そんなジルク様の楽しみ方を俺は好ましく思う。

さて、今日も仕事だ。

ジルク様に投資していただいた分をすぐに取り返し、彼にしっかりと売り上げを納められるように頑張らなければ。

それが店を救ってもらった俺にできる何よりの恩返しなのだから。

8話
Episode 08

独身貴族は誰とも組まない

今日は休日だ。

差し迫った魔道具の納品作業があるわけでもなく、用事があるわけでもない。

家でゆったりとクーラーの設計図の構想を練る。なんていうのも悪くはないが、今日は軽く身体を動かしたくて外に出たい気分だった。

「久しぶりに外に出るか」

外というのは家の外ということではなく、王都の外という意味だ。

これだけ人で賑《にぎ》わっている王都であるが、街を囲う城壁の外には雄大な平原や森が広がっている。

王都は前世の都内のように人が多いわけではないが、それでも窮屈さのようなものを感じる。定期的に人の少ない平原や森に行って、のんびりとした時間を過ごすのは俺のルーティンとなっていた。

外には当然、人を襲う魔物もいるが、それを撥《は》ね除《の》けられる程度の実力は備えているので問題はない。

「まずは冒険者ギルドだな」

冒険者ギルドというのは、主に魔物の討伐を生業《なりわい》にした者たちが集まる組織である。

そこには数多《あまた》の冒険者が所属しており、魔物討伐の依頼や、採取依頼、街の雑用などといった幅広い依頼が集まっている。

久しぶりに外に出る時は、必ずそこに立ち寄って周辺状況の確認をすることにしている。

大概の魔物は倒せるようになったが、面倒な魔物が徘徊《はいかい》しているところに行きたくはない。

それに依頼書にある魔物の討伐証明部位や素材を持ち帰れば、ギルドで換金してもらうことができ金にもなるからな。顔を出しておいて損になる場所ではない。

いつもの私服からしっかりとした冒険者装備に着替えると、俺は家を出て中央区にある冒険者ギルドに向かった。

中央区の広場の傍《そば》にある緑色の屋根をした二階建ての建物。

それが王都にある冒険者ギルドだ。

常に開放されている扉の中をくぐって入ると、たくさんの武装した者たちがいる。

剣を佩《は》いた人間、巨大な戦槌《せんつい》を手にしたドワーフ、長弓を背負っているエルフ。

多種多様な種族と年齢の者が掲示板を前にして依頼書を眺めていたり、テーブルに座って話し合っていたりした。

中には朝っぱらにもかかわらず酒を呑《の》んでいる輩《やから》もいるが、冒険者はフリーランスや個人事業主のようなものだ。彼らの好きなタイミングで働くことができるので、誰もそれを咎《とが》めるようなことはしない。

ただ、依頼を受けずに呑んでばかりだと白い目で見られるがな。

テーブルの脇を通っていると席に座っていた男性が立ち上がろうとしてふらついた。

素早く反応して身を引いた俺だが、彼の手にしていた杯《さかずき》の中身が少し零《こぼ》れて、俺の靴が濡《ぬ》れた。

外に出るのである程度汚れることは覚悟していたが、こんな風にギルドで汚されるとは思わなかった。

相手の様子を見たところ悪気があったわけでもないが、うんざりとする。

「おっと、すまねえ」

「……気をつけろ」

「あ、ああ」

不機嫌そうな表情がモロに出ていたのだろう、男性は酔いが覚めたように青い顔をしていた。

ああ、早く人のいない外に向かいたい。

呆然《ぼうぜん》と突っ立っている男性の脇を抜けて、俺はギルドの端にある掲示板を眺める。

ここには王都周辺に出没する魔物の情報や、討伐依頼なんかが貼り出されている。

この情報を眺めていれば、外がどうなっているか大体わかるものだ。

掲示板に貼られているのは主に魔物の討伐依頼や素材の採取依頼。その次に掃除や荷物運びといった雑用依頼が多かった。

「……特に変わったところはないな」

要注意なのは普段出没しない魔物が出現したとか、ゴブリンが巣を作ったとかであるが、俺の目的地である東の森にそういった情報はない。

その情報が絶対であるという保証はできないが安全度は高いだろう。

目的地の環境状況を確かめた俺は、キルク草の採取とボタンキノコの採取依頼を引き受けることにする。

それらの素材であれば、道すがら採取できるだろうしな。

掲示板から依頼書を剥がすと、俺は奥にある受付カウンターに向かう。

そこには容姿の整った受付係の女性がおり、依頼の手続きなどの業務を行っていた。

その中で俺は比較的空《す》いている列に並ぶ。

「次の方、どうぞ！」

やがて、自らの番になり、呼ばれたので受付へと進む。

「ジルクさん、本日はどのようなご用件でしょうか？」

長年ギルドに所属しているからか、俺の顔と名前もすっかり覚えているようだ。

ちなみに俺はこの受付係のことは知らない。

ギルドにはプライベートで顔を出す程度であり、覚えなくても支障はないので別にいいだろう。

「採取依頼の手続きを頼む」

「東の森でキルク草とボタンキノコの採取ですね」

依頼書を確認するなり受付係が何か言いたげな視線を向けてくる。

「あの、ジルクさん。もし、よろしければパーティーを組んでみませんか？　ジルクさんの腕前であれば、より人数がいた方がたくさん稼げると思います！」

「結構だ」

「どうしてですか？　ソロでBランクの腕前を持つジルクさんなら、仲間がいればもっと上を目指せますよね？」

「生憎《あいにく》と俺は高ランクの冒険者になりたいわけじゃない。だから、パーティーを組む必要はない。それがわかったなら、早く作業を進めてくれ」

「わ、わかりました」

きっぱりと断ると残念そうにしながらも手続きに入る受付係。

確かにこの受付係の言う通りであるが、俺は別に強い冒険者になりたいわけでも、冒険者稼業で生計を立てたいわけではなかった。

命を張ってまで、高難易度の依頼をこなす必要も、高ランクの魔物を倒す必要もない。

稀《まれ》に魔道具の素材として高ランクの魔物の素材が必要になるが、その時は金を払って高ランクの冒険者に採ってこさせる方がよっぽどいい。

停滞を良しとしているわけではないが、それで命を落としたり、怪我《けが》をして本業に響いたりしては意味がないからな。

単純に一人の方が楽でやりやすいという個人的な好みもあるが、俺にはパーティーを組むことによる明確なデメリットもある。

それは独神の加護によりパーティーを組んでしまうと、身体能力が著しく下がってしまうことだ。

力を合わせることによって人間は強くなれるという言葉があるが、俺に対してはまったく作用しない。むしろ、群れることにデメリットしかないのだ。

外に出るからといって、俺がパーティーを組むことは今後もないだろうな。

9話
Episode 09

独身貴族は外でゆったりする

冒険者ギルドで採取依頼の受注を済ませた俺は、王都から東にある森にやってきていた。

人気《ひとけ》はまったくなく、青々とした木々と動植物の微《かす》かな息遣いのみ。

大きく深呼吸をすると、土や草の匂いが感じられた。

「……空気が美味《うま》いな」

全身に質のいい酸素が行き渡り、血液がしっかりと循環しているような気がする。

木々の隙間から覗《のぞ》く空はとても澄み渡っており、緑とのコントラストが実に綺麗《きれい》だ。

人は古来より自然の中で生活していた。だから、このような自然の地に出てくると心が落ち着くのは当然だな。

都会の喧騒《けんそう》から解放された気分だ。自然は人間みたいにうるさく喋《しゃべ》らないから実にいい。

自然の景色を堪能しながら歩いていると、木々の根元に楕円《だえん》の形をした葉っぱの植物を見つけた。

「キルク草だな」

キルク草は森に生えている野草で、煮込むと肉や魚の臭みをとってくれる効果があり、抗菌作用もある。前世でいうササの葉みたいなもので、常に需要が絶えない素材だ。

指で根元からプツリと折っては回収していく。

しかし、採取を続けるにつれて手の中で束になってきてしまった。

こういう時は普通にポーチなどに収納するものであるが、俺には便利なものがある。

それは【マジックバッグ】という宝具《ほうぐ》だ。

宝具というのは主にダンジョンで発見される不思議なアイテムだ。

姿を消せるローブ、瞬間移動のできる指輪、空飛ぶマント、海中でも息ができる腕輪――と文明レベルを超えた様々な効果を持っており、物体の質量に関係なく収納できる【マジックバッグ】も宝具の一つだ。

宝具は魔道具と違い、現代の魔法技術での再現は不可能。

それ故に売り出される宝具には高値がつき、冒険者たちは一攫千金《いっかくせんきん》を狙ってダンジョンに潜ることもある。

「しかし、いつ使っても不思議なものだな」

見た目は何の変哲もないショルダーバッグ。しかし、明らかにその容量を超える量の物を入れても呑《の》み込んでいく。

一説によると、古代の魔法使いが生み出した魔道具が宝具だと言われているが、魔道具の素養を独神から貰《もら》った俺でさえ構造を理解することは不可能なので根本的に違うのだと思う。

しかし、だからこそ……。

「宝具には浪漫《ロマン》があるな」

宝具には魔道具では再現できない技術が詰まっている。

【マジックバッグ】だってそうだ。こんなもの魔道具で作れと言われても、どこからどう手を付けてやったらいいのかわからないからな。

【マジックバッグ】は物体が無限に入るというわけではないが、とても便利で助かっている。

魔道具では作ることのできない快適さを埋めてくれる宝具が俺は大好きだ。

「こっちはボタンキノコか」

キルク草を採取しながら進んでいくと、日陰になっている木の樹皮に黄色いキノコが生えていた。

その名の通り、ボタンのような真ん丸とした形をしているのでボタンキノコと呼ばれている。

煮ても良し、焼いても良しな食材で一年を通して生えており、こちらも需要が高く、いつも依頼として貼り出されている。

正直、これらの品は大したお金にはならないが、余った分は家に持って帰って食材として使えるからな。いくら採っておいても損はない。

夢中になって樹皮に生えているボタンキノコをむしっていると、背後でがさりと茂みの揺れる音がした。

それは微かな音だが、明らかに風による葉音ではないとわかった。

即座に振り返ると、そこには黒い体毛に白い牙を生やした魔物がいた。

「黒猪《ブラックボア》か……」

自らの縄張りに入ってきた俺に敵意を燃やしているのか、荒い鼻息を漏らしながら鋭い視線を向けてきている。

黒猪は雑食だが、その中でもキノコを好んで食べている。

ボタンキノコを採取している俺を見て、自らの好物を盗んでいく敵だと判断されたのだろう。

「最近はあまり運動もしていなかったしちょうどいいな」

黒猪レベルの魔物であれば俺でも問題なく対処できる。

佩《は》いていた剣を引き抜くと、黒猪が後ろ脚で地面を蹴り出した。

驚異的なスタートダッシュ。相手は自分よりも小さな体であるが、反り返った牙は天を貫くようで刺されてしまえばひとたまりもない。

しかし、それは当たればの話だ。

黒猪の突撃は非常に直線的であり、躱《かわ》すことは難しくない。予備動作である後ろ脚で土をかく癖を見れば、タイミングも読みやすかった。

サイドステップで体当たりを躱した俺は、すぐにUターンしてくる黒猪に備える。

「フ、フギイィ！」

が、それは必要なかった。

「牙が刺さって抜けなくなったのか」

どうやら牙がボタンキノコの生えていた木に突き刺さってしまったらしい。

鋭さが自慢の牙がどうやら仇《あだ》となってしまったようだ。

俺の目の前ではお尻をこちらに突き出しながら、何とか牙を引き抜こうと奮闘している黒猪《ブラックボア》がいる。

「軽い運動にもならなかったが見逃す義理もないな」

俺は身動きのとれない黒猪に剣を振るった。

✦ ✦ ✦ ✦ ✦

黒猪を解体して毛皮、牙、肉、魔石などと分類したら【マジックバッグ】に収納し、再び歩き出す。

しばらく進んでいくと、徐々に生えている木々の間隔が緩やかになり、微かに水の音が聞こえる。

そのまま真っすぐ歩くと鬱蒼《うっそう》とした雰囲気は薄れ、目の前には湖が広がってきた。

森の中にぽっかりとできた大きな湖。そこに木々はなく、透き通った水が悠々と存在を主張していた。

ここは俺のお気に入りの場所だ。

東の森に来た時は、いつもここでゆったりとした時間を過ごすことにしている。

とても見晴らしが良く、空の景色や遠くにある山も眺めることができる。

湖にはカモが気持ち良さそうに泳いでおり、倒木の上で色彩の豊かな鳥が羽を休めていた。

獰猛《どうもう》な魔物の気配もなく、全体としてのんびりとした空気が流れている。

ここでゆったりと時間を過ごそうと思っていると、斜め右側の方にテントが設営されており、傍《そば》には男性らしき人物が深くイスに腰をかけてだらっとしていた。

目元を隠すように本を置いているからか、人相まではわからない。

「……先客がいるのか」

自分以外来ないお気に入りの場所だと思っていただけに、知らない誰かがいることに強い不快感を覚える。

しかし、ここは俺の私有地でもなく、誰でも入ることのできる森だ。文句をつけることもできない。

向こうからすれば、こちらの存在だって異物でしかないだろうしな。

場所を変えようにもお気に入りの湖はここにしかない。

それに誰かがいるからといって、王都にまで引き返すのも癪《しゃく》だった。

今日はここでゆったりと過ごすと決めているので予定の変更はしたくなかった。

相手が大人数で騒いでいるなら問答無用で退散しているが、そうでもなく一人のようだし問題ないだろう。

そう考えて、俺は【マジックバッグ】から用意していたアウトドアグッズを取り出す。

支柱を入れて風避《かざよ》けのテントを広げると、素早く釘《くぎ》を打ち付けて設営。

折り畳み式のイスを平らな場所に設置すると、そこに腰かける。

このままゆっくりとお気に入りの本を読みたいところだが、せっかくなので昼食の準備をしておこう。

【マジックバッグ】に手を入れた俺は、細長い黒い筒を取り出した。

これは俺が作った燻製《くんせい》の魔道具だ。

俺は燻製料理が大好きであり、前世でもキャンプや登山の時には燻製料理を作っていた。

その時によく使用していたのが携帯用燻製機で、それを再現したまでである。

勿論《もちろん》、燻製したい食材は事前に用意してある。

王道の味付け玉子、チーズ、ベーコン、ナッツ、ピーナッツ。

それぞれをちょうどいい大きさにカットすると、平皿の上に載せて箱に入れる。

そこにチューブを入れると、後は魔道具を作動させるだけだ。

着火の魔道具でチップに火をつける。すると、リンゴの木のチップが香ばしい匂いを放ちながら赤々と燃え上がる。

その煙が燻製機に漂い、風魔石が風を送ってチューブへと煙を伝える。

すると、チューブから煙が発射され、平皿に並べられている食材に噴射された。

きちんと食材に煙が当たっていることを確認した俺は、そのまま箱の蓋を閉じた。

後は適当に時間が経過すれば燻《いぶ》されるだろう。

しっかりと魔道具が作動していることを確認した俺は、イスに深く座ってお気に入りの本を読むのであった。

10話
Episode 10

独身貴族と先客は燻製を楽しむ

本の世界に没頭していた俺だが、自らの腹が鳴った音に我に返る。

「昼食の時間か……」

気が付けば太陽は中天を過ぎており、すっかり昼になっていた。

もう少し本を読み進めたい思いもあったが、空腹を感じては集中することができない。

読みかけていたページに栞《しおり》を挟んで、俺は本を一旦端に置くことにした。

「これだけ燻《いぶ》していたんだ。しっかり味が染みているだろう」

途中で魔道具は止めてあるが、密閉された箱の中では今も煙が漂っている。

きっと中にある食材にしっかりと味がついているに違いない。

わくわくとしながら密閉された箱の蓋を開ける。

すると、中に籠っていた煙がもわっと立ち昇った。

箱の中に入れていた食材はすっかりと燻されており、茶色く変色して香ばしい匂いを漂わせていた。

「うおー！　美味《うま》そうだな！」

言葉を漏らしたのは俺ではない。

気付けば傍《そば》には、琥珀《こはく》色の髪をした男性がいた。

年齢は俺と同じか少し下くらいか？　空色の瞳を無邪気に輝かせて燻製《くんせい》された食材を見つめている。

「なんだお前は？」

「俺か？　俺はエイトだ」

いや、そういう意味ではないのだが……。

突然の闖入者《ちんにゅうしゃ》に驚いていた俺だが、深呼吸をして落ち着きを取り戻す。

斜めにあったテントの傍を見ると、イスに座っていた先客はいない。

多分、こいつがあそこに座っていた先客なのだろう。

「そんなに警戒するなって。ちょっと美味そうな匂いがしたから気になって来たんだ」

「それなら目的は達成しただろ。自分のところに戻れ」

「なあ、変な煙かけてたが、これって美味いのか？」

全然、俺の話を聞いていない。こいつについている耳は飾りなのだろうか。

いや、意図して無視しているのだろうな。

「……マズいものを外にまで持ってきて作るわけないだろ」

「ちょっと食わせてくれよ」

どうやらこのエイトという男は燻製料理というものを食べたことがないらしい。

仕方がないので串を一本渡してやると、彼は迷った末に王道のチーズを選んだ。

串でチーズを刺すと、そのまま持ち上げてスンスンと匂いを嗅ぐ。

「うおお、なんか独特な匂いがするな！　煙臭くねえ、不思議な匂いだ！」

そんな風にひとしきり一人で騒ぐとエイトはチーズをパクリと口にした。

「うめえ！」

予想通りの反応に思わず口角が上がってしまう。

「これどこのチーズだ？　特別なチーズを使っていたりするのか？」

「いや、中央区の市場に売っていた普通のチーズだ。一ブロックで千ソーロもしない程度のな」

「そんなどこにでもあるチーズがこんなに味わい深くなるのか。香ばしいというか独特な風味もあって、旨《うま》みが何段階も引き上げられたような感じの……」

チーズの質は高いに越したことはないが、普通のチーズでも十分美味《おい》しくなるものだ。

「これは何という料理なんだ？」

「燻製料理だ。今回は熱燻《ねっくん》という方法で調理した」

「燻製料理……ただ、煙をかけただけでこんなに美味くなるのか」

「ただ煙をかけるんじゃなく、きちんといい風味が出る厳選されたチップを使わないとダメだがな」

そこら辺にある木をチップにしても、ここまでのいい風味は出ない。

それぞれの食材に合うチップや、それらを組み合わせてこそ複雑な風味と旨みが引き出される。

「これがチップってやつか？　乾燥させた樹皮か？」

「そうだ。ちなみにこれはリンゴの木を使っている」

チップの入った袋を見せると、彼は感心したように匂いを嗅いでいた。

なんだか犬みたいだな。

彼が十分に満足したところで俺はチップの袋を回収させてもらう。

「なあ、他のやつも食べてみてもいいか？」

「皿を持ってこい。盛り付けたら自分のところに戻れ」

「ありがとな」

エイトは礼を言うと、ササッと走り出して自分のテントに戻った。

そして、自分の平皿だけでなくワイン瓶を持って戻ってくる。

「美味い飯を食わせてくれる礼だ。コップに注いでやるよ」

「いただこう」

妙に距離感の近い男だが、それなりに礼儀は弁《わきま》えているようだ。

コップを渡すと、エイトがワイン瓶から赤ワインを注ぐ。

それとなくラベルに視線をやった俺はその銘柄に驚く。

「……それセルベロスのワインじゃないか」

ワインの名産地セルベロスで作られた稀少《きしょう》なワイン。

栄養豊富な土壌で育てられたブドウを使い、特別な加工方法で作られているために流通するのは年に数百本。

その美味しさはピカイチで王族や高位の貴族がこぞって買い上げるために、中流以下の者では中々手に入れることのできないワインだ。金があるからといって手に入る代物ではない。

「おっ、知ってるってことはお前も中々の好きものだな？　貴重なもんだから味わって飲めよ」

「感謝する」

そう笑うエイトの顔に嫌みはなく、自信のある一品を自慢したい男の笑みだった。

エイトはワインを注ぎ終えると、軽く布で拭って蓋を閉める。

その動きに淀《よど》みはなく、まるで高級酒場にいるウェイターのようだった。

前世のキャンプでもこうやってソロキャンパー同士が食事の交換をし合うことがあったな。

いいものにいいもので返す。その精神は嫌いじゃない。

エイトから平皿を受け取った俺は、チーズ、玉子、ベーコン、ナッツ、ピーナッツと全種類の食材を盛り付けてやった。

エイトは嬉《うれ》しそうにそれを受け取ると、大人しく自分のイスへと戻っていった。

悪い奴ではないが、せっかくここまでやってきたんだ。本来の目的通り一人で楽しみたい。

「まずはセルベロスのワインから飲むか」

せっかくの稀少な頂き物だ。他の食材で舌が鈍らない内に純粋な味を確かめておきたい。

豊かな香りを少し楽しんでから俺はコップに口をつける。

凝縮されたブドウの味にそれを支える爽やかなミネラル感。

「さすがに美味い……が、これは肉やチーズと一緒に食べた方が合いそうだな」

この凝縮された味には肉やチーズといったボリューム感のある食材と合わせるのがいいだろう。俺の中ではそう結論づけた。

それを試してみるべく、俺は燻しベーコンに串を刺して口に入れた。

元からしっかりと下味の付いた脂の乗ったベーコン。そこに燻製の風味と旨みまで加わるのだから美味しくないはずがない。

口の中でぷりぷりとしたベーコンが躍り、旨みを存分に吐き出す。

そして、それをセルベロスのワインと一緒に流す。

ワインが肉の旨みを引き出し、燻製の風味を引き立てつつもタンニンと酸で全体を引き締めている。

「やっぱり合うな」

俺の見立て通り、インパクトのあるベーコンとの相性はバッチリだった。

「うめえ！」

ワインを眺めながら感心していると、斜め向かいに座っているエイトが叫びながら足をバタバタとさせていた。

向こうも燻製料理とワインの相性に気付いたのだろうか。

妙に存在感のある奴だが、うちはうちでよそはよそだ。

気を取り直して俺はチーズに手をつける。

市場のチーズは薫香でしっかりとコーティングされたからか、表面が少し硬くなり、黄色みを増していた。

崩れにくくなったチーズに串を刺すと、そのまま口へ。

元は市場に溢《あふ》れる普通のチーズ。しかし、燻製されて豊かな風味が加わったお陰かリッチな味わいのチーズになっている。

そして、再びセルベロスのワイン。

口の中に強く残ってしまう濃厚なチーズをワインが流してくれる。

後味をスッキリとさせながらも旨みが後を引いて堪《たま》らない。

チーズを食べると次は味付け玉子だ。

燻製される前まではソースの色でうっすらとした褐色肌であったが、今では完全な褐色肌になっている。

香りを堪能しながら燻製味付け玉子をぱくり。

下味の甘めのソースと燻製の風味が絶妙にマッチしている。

燻製時間もちょうど良かったからか白身も硬くなっておらず、半熟にさせておいた黄身の甘みがとろりとやってくる。

「……美味《ゆ》いな」

前回は茹で時間や味付け具合が微妙だったが、今回は黄身の半熟具合といい全てが自分好みなので完璧だ。

家で作って食べるのもいいが、外で食べるとより美味しく感じるな。

大人数で食べると美味い、には疑問を呈する俺だが、こちらの定説については全面的に同意だった。

主な食材を食べ終わると、燻製ナッツとピーナッツをつまみながら湖で釣りを楽しんだ。

11話 Episode 11 独身貴族は屋敷に連行される

東の森から帰還した俺は、冒険者ギルドで素材を納品。

報酬金を受け取り、黒猪《ブラックボア》の素材を換金して帰路についた。

「夕食は魚の塩焼きにするか」

湖で釣り上げた魚をメインとしつつ、頭の中でそれに合う料理を考えながら歩いているとアパートが見えてくる。

「んん？」

しかし、今日はアパートの前に一台の馬車が停《と》まっていた。

ただの送迎馬車だろうか？　アパートの住人が迎えに来させたのだろう。

「ようやく帰ってきたわね、兄さん！」

そう思って横を通り過ぎると、アパートのエントランスから栗色の髪をした女性が声をかけてきた。

「……イリアか」

突然声をかけてきた人物は俺の妹だった。

あれから二十年が経過してイリアは二十五歳。

二つに結っていた髪は、腰まで伸びており毛先はカールさせている。

母さんと同じように背が高く、スタイルも良くなっており大人の女性としてすっかり成長していた。

勿論《もちろん》、俺と違ってイリアはしっかりと結婚しており、今では一児の母だ。

「ここまで一人で来たのか？」

見たところ家の馬車を使っていないよう。

ルーレン家の屋敷から王都までそう遠くはないが、貴族の女性が一人で出歩くには不用心が過ぎる。

「送迎馬車で来たのよ。あの中にギリアムも乗ってるわ」

イリアがそう説明すると、送迎馬車の中から初老の男性が出てきて一礼。

うちの屋敷で働いている執事であり、護衛でもある使用人だ。

「なんでわざわざ送迎馬車で来てるんだ？」

別にわざわざお金を払って、そんなものに乗らなくても屋敷に馬車がある。

「家の馬車でやってきたら兄さんが察知して逃げるからよ」

「…………」

俺は草食動物が何かだろうか?

だが、実際に家の紋章が入った馬車が来ていたら間違いなく回れ右をしていた。

相変わらず細かいところで知恵が回る妹だ。

「それでなんの用だ?」

「なんの用だじゃないわよ。食事会の手紙! 何度も送ってるでしょ?」

「ああ、そんなのがあったな」

家族が集まっての食事会。うちでは定期的にそのような催しを屋敷で開催している。

「俺は行かない」

一人が好きで屋敷を離れて生活しているというのに、どうして屋敷で食事会などしなくてはならないのか。

「ダメ。一緒に行くわよ」

脇を通り抜けてエントランスに入ろうとしたが、イリアに腕を掴《つか》まれる。

「俺は行かないと言っただろ? 今は仕事で忙しいんだ」

「そうやって断り続けて一年よ? たまには顔くらい出して。特に母さんが心配してて、今回は絶対に連れてこいって父さんに言われたの」

むむ、まさかあの温厚な父さんがそこまで言っているとは。

「屋敷の皆様はジルク坊ちゃまのことが心配なのです。どうか少しの間だけお時間を頂けないでしょうか？」

そこに追い打ちをかけるようにギリアムが頼んでくる。

幼少の頃から世話をしてもらっているギリアムにまでそう言われては断りづらい。

「……わかった。行ってやるから、坊ちゃま呼びはやめてくれ」

もう二十八歳だ。ギリアムからすれば、俺は子供かもしれないがいい歳をして恥ずかしい。

「ありがとうございます、ジルク様」

俺が観念してそのように言うと、ギリアムは嬉《うれ》しそうに笑みを浮かべて言い直した。

まったく、今日の夕食は魚の塩焼きを食べようと思っていたのに台無しだ。

「ちょっと準備をしてくるから馬車で待ってろ」

「ええ？　兄さんの家はここでしょ？　どうせなら部屋に入れてよ」

エントランスに向かうとイリアがついてこようとする。

「ダメだ」

「なんでよ？」

「他人は家に入れない主義だからだ」

家というのは自分だけが過ごすための場所であり、あらゆる人間関係やストレスといったものを断ち切ってくれる聖域だ。

そこにどうして他人を入れなければいけないのか。

「他人って、私は家族でしょ!?」

「家族でもだ。特にお前は俺の部屋に勝手に入って魔道具と宝具を壊したことがあるから出禁だ」

昔、イリアは俺の家に上がり、部屋に置いてある宝具を触って壊したことがあった。

対策をしていなかった俺も悪いが、危うく部屋が一つ吹き飛びかねない惨事になりかけたのだ。

勝手に人の物をいじる習性があるイリアだけは、絶対に部屋には上げないと心に決めている。

「そういうわけで馬車で待ってろ」

有無を言わさぬ口調でそう告げると、俺はエントランスの鍵を解除して中に入っていく。

イリアが呆然《ぼうぜん》とした表情で見送るのを確認して、俺は階段を上って部屋に向かった。

「それって十五年以上前のことじゃない！　出禁ってなによ、もうー！」

すると、外からそんなキーキーとした声が聞こえてくる。

妹よ、アパートの住人に迷惑だから無意味に叫ぶのはやめてくれ。

✦ ✦ ✦ ✦ ✦

一度部屋に戻って準備を整えた俺は、イリア、ギリアムと共に送迎馬車に乗ってルーレン家の屋敷へとやってきた。

「やあ、ジルク！　一年ぶりかな？　元気にしていたかい？」

屋敷に入るなり歓迎してくれたのは父であるレスタだ。

年齢は五十を越えているせいか、老いを感じさせる部分はあるがとても元気だ。

黒ぶちの眼鏡に優しい笑みは昔と変わらない。

「一年じゃ何も変わらないさ」

特に俺は独神から健康な身体を貰《もら》っている。

前世のように風邪で寝込むことや病気になることもない。元気なのは当たり前のことだった。

「そうだね。ジルクは母さんに似ていくつになっても若々しいや」

「父さん、積もる話はあるだろうけど続きはダイニングでね」

「ああ、そうだったね。ささ、皆が待ってるし行こうか」

いつまでも話を続けようとするレスタをイリアが諫《いさ》めると、俺たちはようやくダイニングに移動することになる。

一年ぶりとはいえ、屋敷の中はほとんど変わらない。

床に敷かれている絨毯《じゅうたん》が新調されていたり、調度品の位置が変わっていたりするくらいだった。

靴が埋まりそうなくらい柔らかな毛先をしている絨毯を踏みしめて廊下を進むと、木造の二枚扉に行き当たる。

それをギリアムと控えていたメイドが開け、俺たちはダイニングルームに入る。

「遅いわよ、ジルク」

入るなり不機嫌そうな顔で声をかけてきたのは母であるミラだ。

こちらはレスタより一つ下とはいえ五十代なのであるが、あまり老け込んではいない。

昔と同じようにロングヘアではなく、セミロング程度の長さになっているが藍色の髪は綺麗《きれい》なままだ。

どう見ても三十代前半にしか見えない。

ひょっとして老化を防ぐ魔道具の開発にでも成功したのだろうか。そう疑わざるを得ない若々しさだ。

「急に呼ばれれば時間もかかる」

「今日が食事会だってことは事前に手紙で伝えていたでしょうに」

「兄さんってば、私が迎えに行かなかったらまた来ないつもりだったからね。というか聞いてよ、母さん！　私が王都まで迎えに行ってあげたのに兄さんってば――」

母さんの隣にイリアが座り、聞こえよがしに話し始めた。

どうせ部屋に入れなかったことを愚痴りたいだけなので無視するに限る。

「ようやく来たか、ジルク！」

着席すると銀髪に眼鏡をかけた男が親しげに声をかけてきた。

「ルードヴィッヒもいたのか」

「いたのかって、家族の食事会なんだから顔を出すのは当然だろう？」

素材の関係で仕事を共にした錬金術師であり、仕事仲間だったが、今ではイリアの旦那でもある。

ルードヴィッヒが恋人が欲しいとうるさいので、妹を紹介したらトントン拍子に進んで気が付いたら家族になっていた。

ルードヴィッヒも男爵家の出身とはいえ、まさかくっつくとは思わなかったな。

「母さんがいるからって猫を被《かぶ》るな。お前だって面倒くさがっていただろうに」

「なにを言ってるんだ、ジルク。そんなわけないだろう」

ルードヴィッヒの本心をぶちまけてやると、彼は冗談でも話すかのように笑い飛ばした。

この間、食事会が面倒くさいと愚痴っていた癖にな。

母さんがいるからいい旦那を演じていたいのだろう。

結婚することによって家族が増えて、人間関係が面倒くさくなる。

これも結婚の弊害《へいがい》だな。

「ほら、セーラもジルク伯父《おじ》さんに会えて嬉しいよな？」

話題を変えたいのかルードヴィッヒが対面に座っている者に話を振る。

そこにはルードヴィッヒと同じ銀髪の少女がイスの上にちょこんと座っていた。

ルードヴィッヒとイリアの娘であるセーラだ。確か年齢は今年で四歳だったか。

セーラはクリッとした緑色の瞳をこちらに向けると、

「おじさん、だーれ？」

「………」

「あははは！　ジルクが中々顔を出さないからセーラが忘れてるじゃないか」

俺たちの様子を見ていたのか父さんが笑い出した。

よっぽどツボにはまったのかゲラゲラと笑っている。

「ほらほら、兄さん。可愛《かわい》いセーラのためにも自己紹介をしてあげて」

「おしえてー」

さっきの件の仕返しだろうか。

母さんに愚痴を吐いていたイリアがここぞとばかりに笑みを浮かべて言う。

……これだから食事会なんて来たくなかったんだ。

大勢の視線にさらされる中、俺は四歳の少女に自己紹介をさせられた。

12話 Episode 12　独身貴族は理解されない

「おじさん、まだ結婚してないのー？」

自己紹介が終わると、セーラが突然そのようなことを言ってきた。

「よく言ったわ、セーラ！」

「ジルクはもう二十八歳でしょ？　いつになったら結婚するのかしら？」

セーラの言葉に調子づくイリアと母さん。

過去に何度も上がった話題だけに辟易とする。

「俺は結婚しないって言ってるだろうが」

「どうしてよ？」

「一人が好きだからだ。結婚なんてものに興味はない」

俺がそのように答えるも、母さんとイリアは理解できないとばかりに呆《あき》れた顔をする。

「えええええー、好きな女性と一緒に暮らしたくないの？　子供を作って幸せな家庭を築きたくないの？」

「誰かと暮らすなんてまっぴらごめんだ。俺は一人が好きだからな。それに子供を育てることに興味はない」

「ええー」

俺の主張を聞いてドン引きの表情を浮かべるイリア。

この世界は現代日本ほど生き方が多様化していない。

昭和初期の頃のように結婚して家庭を持って一人前の大人、それが一般的な幸せという凝り固まった思想を抱えている。

そんなイリアや母さんたちにとって結婚せずに暮らしていくという選択肢はなく、あり得ない人生なのだろう。

「……兄さん、もしかして男の人が好きなの？」

「違う」

おそるおそるといった様子でイリアが尋ねてくるので即座に否定する。

俺は男色だから女性には興味がないと思考を走らせたようだ。

「じゃあ、どうして恋人の一人もいないのよ？」

「さっきも言った通り、一人が好きだからだ。恋愛などなんだのはうんざりなんだ」

「兄さんって、そんなこと言えるほどに恋愛なんてしてたっけ？」

イリアがまじまじとこちらを見つめながら言う。

鋭い。さっき思わず口から出た言葉は前世の経験なんかも入っている。

そりゃ、俺だって元からこんな性格をしていたわけではない。色々な過去や体験から学んでこういう思想を抱くようになったのだからな。

今世で女性と付き合っているところを見たことがない、とイリアが訝《いぶか》しむ気持ちはわかる。

「私が見ていた限りでは、いい感じになった女性は皆無ね」

「でも、職場や社交界ですり寄られることは多かったもんな」

「まあな」

母さんの瞳が鋭くなる中、ルードヴィッヒが助け舟を出してくれる。

「ああー、でも兄さんって外から見れば好条件だものね。背は高いし、容姿も整っている。その上魔道具師で高収入、貴族院の高等学部を首席で卒業しているし、子爵家の長男。それで独身って……食いつかない女性の方が少ないかも」

「誰か引っ掛かってくれる素敵な女性がいないかしら？　そうしたら孫の顔がもっと見られるのに」

「孫さえ見られれば、俺のことはどうでもいいのか……」

俺がそのような突っ込みを入れるもイリアと母さんは好き放題に語り出す。

やれ、俺の嫁はどんな人がいいだの、子供はどんな見た目をしているだの。

楽しそうに語り合っているところ申し訳ないが、そんな未来は永遠に来ないので無駄だ。

「まあ、その話はそれくらいにして食事にしよう」

イリアと母さんが盛り上がる中、静観していた父さんが話題を打ち切った。

「そうだな。いい加減腹が減った」

「セーラもおなかぺこぺこー」

「そうね。それじゃあ、食べましょうか」

父さんと俺の主張では不服そうにしていたイリアだったが、セーラがそう言うとケロリと表情を変えた。

ふむ、これは便利だな。

今後も屋敷で面倒な話題が上がった時は、セーラを使うとするか。

父さんがギリアムに声をかけると、扉が開いて次々と使用人が入ってきて料理を並べる。

「そういえばアルトはどうした？」

食事の準備が着々と進む中、いつまで経《た》ってもアルトとその嫁や子供が来ないことに俺は気付く。

「アルトたちなら社交界に出てるから来られないわよ」

「アイツの辞退は許されるのに俺の辞退は認められないのか？」

弟夫婦だけが辞退し、俺の辞退だけが許されないというのは釈然としない。

「ジルクは一年も帰ってきていないから辞退権はないわよ」

「大体、アルトが忙しいのって兄さんが領地も継がないし、社交界にも顔を出さないからでしょ？

その自覚があって言ってるの？」

「……悪かった。アルトの辞退は認めよう」

母さんの言葉には言い返したいが、イリアの主張には言い返せる言葉もなかった。

魔道具作りに没頭する俺のために領地を継いでくれて、人付き合いの苦手な俺の代わりに社交界に出てくれているからな。

俺が貴族でありながらしがらみから外れて自由にやれているのは、アルトの活躍によるものが大きい。その感謝の念を忘れてはいけないな。

「アルトには新しい魔道具を贈って、美味《うま》い飯屋にでも連れていってやるか」

俺はそれとなく言葉にして、アルトへの感謝の気持ちを送ることを決意した。

その間にも次々とテーブルに料理や食器が並ぶ。

彩り豊かなサラダに、じゃがいもの冷製スープ、野菜と肉の煮物、それに俺が釣ってきたサバーナという魚も一品として加えられている。

「あら？　見慣れない魚があるわね？」

「もしかして兄さんが外で釣ったっていう魚？」

「そうだ」

今日は魚の気分だったからな。やはり、どうしても食べたくて、料理人に追加で作ってもらった。

「へえ、ジルクが釣ったのか。これは美味《おい》しそうだ」

魚料理が大好きなルードヴィッヒが、サバーナの塩焼きを見て目を輝かせる。

あいつは肉よりも海鮮系の方が好きだったからな。

「それじゃあ、ルーレン家のこれからの繁栄を願って乾杯だ」

父さんの乾杯の声にそれぞれ手にしたグラスを掲げて乾杯。

透き通ったグラスの音がダイニングに鳴り響く。

「セーラもおじさんと乾杯」

「かんぱーい」

イリアがセーラの手をとって無理矢理乾杯させてくる。

別に無理してさせることはないと思うが、大人しく合わせてやった。

乾杯の一口で喉を潤す。

昼間にセルベロスのワインを飲んだからだろうか。どうしてもあの芳醇《ほうじゅん》な香りや旨《うま》みと比べてしまって素直に喜べない。

……今日は赤ワインを飲まない方がいいだろうな。楽しく飲めない時は飲まないに限る。

「ところでジルクは家でちゃんと料理を作ってるの？」

「料理は得意だからな。自炊はしている」

「どうせ高いお肉とか買って焼いているだけなんじゃないの？　あるいは濃い味の酒のつまみでも作ってるとか」

「そんなことは……」

ないと反論しようとした俺だが、ふと最近の食生活を振り返る。

ついこの間焼肉を食べに行き、今日の昼間は燻製《くんせい》料理を食べていた。

イリアの指摘に反論できるほどの立派な食生活は送っていないな。

「あー、言いよどんでる！　きっと私の言ってる通りの食生活を送ってるんだわ！」

「そんなに偏った食事ばかりしていては病気になるわよ」

生憎《あいにく》とこちらは独神から【健康な身体】という恩恵を貰《もら》っている。

母さんが心配するような病気の心配はない。

「大丈夫だ。俺は病気にはならん」

「なんの根拠があるのよ」

「俺は昔から一度も病気になっていない」

「確かに兄さんが、病気で寝込んでいるの見たことないかも！　え？　すごくない？」

イリアが過去を振り返って思い出したかのように驚いた。

「若い内は平気でも、歳をとると身体が弱くなるものだよ？　食生活はきちんとしないと」

「ああ、わかってる」

父さんが心配そうに言ってくるので頷《うなず》く。

実際には独神の恩恵があるから平気なのだが、そんなものは両親にはわからないだろうからな。

とはいえ、偏った食生活は身体にも良くないし、もう少し見直すことにしよう。

「これは本当にサバーナなのか？　食べたことのある味とまったく違うんだが」

「本当だわ。ただの塩焼きとは違って複雑な味……」

サラダを食べていると、ルードヴィッヒとイリアが驚きの声を上げた。

「それはジルク様の魔道具で特別な調理法をしたからです」

傍《そば》に控えていたギリアムが説明をする。

「魔道具で調理？」

ルードヴィッヒがさらなる解説を求めるが、ギリアムの視線はこちらに向いた。

作った本人が解説しろということだろう。

「専用チップを燃やして煙で燻《いぶ》すんだ。そうすると風味が豊かになって旨みが増す」

「へえ、そんな調理法があるのか。またすごい魔道具を作ったものだな。というか、そんな魔道具を売っていたか？」

「燻製機は俺が個人的に使っているものだからな。売りには出してない」

別に作るのはそこまで難しくないが、進んで仕事を増やしたくはない。

常に自由に動けるくらいのバッファは持っておきたいからな。

「これおいしい」

「あら、セーラも食べられるの？　いつも魚は生臭いから嫌いって……」

「これはくさくないよ？」

四歳ながら燻製料理の美味しさをちゃんとわかっているじゃないか。

「なあ、ジルク。あれを一つ売ってくれないか？」

「父さんも欲しいな！　燻製機ってやつがあれば、色々と食事を楽しめそうだ」

ルードヴィッヒに便乗して父さんも頼み込んでくる。

「……わかった。今度、作って送ってやる」

燻製機がないからと言って毎度呼びつけられても面倒だ。

ここは素直に燻製機を送っておいて大人しくしてもらうとしよう。

13話 Episode 13

独身貴族はリフレッシュしたい

「昼休憩行ってきまーす」

屋敷で食事会を終えた翌日の昼。

工房でクーラーの設計図を作っていると、トリスタンの気の抜けた声が響き渡った。

朝から集中して作業をしていたがもう昼になったらしい。

トリスタンは財布をポケットに突っ込むと、上着を羽織って外に出ていく。

ルージュは外回りに出ているので、今日は工房にいない。

室内には俺一人が残された。

このまま作業を進めたいところであるが、進みが悪い。

素材の選定と形については終わっているのだが、氷魔石と風魔石を繋《つな》ぐ魔力回路にどうにも納得がいかない。もっと単純な形で効率化できるはずだ。

そのための魔力回路をずっと考え込んでいるが、納得できる答えは見つからない。

「少し気分でも変えるか」

なんだか思考が随分と固まっているような気がする。

こういう時は一度魔道具のことから離れてリフレッシュするべきだ。

ちょうど昼食の時間でもあるし、思い切って街を歩こう。

人間の集中力は長くても一時間半程度だ。それ以上の時間を費やしても良いパフォーマンスは得られない。

などと心の中で言い訳をしてジャケットを羽織って外に出る。

工房の中の空気はこもっていたのか、外に出ると空気が爽やかだった。

ルージュがいる時は気を遣って換気をしてくれていたのだろうが、男二人だとこういうところはダメだな。

中央区の中心地に足を伸ばすと、屋台通りへと差し掛かる。

通りの左右にはズラリと屋台が並んでおり、胃袋を刺激するような香りが漂っていた。

その中でひときわ強い香りを放っているのが海鮮トマトスープだ。

大きな寸胴《ずんどう》鍋を覗《のぞ》き込むと大イカや、女王エビ、ホタテといった様々な魚介が入っている。具材のひとつひとつがとても大きいな。

あれだけの豪華な食材の出汁《だし》が染み出しているスープはさぞかし絶品だろう。

一杯六百ソーロと屋台料理にしては高めの値段ではあるが、それでも結構な数の人が並んでいる。

使われている食材から考えると妥当な値段だ。怖気《おじけ》づかずに買う者が多いのは、それだけ美味《おい》しいという証《あかし》だろう。

列に並ぶと程なくして順番が回ってくる。

「へい、らっしゃい！」

「海鮮トマトスープを一つ。あと、鎧蟹《アーマークラブ》の串焼きも一本」

「九百ソーロだ。毎度あり」

寸胴鍋の隣には大きな網が置かれており、そこには様々な海鮮の串焼きが並んでいる。

その中でも赤々とした鎧蟹の串焼きがとても美味しそうでつい頼んでしまった。

店主にお金を払うと、スープの入ったお椀《わん》と串焼きを渡してくれた。

想像以上にスープのお椀が深く、大きい。これは食べ応えがありそうだ。

ちょうど屋台の脇にある立食スペースが空いていたので、そこに滑り込んで陣取る。

「まずは鎧蟹の串焼きを食べるか」

スープも食べたいが、お椀からは湯気が出ており熱そうだ。

すぐに食べられる気がしないので、まずは程よい温かさの鎧蟹を攻略する方がいいだろう。

鎧蟹というのはその名の通り、甲殻が堅牢《けんろう》な鎧《よろい》のように発達している蟹《かに》のことだ。

とても防御力が高く倒すのが困難らしいのだが、身は引き締まっておりとても美味《うま》い。

網の焦げ目がついた赤い身を口に入れる。

口の中に広がる蟹の旨《うま》み。適度に振りかけられた塩との相性が抜群だ。

炭火で焼き上げたお陰か香ばしさも増している。

噛《か》めばギュッとした弾力が歯を押し返すと同時に、蟹の旨みと潮の味を吐き出す。

予想通りの美味しさだ。

鎧蟹《アーマークラブ》の串焼きをぺろりと平らげると、次は海鮮トマトスープだ。

鎧蟹を食べている間に熱々だった湯気が少し収まり、ちょうど食べられるくらいになっている。

木匙《きさじ》ですくうとリング状になった大イカとホタテがごろりと入ってくる。

口に入れると、まず感じるのは豊かな海鮮の旨みだ。

スープの中に染み出した数々の海鮮食材の旨みがじっくりと煮込まれたトマトの旨みと重なって堪《たま》らない。

他にもチリ系のスパイスがふんだんに使われているようでパンチもしっかりと効いていた。

そして、それらの旨みを吸い上げて大王イカとホタテ。

「美味いな」

こんなものが美味しくないはずがない。

一回すくう度に大きな具材がゴロゴロ入ってくるので食べ応えも抜群だった。

適当なレストランに入ろうと思っていたが、たまにはこうやって屋台料理を味わうのも悪くはないな。

✣ ✣ ✣ ✣ ✣

屋台料理を食べてお腹《なか》を膨らませた俺は、なんとなく通りを歩く。

昼食を摂ってすぐに戻っても仕事をする気にはなれない。もうちょっと外をぶらつきたい気分だった。

こういう時、やはり一人というのはいい。誰かがいるとこういう意味のない行動というのはしづらいものだからな。

「よろしければどうぞー」

意味もなくフラフラと通りを歩いていると、突然目の前に人がやってきてチラシを渡される。

受け取ると、ビラ配りの女性はにっこりと笑って去っていった。

しまった。つい、反射的に受け取ってしまった。

暇そうに歩いているから目をつけられたのだろう。

どうせつまらない店の宣伝や広告だろう。興味のない情報が載っているだけの紙屑《かみくず》を渡されてしまった。

ゴミ箱を探すのも面倒だ。

とりあえずポケットにでも入れておいて、ゴミ箱を見つけた時に捨ててしまおう。

そう思って畳もうとすると、チラシにはコンサートの案内が書かれてあった。

案内によると様々な種族が交じり合った管弦楽団が出演するらしい。

チラシには黒いシルエットで表された様々な種族の人たちが楽器を持って並んでいる。

「ほお、王都の劇場でそういう催しがあったのか……」

劇場があることは知っているが、今まで足を運んだことはなかったな。

劇場の内部が気になるし、単純にこの世界での音楽がどのようなものか気になる。

ただ演奏時間を見ると、それなりの長さだ。

昼休憩の時間を大幅に過ぎてしまうが、今はクーラーの設計をしているだけで差し迫った仕事はない。

俺がいなくなることでトリスタンの作業が進まなくなるということもないので、迷惑にもならないだろう。

「行ってみるか」

14話 Episode 14

独身貴族は音楽を楽しむ

チラシに書かれている簡易的な地図を頼りに劇場へと向かう。

俺が散歩していた場所からそう離れていない場所に劇場はあり、十分もかからない内に到着した。

中央区のやや北にある王都歌劇場。

純白の壁をした四階建ての建物であり、淡い緑色の屋根をしている。

高位の貴族の屋敷と見紛《みまが》うような荘厳な造りで、かなりの建築資金がかけられていることはすぐにわかった。

その入り口に吸い込まれるように入っていくのは、いずれも上質な服を身に纏《まと》う者たち。

恐らく王都に住む富裕層の者がほとんどだろうな。

遠目に見ている市民も歌劇場を眺めはするものの、荘厳な建物や入っていく富裕層に委縮気味だった。

まあ、ああいう建物に入ったことがないと緊張するものだ。

俺も最初はそうであったが、こういうものは慣れだ。

幸いなことに今日は三つ揃《ぞろ》えを着ているので、歌劇場に入っても浮いたりはしない。

それにお金だってちゃんと持っているしな。こういうのは度胸だ。

ハイソな者たちの流れに乗るように俺も歌劇場へと足を進める。

中に入ると床一面が白の大理石だった。とても艶やかで上を歩いている人の服装がわずかに映り込むほど。

奥にはチケット販売のカウンターと入場口がある。

カウンターでチラシを見せると、すぐに管弦楽団のチケットを用意してくれた。

席は既に埋まりつつあるのか空いているのは後ろの方だけだった。

席料は三千ソーロからで、プレミアム席などは五万ソーロ以上もする。

高いところは随分と値が張るものだ。それほど演奏する者が良く見え、音の聞こえがいいということなのだろう。

とはいえ、俺はチラシに書いてある管弦楽団のファンというわけでもないので、オーソドックスな後ろ目の席にしておいた。

預けるような手荷物もないのでスムーズに発券手続きが終わり、従業員によってホールへと案内された。

中に入ると、円を描くようにホールがあり、舞台をぐるりと取り囲むように席が並んでいる。二階、三階、四階にも席があり、二階プレミアムシートなどは本当に舞台との距離が近かった。

舞台には赤い垂れ幕が下りており準備中の模様。

俺はチケットの番号と列を見ながら、自らの席に座る。

ホールにはそれなりの数の人がいるのだが不思議と静寂さがある。

歌劇場に来ている者の教養の高さというものを感じるな。これはいい。

しばらくゆったりしていると、アナウンスが流れてホール内の灯りが消えていく。

それに伴い垂れ幕が上がり、ぽっかりと照らし出された舞台に次々と奏者が入場してくる。

奏者は人間、獣人、リザードマン、エルフ、ドワーフといった様々な種族であり、性別や体格もバラバラ。そのシルエットの違いが面白い。

奏者はそれぞれの席に座ると、己《おの》が楽器を構え出す。

ヴァイオリンやチェロ、コントラバス、フルート、トランペットなどは前世でも見たことがあるが、この世界独自の楽器も交ざっているようだ。

形はホルンのようであるが管がかなり伸びており、背中にまで巻き付いているものもあったり、通常のものよりも遥《はる》かに長くカスタマイズされたトランペットなども見受けられた。

それらの未知の楽器がどのような音を奏でるのか非常に楽しみだ。

奏者全員が舞台のイスに着席すると。最後に指揮者らしいエルフの男性が入ってくる。

すると、観客席から拍手が起こり前列から黄色い声が上がった。

指揮者を目当てに来る者もいるのだな。若干呆《あき》れながらも俺も歓迎の拍手をしておいた。

指揮者が観客席に丁寧に礼をすると、指揮台へと上がっていく。

拍手も鳴りやみ、ホール内が静寂に包まれる。

指揮者や奏者が集中する気迫にホール全体が呑《の》まれているようだ。

今なら微《かす》かな足音でさえも大きく響いてしまいそう。

緊張感を覚えながら待っていると、指揮者が腕を動かす。

すると、金髪の女性が一人でヴァイオリンを演奏し始めた。

優しく繊細な音色を奏でると、他の奏者も追いかけるようにしてついていく。

やがてそれらの音は進むごとに交じり合い、他の楽器の音色も合わさってあっという間に複雑な音になる。

すごいな。オーケストラの曲は前世でもたまに聴いていたが、間近で聴くと音質や迫力がまったく違う。

繊細な音色がとても心地よく、知らない曲であるというのに聴き入ってしまう。これはいい。

夢中になって耳を傾けていると、いつの間にか一曲が終わってしまったらしい。

ホール内に拍手が沸き起こる。

終わってしまったのが残念に思ってしまうほどの綺麗《きれい》な音色だった。

拍手が終わると、またしてもホール内は静かになって次の曲へ入る。

指揮者が激しく腕を振ると、いきなり腹に響くような重低音が鳴り響く。

先ほどの繊細で優しい音色とは打って変わった疾走感があり、激しい音。

一曲目の余韻が残っていたからこそ、この破壊力が際立つ。

特に際立つのは丸々としたリザードマンが奏でるトロンボーンだ。

お腹《なか》が風船なのでないかというくらい膨らみ、そこから空気が楽器へと吹き込まれている。

人間では到底再現できない肺活量だ。

なるほど、彼のトロンボーンがやたらと長いのは、体格だけでなくその肺活量に合わせてのカスタマイズか。

しかし、そんな重低音に負けじと高音の楽器も音を鳴らす。

ヴァイオリン、ヴィオラ、フルートなどの高い音と重低音が交ざり合い、一つの音へと昇華する。

音が交ざり合っている中、異彩を放ち始めたのは見たことのない形をしたホルンのような楽器だ。

重低音を奏でたと思いきや、今度は高音のパートに加わる。

通常ホルンははっきりとした音色や木管楽器独特の柔らかい音色が特徴だが、あれはどちらにも当てはまらない。

どうやらかなり音の幅が広いらしくマルチに活躍できるようだ。

それにしても不思議な構造だ。丸みを帯びていながらも背中まで管が伸びている。

一体、どんな構造をしているのか。まるで魔道回路のように複雑だ。

「魔道回路？」

クーラーの魔道回路もあのように湾曲させて、重ねれば効率化できるのではないだろうか。

別に回路が平面でなければいけない、などという決まりもない。魔石からの魔力がきちんと伝わればいいのだ。

「これはいけるかもしれない」

気が付けば俺の思考はすっかりと魔道具へと移っていた。

早く帰って試してみたい。

しかし、演奏途中に抜け出すのは奏者や観客の邪魔になるのでマナー違反だ。

せめて演奏が終わるのを待たなければいけない。

「早く終わってくれ。アイディアが飛んでいく」

俺は脳内に閃《ひらめ》いたアイディアが飛ばないように意識しながら待ち、演奏が終わったタイミングでホールを後にした。

15話
Episode 15

独身貴族は寄り道をする

歌劇場で得たインスピレーションをひたすら書きなぐっていると、工房内に夕日が差し込んできていた。

この時間になると親に子供の面倒を見てもらっているルージュがそわそわとする。

この間も遅くまで付き合わせたし、この辺で切り上げるか。

「今日はこの辺りにしておくか」

「それじゃあ、お先に失礼するわね。お疲れさま！」

やはり、早く帰りたかったのだろう。ルージュは手早くデスクを片付けると、すぐにカバンを肩にかけて出ていった。

「ジルクさん、飯でも行きませんか？」

自分もデスクを片付けて帰ろうとすると、トリスタンがやってきてそのように言った。

「お前、この間は男二人で行ってもしょうがないとか言っていただろ？」

俺は確かに覚えている。

焼肉屋に行こうとなった時に、トリスタンは俺と二人になるなりそう述べたことを。

「そ、そんなこと言いましたっけ？」

「……帰る」

「ちょちょちょ待ってください。今、金欠なんです。ジルクさん奢《おご》ってください！」

イスから立ち上がって帰ろうとすると、トリスタンが脇目も振らずに泣きついてくる。

「どうして金がないんだ。お前には見習いとして十分な金を払ってやってるだろう？」

トリスタンには魔道具師の見習いとしての給料をしっかりと払っている。

勿論《もちろん》、見習いなので高給とはいかないが、それなりに贅沢《ぜいたく》をしても金欠にはならないはずだ。

俺が問いただすと、トリスタンは気まずそうにしながら、

「え、ええと、キャバクラでお気に入りの子にプレゼントしちゃって……」

「……帰る」

魔道具を作るため、あるいは素材加工の練習のために消費していたならまだしも、店の女に貢ぐなど愚か者すぎる。

「わあー、ごめんなさい！　でも、たまには奢ってくれてもいいじゃないですか！　可愛《かわい》い従業員を助けると思って！　俺、ジルクさんと飯に行ったことないんですよ!?」

「むむ……」

そういえば、そうだった気がする。トリスタンとは三年の付き合いになるが未《いま》だに飯に行ったことがない。というか、その大事な機会を潰したのはトリスタン自身なのであるが、そこは敢《あ》えて突っ込まないでおこう。

あんまり臍《ヘソ》を曲げられて業務に支障が出ても面倒だ。夕食代くらい出してやるか。

トリスタンは態度こそアレな部分はあるが、しっかりとやることはやっているしな。

部下を労《ねぎら》うのも上司の役目か。

「……しょうがない。連れてってやる」

「本当ですか!?」

「ああ」

「まさかジルクさんが本当に奢ってくれるなんて！　わーい、すぐに用意します！」

トリスタンの中で俺はどれだけ冷徹な人間になっているのか。

はあ、これだから人間関係というのは面倒くさい。

快適な魔道具を作り出して、十分な収入構造が得られたら一人で優雅に暮らしたいものだ。

✧ ✧ ✧ ✧ ✧

トリスタンと夕食に行くことになった俺は、中央区の中心地を歩く。

「俺、メイギオの焼肉が食べたいです！」

「却下だ。俺はこの間行った」

「ええっ!?　行ったって誰とですか？　もしかして、ジルクさんのいい人ですか？」

焼肉屋に行ったというだけで、どうして誰かと行ったことになるのか。どうして女がいることになるのか。トリスタンの思考回路がわからない。こいつの頭の中の回路は混線しているのかもしれない。

「なんでそうなる。一人に決まってるだろう」

「ええ？　焼肉屋に一人で行ったんですか？」

「悪いか？」

「いや、悪くはないですけど焼肉屋って皆でわいわい楽しむ場所らしいじゃないですか」

「別に一人で楽しんでもいいだろう」

「ま、まあ、それはそうですけど……」

焼肉というスタイルを始めて三か月しか経《た》っていないはずだが、もうそのような悪《あ》しきイメージが定着しつつあるのか。

時期尚早とは思っていたが、これは店主に早めに一人焼肉スタイルを勧めるべきかもしれない。

いや、いっそのこと一人焼肉専門店を出させるか？

王都にいる独身者のためにも居心地よく楽しめる焼肉屋を作らなければ。

「メイギオがダメならどこにしましょうかね。そうだ、ジルクさんのおすすめの店に連れていってくださいよ」

「いいだろう」

トリスタンに変な店を選ばれて付き合わされるよりも、俺が好きな店に入る方がずっといい。

さて、どの店にするべきか。最近できた白ワインと貝料理の美味《おい》しい店か。それとも砂漠の国のスパイス料理専門店か。

通りを歩きながらどの店に行くか考えると、不意に行きつけの宝具店が目に入った。

「悪い。少し宝具店に寄らせてくれ」

「うぇえ、マジすか。ジルクさん、宝具店に入ると長いんですよねー」

素材の買い出しの途中に付き合わせたことが何度もあるが、そこまで長居はしていない。

ぶうたれるトリスタンを無視して、俺は宝具店『アルデウス』に入る。

趣《おもむき》のある扉を開けると、チリンとした軽やかなベルの音が鳴る。

最初に俺たちの視界に入ってきたのは大柄な男だ。

黒い全身鎧《よろい》に禍々《まがまが》しい角が生えたヘルメットを被《かぶ》っている。肌の露出はまったくなく、身体の全てが防具で包まれている。

腰にはトマホークが下げられており、背中には大剣が背負われている。

身長は二メートル近くあり、立っているだけで威圧感があるな。

彼はアルデウスを守る警備員だ。

「ひええ、いつ見てもあの人はおっかないですね。なんか見ているだけで寒気がするっていうか」

「あいつは呪いの宝具マニアだからな」

一度つけると二度と取れない仮面、精神を汚染してくる怨念のこもった斧《おの》などなど。

装備することによって装備者に大きなデバフを与える宝具のことを呪いの宝具という。

装備者にデメリットを与える危険極まりない宝具であるが、そのリスク以上の大きなメリットを備えているのも呪いの宝具の特徴だ。

そのリスキーで尖《とが》った能力に魅了されるマニアもおり、彼はそんなマニアの一人だった。

「道理で寒気がするわけですよ。呪いの宝具なんてつけてて平気なんですか？」

「…………」

「あれ？　聞こえてますー？」

トリスタンが警備員に話しかけるが、彼は反応をしない。

「そいつに喋《しゃべ》りかけても無駄だ。呪いの宝具のせいで喋れないからな」

俺がそのように説明してやると、トリスタンは警備員に頭のおかしい者を見るかのような視線を向けていた。

「……やっぱり、宝具好きな人って頭のネジが飛んでる」

「それは俺に対しても言っているのか？　そんな呪い宝具マニアと一緒にするな」

宝具は好きだが、さすがに呪いの宝具まで好んだりはしない。

物によっては、夜中に勝手に動き出す宝具もあるらしい。

さすがにそこまで管理はしきれんからな。

16話 Episode 16 独身貴族は宝具を買う

警備員の横を通り過ぎて店内に入ると、たくさんのガラスケースが並んでいる。

古めかしい店内の造りとは裏腹に、設置されているガラスケースやその中に収まっている宝具はとても綺麗《きれい》で整理整頓されていた。

指輪タイプ、腕輪タイプ、ネックレスタイプとジャンル別がされており、壁には武具タイプの宝具が掛けられている。

手前にあるものが生活や身の回りで使えるものであり、奥へ行けば行くほど物騒なものになっていた。


【研ぎ師の腕輪】

装着することで、研ぎの腕前がプロ級になる。

研げるものは剣から包丁まで幅広い。

【ねじ込みトンカチ】

たった一回打つだけで綺麗に釘《くぎ》を深くまで刺すことができる。

大工作業の効率化におすすめの一品。


【投擲《とうてき》の指輪】

投擲物の飛距離が格段に伸び、コントロールが上がる。

なお、この宝具でも運動音痴までは解決できない。


【指弾《ショットリング》】

装着した指を弾《はじ》くと、小さな衝撃波を放つことができる。

なお、威力はデコピン程度の模様。


ガラスケースの中にある宝具の傍《そば》には、それらの名前と効果を示すカードが置かれている。

生活に密着したものから、仕事に使えそうな工具、戦闘の補助具みたいなものもあったり、最後の宝具のように何に使うんだというようなものまで幅広い。

それらはとても魔道具では再現できないような未知のものばかり。

「いいな」

宝具コレクターである俺からすれば、この店は博物館や玩具屋《おもちゃや》のような感じだった。

「うわぁ、相変わらず宝具って高い」

「当然じゃ。そいつらがどれだけ汎用性の高い効果を持っていようが、まったく使えないようなゴミみたいな効果のもんだろうが宝具は宝具だ。それらは現代科学や魔法技術では到底再現できん。よって価格が吊《つ》り上がるのは当たり前なんじゃ」

宝具を眺めて呻《うめ》いたトリスタンの言葉に答えたのは、奥から出てきた一人のドワーフだ。

ずんぐりとした体型に小さな手足。豊かな髭《ひげ》を蓄えているのが特徴。

つい先ほどまで鑑定でもしていたのか銀縁モノクル眼鏡をかけている。

この人はアルデウスの店長をやっているグワンだ。

グワンはダンジョンで発掘された宝具の鑑定や管理、売買なんかをしている。

ダンジョンで産出されたばかりの宝具は未知のものが多く、鑑定スキルと宝具に対する多くの知識が必要となるからだ。

ダンジョンで手に入れた冒険者パーティーが、宝具を鑑定にも出さずに使用して壊滅した……などという笑い話にもならない事故を起こしかねないので、見つけたばかりの宝具は絶対に使用せず鑑定するのが常識だ。

「しかし、またお前さんか。三日前も来ていただろうに」

「別にいいだろう」

宝具との出会いは一期一会だ。いつ便利で素敵な宝具が入荷してくるかわからない。その時に手に入れられないことほど悔しいことはない。

「そっちこそ今日も客がいないみたいじゃないか」

店内を見渡すとガランとしており、客は俺たちしかいない。

「安心しろ。うちにはバカみたいな値段の宝具を買っていく男がいるからな」

「それってジルクさんのことじゃないですかね？　一体、どれだけ買ってるんですか？」

「少なくとも二百以上の宝具は持ってるぞ。ワシの店以外でも買い漁《あさ》っているはずじゃから三百くらいあるじゃろ」

「さ、三百!?　ジルクさんのどこにそんなお金が……」

まじまじとこちらを見つめるトリスタンの視線が鬱陶《うっとう》しい。

「顧客情報の流出をするな」

この店のコンプライアンスはどうなっているんだろう。顧客の売買記録を勝手に教えるんじゃない。

「それよりもグワン。なにか新しいのは入ってるか？」

「……あるぞ。お前が好みそうなやつが」

「見せてくれ」

どうやら今日は新しい宝具が入荷しているようだ。

グワンのお墨付きだけあって俺の心が高まる。

トリスタンやグワンは足繁く通う俺に呆《あき》れていたが、こういうことがあるから頻繁に顔を出さずにはいられないのだ。

グワンについていくとカウンターの奥から、一つのケースが取り出された。

革で包まれたケースをグワンが開けると、中には金色の酒杯が入っていた。

非常に綺麗な光沢を放っており、曇りが一切ない。

黄金のようにキラキラとした色合いではなく、上品な輝きだ。

軽く覗《のぞ》き込んでみると、中まで金色だった。

酒杯タイプの宝具は見たことがあるしいくつも持っているが、それと比べるとこれはシンプルな見た目をしている。

縁が広がっていたり、宝石が付いている様子もないし、装飾だってない。

それなりに宝具を見てきたつもりだが、皆目見当がつかなかった。

「これにはどんな効果があるんだ？」

「『湧け』」

俺がそのように問いかけると、グワンは酒杯を手にして一言。

すると、酒杯の底から水が湧いてきて、パチパチと音を立てた。

よく見てみるとただの水ではなく、泡のようなものが湧き上がっている。

「まさか炭酸の湧き出る宝具か!?」

「そうじゃ。【泡沫の酒杯《バブリーカップ》】という」

グワンが酒杯から、ただのグラスへと炭酸水を移す。

俺はそれをじっくりと眺めてから口にした。

口の中で弾けるパチパチした感じ。間違いなく炭酸水だ。

「いくらだ？」

炭酸水を飲み終えた瞬間に尋ねた。

この世界には炭酸水が湧くという不思議な泉があり、そこからいくらか炭酸水が輸出されてはいる。

が、それらは滅多に手に入らず、個人で気楽に楽しめるようなものではなかった。

だけど、これさえあれば気楽に家でも炭酸水が味わえるだけでなく、酒やジュースを炭酸水で割って多種類のカクテルを作ることができるのだ。

「ええ？　買うんですか？　ただの炭酸水の湧く酒杯ですよね!?」

しかし、トリスタンにはそういった使用方法は思いつかないようで、そんなバカなことを言っていた。

とりあえず、横にいる愚か者は無視だ。

「で、金額は？」

「三千万ソーロだ」

「買った！」

グワンがそれなりの値段を提示してきたが、俺は即座に購入することに決めた。

懐に入れている小切手を即座に取り出し、そこに必要な情報を書いていく。

それを見てグワンは酒杯を丁寧に布で拭って、ケースへと収めてくれる。

「はぁっ!?　ええ!?　ジルクさん、三千万ですよ!?　場所さえ選べば、王都で家を建てられますよ!?」

「たった三千万でいつでもカクテルが作れるようになるんだ。安い買い物だ。それにこれを元手にしてバーを開くことだってできる」

そういった個人的な道楽も兼ねているが、この宝具はそれ以上の使い道もあり、未来の保険にだってなり得る。

仮に自分でバーを開くことがなくても、これを貸し出し、あるいは譲渡してカクテルレシピを教えれば、それなりのお金だって手に入れることができるだろう。

「どうやらお前さんには、これを有効利用できる道が見えているみたいじゃの。持ってけ」

「ああ、貰《もら》っていく」

グワンは宝具屋の店長であるが、売る相手をきちんと選ぶ。

彼だって生粋《きっすい》の宝具マニアだ。自分が売った宝具は有効利用してくれる方が嬉《うれ》しいのだろう。

「お金がないって嘆く部下の前でこんなものを買うなんて嫌みですか!?」

「知るか。金欠なのはただの自己管理不足だろうが」

こういった大きな買い物でさえも躊躇《ためら》う必要がないというのは素敵なことだな。

家族や嫁がいれば、自分たちの生活レベルを落としてまで買う必要があるのか、そんなものを買うくらいだったら私や子供のために貯金してなどと責められるだろう。

しかし、独身者は自由だ。

勿論《もちろん》、自由というのには責任が付きまとう。

一人で生きることを覚悟し、きちんと計画を立てなければいけない。

そこに関わる者は自分ただ一人。

いざという時の責任やリスク回避はしっかりと考えなければいけないが、それさえ十分にできていれば自由だ。三千万ソーロほどの買い物にだって躊躇うことはない。

「さて……」

「飯ですね？」

「いや、帰る」

「ええええええ!?　奢《おご》ってくれるんじゃないんですか!?」

「三千万ソーロもする宝具を持ち歩く気にならん」

さすがに俺でもこれだけの価格の宝具を持ち歩きたくない。

「本当はさっさと家に帰って使ってみたいんでしょう」

「……否定はせんな。外食ならまた今度付き合ってやるから許せ」

トリスタンのじとっとした視線が突き刺さるがスルーして俺は一人で歩き出す。

「まあ、いくら見てくれが良くて金を持っていようと、あんなんじゃ結婚はできないわな」

「そうですね」

後ろの方でそんなぼやきのようなものが聞こえたが聞こえないフリをした。

17話 Episode 17 独身貴族は自宅でハイボールを作る

トリスタンとの夕食をキャンセルした俺は、そのまま真っすぐ家へ帰った。

まずやるべきは……。

「宝具の鑑賞会だな」

グワンから受け取ったケースを開封して、【泡沫の酒杯《バブリーカップ》】を取り出す。

テーブルに上に載った金色の酒杯。

上品な色合いや輝きはとても浮世離れしており、実に宝具らしい。

宝具は基本的にダンジョンの中にある宝箱などから産出されるらしいが、管理がしっかりとされているのか傷一つついていない。

ダンジョンというのは深部に向かうほどレアな素材や宝具と出会う可能性が高まるが、それだけ立ちはだかるトラップや魔物も凶悪になる。

それなのに宝具に傷一つつけることなく帰還してみせたというのは、冒険者の並々ならぬ技量が窺《うかが》えるというものだ。それにグワンの保存方法も良かったのだろうな。

傷一つない酒杯を俺はあらゆる角度から眺めたり、持ち上げたりしてみせる。

手に持った感覚としては普通の酒杯よりも少し重めだ。指で小突いてみるとコンコンとやや硬質で涼しげな音が鳴る。

「一体、何の素材でできているのやら」

魔道具師として生きてきたので、素材については人よりも詳しい方であるが、この宝具に使われている素材は何一つ心当たりがなかった。

「『湧け』」

宝具の発動条件となるキーワードを発してみると、何もなかった酒杯の底から炭酸水が湧き出してくる。

実に不思議な宝具だ。魔道具でこんなものを作れと言われても、まず無理だろうな。

そんなことを考えながらケースの中に入っているメモに目を通す。

ここにはグワンが鑑定スキルで得た情報と、今までの経験から立てた宝具の推測などが書かれている。大抵は彼の推測通りなのでとても役立つ。

メモには宝具の推定強度やら、取り扱い、洗浄方法などが書かれている。

グワンの推測からすると、そこまで繊細な酒杯ではなく多少落としたとしてもヒビは入らないらしい。普通の酒杯を扱うように洗っても構わないそうだ。

温度や量については、自分がその時に望んだ温度や量を強くイメージすると、その通りになるらしい。

その他にも注意事項がないかをしっかりと確認した俺は、そのまま酒杯を傾ける。

口の中で弾《はじ》ける炭酸。パチパチと音が鳴り、喉の奥にスウッと流れていく。

この清涼感が堪《たま》らないな。

これからはいつでも炭酸が飲めるな。ただ、せっかくの炭酸水だ。これ単体だけで味わうというのも勿体《もったい》ない。

「……ハイボールを作るか」

この世界にもウイスキーはあるが、炭酸水がないせいでほとんどロックや水割りで飲んでいた。しかし、炭酸水がある今ならハイボールが作れる。

思い立った俺は、早速台所に移動する。

収納棚からウイスキー瓶とグラスを取り出し、冷凍室から氷を取り出す。

しかし、冷凍室で作り上げた板氷は、いささかサイズが大きいので自分でカットすることにする。

別に氷魔法を使えば、即座にちょうどいいサイズの氷を作り出すことができるが、このちょっとした手間も楽しみたい気分だった。

本当は少し置いて自然解凍してからの方が綺麗《きれい》に切れるのであるが、今回は我慢できないので省略することにした。

板氷を軽く水で洗うと、まな板の上に置いた。

板氷のちょうど真ん中の部分に包丁を当てる。

木槌《きづち》で包丁を押さえながら、スライドさせて切れ目を入れる。

そして、ある程度の切れ目が入ると、包丁の上から木槌で丁寧に叩《たた》くのだ。

ここをしくじってしまえば氷の断面が酷《ひど》く残念なことになる。

慎重に丁寧にやらなければ。

意識を木槌に集中させて、垂直に包丁をコンコンと叩く。

すると、木槌の重みで包丁が板氷に食い込み、四度目の振り下ろしでパックリと割れた。

「おお、綺麗な断面だ。ここ一番の出来だな」

二等分にされた板氷の断面はそれはもう綺麗なもので、思わず自画自賛してしまうほどのものだった。

自宅でこうやって氷を作ることはあるが、ここまで綺麗に割れたのは本当に久しぶりで嬉《うれ》しい。

そして、割れた氷をさらに割っていき四等分に。それらをさらに半分に割って八等分にすると、さらに横に三等分。

それでもまだ少し大きすぎるのでさらに二等分すれば、破片を軽く水で流し、ハイボール用の氷が完成だ。

透き通るような氷がとても美しい。それが自分で磨き上げたものだけに愛《いと》おしい。

グラスの中に隙間を大きく作らないように氷を入れると、ウイスキーを注いでいく。

メジャーカップを使うのは少し面倒なので目分量だ。

男なら大体指の一本と半分くらいがウイスキーの目安となる。

注ぎ終わると、マドラーを用意してグラスの中の氷をかき混ぜる。

これはしっかりとグラスを冷やしてやるのが目的だ。

ゆっくり回すと氷が溶けやすくなり、水っぽくなるので注意が必要だ。

グラスが結露するぐらい冷えると、減ってしまった氷を埋めるように追加。

ここで氷を入れることによって、炭酸水を注いだ時に氷が浮き上がることがなくなり、過度な水分が出なくなるのだ。

ハイボールとは作り方がシンプルなだけに、手間を省くと水っぽくなってマズくなる。

簡単な作り方とは裏腹に丁寧に仕上げてあげないといけない一品なのだ。

氷を追加すると、次はいよいよ炭酸水の追加だ。

「『湧け』」

冷たい炭酸水をきちんとイメージしてから呟《つぶや》き、氷の隙間部分から注いでいく。

氷に当たると炭酸が抜けてしまうので、当たらないように丁寧に注ぐのがポイントだ。

酒杯を傾けてゆっくりと注いでいくと、グラスの中で炭酸が静かに弾ける音がする。

ウイスキー一、炭酸水が四の割合。

注ぎ終わると炭酸水のガス圧でウイスキーが上部に来ているのがわかる。

この状態でほぼ混ざっているので、後はマドラーを軽く入れて一回転させ、氷を持ち上げるようにすれば……。

「ハイボールの完成だ」

出来上がったハイボールを鑑賞し続ける意味はない。氷が溶け出さない新鮮な内に飲むに限る。

氷で冷やされたグラスを手に取って口に運ぶ。

「ああ、最高だ」

ため息を吐《つ》いたような感想が漏れる。

口の中で広がるウイスキーの苦みと、その奥に詰まっているほのかな甘みと旨《うま》み。それらが炭酸と混ざり合って爽快な飲み味となっている。

冷えたグラスにぎっしりと氷を詰めているので、炭酸とウイスキーがよく馴染《なじ》んでいる。

水っぽさや味のムラはほとんどなかった。

久しぶりのハイボールの味に感動し、あっという間にグラスが空になってしまった。

二杯目のハイボールを作ろうとしたところで、俺はふと我に返る。

「待て、久しぶりのハイボールだ。どうせなら夕食もそれに合うものにしよう」

お酒には強い方であるが空《す》きっ腹《ぱら》にアルコールを入れるのは良くないな。

それにこれだけ美味《おい》しいお酒があるのならば、それに合う夕食も用意しないと勿体ない。

ハイボールに合う料理といえば……。

「唐揚げだな」

ハイボール＝唐揚げという安直なイメージであるが、それぐらい二つの相性は良く、王道であり、正解でもあった。

冷蔵庫の中を覗《のぞ》いてみると、ちょうど下味のついた鶏《とり》モモ肉が入っている。

これは唐揚げを作れと独神も言っているに違いない。

うちには魔道コンロだって設置されている。温度を一定に保てるような調整機能もついているので揚げ物だって余裕だった。

ニヤリと笑みを浮かべた俺は、速やかに唐揚げを作ることにした。

✦ ✦ ✦ ✦ ✦

「準備は万端だ」

テーブルの上には小型魔道コンロが設置されており、そこに載っている鍋は高温の油で満たされていた。

冷めた唐揚げほどマズいものはない。と言うくらい唐揚げは冷めると味が落ちるので、その場で調理して食べる豪快スタイルにした。

唐揚げをより美味しく味わうためにハイボールも準備されている。

既に肉の下準備は終わっているので後は鍋に投入して揚げていくだけだ。

衣を纏《まと》わせたモモ肉を鍋に投入。すると、ジュワアアッとした音がリビングに響き渡った。

炭酸水の泡とは違った、弾ける油の音が心地いい。

ハイボールを軽く口にしながら衣が茶色く染まるのを待つ。

そして、二度揚げも終わったらお皿に盛り付けて実食だ。

揚げたての唐揚げ……間違いなく熱い。

ちょっとやそっとの息では決して冷めないとはわかっているものの、その身から迸《ほとばし》る香りには抗《あらが》うことができなかった。

熱々の唐揚げを箸で掴《つか》んで口へと運ぶ。

バリッとした衣の食感と、中から染み出る肉汁の旨み。

「熱っ！」

予想通りの結果だが気合いで我慢。

プリッとした張りのあるモモ肉が躍り、柔らかく歯に食い込む。

ショウガやニンニクといった下味が渾然《こんぜん》となってにじみ出ていた。

「肉が柔らかい」

ある程度噛《か》みしめたところで、よく冷えたハイボールをあおる。

口の中に広がっていた脂っこさを炭酸が洗い流し、肉の旨みとウイスキーの旨みがマッチする。

「……美味《うま》い」

ごくごくと喉を鳴らしてグラスをテーブルに置いた。

熱々の唐揚げをキンキンに冷えたハイボールで流し込む。

最高以外の感想が見当たらなかった。

熱さと格闘しながらも食べ進めると、あっという間に二個の唐揚げがなくなった。

唐揚げの味を十分に堪能したら、次は少し味を変えてみる。

唐揚げ用にカットしておいたレモンを指で押し潰す。

レモンから酸味の強い汁が滴り落ちて、唐揚げを軽く濡《ぬ》らした。

まんべんなく濡れたところでレモンを皿の端に置いて、再び唐揚げを口へ。

「レモンでさっぱりといくのも最高だな」

肉の旨みと脂に強い酸味が加わることによってグッと食べやすくなっていた。

味の濃い唐揚げは連続で食べると、後が辛《つら》くなる上に飽きもくる。

しかし、そこにレモンを加えることによって、味の変化を楽しみながら軽快に食べることができていた。

酸味の利いた唐揚げを食べ、ハイボールを飲む。

三千万ソーロもした宝具でできるようになった贅沢《ぜいたく》。

これは昔から独身生活を目指して頑張っていたからの成果である。

その努力の末にここまでくることができ、こうして独身生活を謳歌《おうか》することができているのだ。

「昔から頑張っていた俺を褒めてやりたいな」

【泡沫の酒杯《バブリーカップ》】を掲げながら独り言《ひとりごと》ちる。

自分のコレクションを眺めながら美味い飯と酒を飲むのは最高だな。

この宝具があれば、いつでもハイボールが飲めるし、炭酸ジュースや他のカクテルだって作れる。

これからの家呑みもますます充実すること間違いなしだな。

次は自宅にあるワインを炭酸で割って、スプリッツァーなんかを作ってもいいな。

ああ、作れるお酒の種類が格段に増えて想像が止まらないな。

今日は歌劇場に行ったお陰で魔道回路の構想ができた。その上、このような貴重な宝具をたった三千万ソーロで買うことができた。

思い返せば、今日はなんという幸運な日なのだろうか。

そのことに気付いた俺はますますご機嫌になり、リビングで前世のお気に入りの歌を歌うのであった。

18話
Episode 18

独身奏者は悩まされる

「ただいまぁ……」

私、カタリナ＝マクレールは今日も歌劇場での演奏を終えて、自宅に帰ってきた。

家に帰ると真っ暗な玄関。

帰ってきても家には誰もおらず、灯りがついていないことを寂しく思う。

「いけない、いけない。今は音楽に集中！」

疲労で心身が弱ると人間というのはロクなことを考えないもの。つい、私らしくもないことを考えてしまった。

私は音楽の世界で活躍したくて屋敷を出て、この王都で生活をしているのだ。

一人が寂しいだなんて甘えた気持ちで生き残れる世界じゃない。

弱りそうになった自分の心を叱咤《しった》して、私は踵《かかと》の高いヒールを脱ぐ。

「いたた……また靴擦れしてる」

ヒールを脱ぐと踵が赤くなっていた。

演奏中は集中して気にならなかったけど、仕事を終えると途端に痛み出した。

「もう履きたくない」

新しいヒールを履く度にこれだ。

そんな泣き言を漏らすが、仕事をやる以上は避けては通れない。

奏者は演奏技術だけでなく見た目も大事。特に王都で音楽家として活動し、名を売るならば尚更だ。舞台の上は勿論《もちろん》のこと街中だって気を抜くことはできない。

だけど、たまにはぺったんとした靴で街を歩き回りたい時もある。

頭の中でそんな気楽な自分を妄想しながら、私は内靴を履いて廊下を進む。

リビングの灯りをつけると、真っ暗な部屋が明るくなる。

それと共に露《あら》わになる私の生活のだらしなさ。

ソファーの上にはいくつものドレスが重なってかけられており、テーブルには化粧品やアクセサリーが所狭しと置かれている。床には脱ぎ散らかされた靴下。

こういった家事は幼少の頃から使用人がやるべきことと認識していたので、どうしても手が動かない。いえ、そんな風に言うのも言い訳ね。一人暮らしをする以上は、自分が責任を持ってやるべきだ。

「……でも、今はやる気が起きないわね」

私はそれらを見なかったことにしてソファーに移動。倒れ込むようにして寝転ぶと、ソファーがギシッと悲鳴を上げて、かけていたドレスがずり落ちてくる。

頭にかかったドレスを払いのけるように再び背にかけると、やっと私は一息ついた。

「はぁー、このまま寝ちゃいたい」

だけど、それは許されない。

来週にはまた演奏会があるのだ。

練習は何度もこなしているけど奏者にとって毎日の復習は大事だ。やらないとすぐに腕が錆《さ》びつく。

それにお腹《なか》だって空《す》いている。演奏スケジュールに休憩時間はあるが、その間にやるべきことは次にやるべき曲の確認だ。

とてもではないが昼食を摂る時間も気力もなく、結局今日は朝食しか摂っていなかった。

既にお腹はペコペコ。

「軽く何か食べて練習しよう」

疲れ切った身体に鞭《むち》を打って、なんとか立ち上がって台所へと向かう。

食材を確かめるべく冷蔵庫を確認すると、ワインとしなびたニンジン、キュウリといったわびしい食材ばかり。

しまった。忙しくて買い物に行くのをすっかり忘れていた。

しなびた野菜たちの様子を見る限り、少し傷んではいるもののまだ腐ってはいない。

せめてお肉の一つでもあれば野菜炒《いた》めでも作ることができる。

冷蔵庫をごそごそといじっていると奥の方に肉の入った皿を発見した。

「あった！　お肉――ってダメね。これは……」

しかし、そこには黒く変色した肉の塊のようなものが置かれているだけだった。

冷蔵庫といえど、長期間の肉の保存には耐えきれなかったようである。

さすがにしなびた野菜だけを炒めて食べる気にもなれない。

私は今日の夕食をきっぱりと諦めることにした。

空腹による苛立《いらだ》ちをぶつけるように冷蔵庫の扉を少し強めに閉める。

すると、パタンと音が鳴り響いて、振動で中にあるワイン瓶が微《かす》かに転がった。

「……にしても、もうちょっと小さくならないかしら？」

台所でひときわ強い存在感を放つ冷蔵庫。氷魔石を利用した画期的な魔道具でこれのお陰で私たちの食料事情はかなり進歩した。

しかし、この大きさはいただけない。

食材を保存する以上、ある程度の大きさは必要だけど、もう少しコンパクトにならないのかしら？

冷蔵庫を製作したというジルク＝ルーレンという魔道具師は王都でもかなり有名だが、こういった細やかなニーズへの対応が悪いのが欠点だ。

恐らく、彼は自分の作品にそれ以上の興味はないのだろう。

魔道コンロはスイッチが固くて、私のような女性は若干調整に苦労する。

ドライヤーだって外出先でも使いたいけど、大きすぎて持ち運ぶことができなくて不便。

小型魔道コンロがあるんだったら、彼ならそれらも作れる気がする。

そんな魔道具の要望を込めた手紙を何度も送っているが、彼は一向に改良品を作り上げる様子がない。

魔道具は家事の苦手な私のような人間にとっては救いだ。

だからこそ、彼にはこれからも私たちのような人間を支えてくれる魔道具を作ってもらいたい。

その希望を実現してもらうために、私は彼に要望書を送り続けることはやめない。

私の家事力が向上するよりもそっちの方が絶対に早いから。

「さて、ヴァイオリンの練習をしなくちゃ……」

夕食を摂ることを諦めた私は速やかにヴァイオリンケースから楽器を取り出す。

防音の魔道具を発動させたら、次の演習会で演奏する曲の譜面を並べ、意識を集中。

「〜〜♪」

弓を弦にそって当てて音を奏でようとすると、隣の部屋から陽気な男の歌声が聞こえてきた。

「………………」

これから集中して練習しようとしていただけに隣人の騒音にイラついた。

防音の魔道具は内部からの音を外に漏らすことはないが、外からの音はこちらに聞こえてくるのだ。

音程もしっかりととれており、とてもリズミカルなのだがまるで聴いたことがない曲だ。

どこの地方の曲だろう?

「はっ！　こんなことしてる場合じゃないわ。練習しないと！」

隣人の歌声に耳を傾けている場合ではない。私は私のやるべきことをしないと。

意識を切り替えて次の演奏会の曲を奏でる。

しかし、そんな私の意識を削《そ》いでくるかのように陽気な歌声が響いてくる。

妙にいい声をしており、実に幸せそうだ。

私はこんなにも努力して頑張っているというのに、周りのことも気にせずに歌っているその呑気《のんき》さに腹が立った。

「もう！　歌うなら防音の魔道具くらいつけなさいよ！」

私は魔道具を解除して、隣人と隣接している部屋の壁を思いっきり蹴った。

しかし、強く蹴り過ぎてしまったらしくて靴を履いていたにもかかわらず足に強い衝撃が来て悶絶《もんぜつ》しそうになった。

「～～～～～～ッ!?」

結局、この日の夜は、隣人のせいで満足に練習をすることができなかった。

19話 Episode 19　独身貴族は喫茶店を見つける

リビングの窓を開け放つと、早朝の涼やかな空気が部屋に入り込んできた。

ふわりとカーテンが舞い上がる。

「いい朝だ」

早起きができるととても気分がいい。

それも眠気をまったく感じない目覚めとなれば尚更だ。

恐らく、眠りの浅い瞬間にしっかりと目覚めることができたのだろう。

美味《おい》しい食事と酒のお陰だろうか。今日は朝からエネルギーに満ち満ちている。

「せっかくだ。今日は外で朝食でも摂るか」

今日は天気もいいようで、早起きしたお陰か時間も余っている。

モーニングを目当てに新しい喫茶店を開拓するのも悪くはない。

そう決めた俺は準備を整えて、アパートの外に出た。

アパート付近は早朝のために人気《ひとけ》はないが、中央区にやってくるとまばらに人影が見える。

まだ主だった武具屋、雑貨屋といったものは開いていないが、飲食店や市場は忙しく商品を搬入して、開店の準備を整えつつあった。

一方で民家の二階には眠そうな顔をしながら通りを見下ろしている女性がいたり、ベランダの植木鉢に水をやっているおじさんがいたりした。

いつもの出勤時間とは違った、どこかゆったりとした空気が好きだ。

人が密集していないのでとても歩きやすいしな。

いつもはスルーしてしまうお店を流し見しながら、ゆっくりと足を進める。

中央区の通り沿いにはいくつもの喫茶店があるのだが、そのどれらも入ったことのある店ばかりだ。いつもと同じようにそこに入るのもつまらない。

どうせなら今日は違うところがいい。

大通りにある喫茶店はメニューも豊富で広いのであるが、如何《いかん》せん集まってくる人も多いので苦手だ。

できれば、静かなひと時を過ごすことができる、ゆったりした店がいい。

いくつもの通りが網目状に広がっている王都はとても広く、長年ここに住んでいる俺でも隅々まで把握しているとは言いづらい。

だから、こういった時間のある時は普段は通らないところを率先して見て回るようにしている。こういった小さな好奇心が素敵な店との出会いに繋《つな》がることもあるからな。

適当に行ったことのない通りを進んでいると、静かな住宅街にやってきた。

……さすがにこの辺りは民家しかないか。

周りを見渡す限り、あまり店らしきものは見当たらない。

この辺りで引き返して別の場所を探そう。

そう思って視線を巡らせると、民家に紛れるように煉瓦《れんが》で造られた喫茶店のようなものがあった。

窓から覗《のぞ》くと、こぢんまりとした店内といった様子だ。

しかし、そこに設置されている家具の数々は別格だ。

食器棚やサイドボード、テーブルやイスのような大型家具から、壁掛け棚やフェンス、カトラリーボックスといった小物の品まで全てがアンティーク調で整えられている。

大通りの店に比べると狭いし、古っぽいと思えるかもしれないが、そこには客が寛《くつろ》げるためのしっかりとした空間が作り上げられていた。

「こんないい喫茶店があったのか」

見たところ店内にはほとんど人がいない様子。

やはり、このような奥まった立地にあるだけあって大衆に認知はされていないのだろう。

店内が過度に賑《にぎ》わっていないことを確認した俺は、すぐに入ることを決めた。

やや重みのある木製の扉を開けると、ギイイという音を立てる。

「……いらっしゃいませ。お好きな席にどうぞ」

店内に入ると、黒のカッターシャツに濃いブラウンのショートエプロンを纏《まと》った四十代ぐらいの男性がカウンターにいた。

恐らく、この喫茶店のマスターだろう。品のいい店の雰囲気にぴったりなマスターだな。

落ち着きのある声での案内を受けて、俺は店の端っこにある席に腰を下ろす。

年季を感じさせるイスではあったが、座り心地は抜群だ。歪《ゆが》みや傾きといったものは一切感じられない。

テーブルはマホガニー製だろう。赤みを帯びた木肌の色合いと艶が美しい。

長年の経年変化による、アンティークの家具にしか出せない風合いというものが感じられるな。

これはここのマスターがきっちりと家具の手入れを行っている証《あかし》だろう。味わいのある経年変化と、手垢《てあか》など日々の生活での汚れとは全然違う。

席の周りの家具や小物に感心し続けることしばらく。

俺は傍《そば》に置いてあるメニューを手に取る。

すると、この喫茶店にもモーニングセットはあった。

トーストにサラダ、ゆで卵、それと好きなドリンクを加えて三百ソーロ。とても良心的な値段だ。

迷わずモーニングセットに決めて、付属のドリンクを何にするか悩んでいると、ゴリゴリという音が鳴り響き、ふと懐かしい香りがした。

「……この香りは？」

独特な苦みと酸味、そしてほのかな甘みという複雑な香り……それは前世の喫茶店でよく飲んでいた飲み物の香りで。

思わずカウンターに近寄ると、マスターが大きな箱についたハンドルを回して何かを粉砕しているようだった。

「マスター、それはもしかしてコーヒーか？」

思わず声をかけるとマスターが軽く目を見開いた。

「お客様、コーヒーのことをご存じで？」

「ああ、昔に飲んだことがあってな」

この世界にはコーヒー豆というものがあるが、あまり流通しておらず一部の地域でしか飲まれていない。

俺もたまたま王都に流れてきた少量のコーヒー豆を粉砕して飲んでみた程度。前世のコーヒーには遠く及ばない味だった。

「私もです。昔、旅をしていた時に飲ませてもらったのですが、その時の味が忘れられず、こうして喫茶店を開きながら趣味で作っているのです」

「いい趣味をしているじゃないか」

小さな喫茶店を営みながら、自分の好きなことに邁進《まいしん》する。

それも素晴らしい人生の送り方だ。

「ありがとうございます。残念ながらお客様の反応は良いとは言えませんので、研究する日々です」

「まあ、コーヒーの良さを一発で理解できる奴は少ないしな」

この国ではコーヒー豆があまり入ってこないし、そもそも飲んで楽しむ文化がない。

馴染《なじ》みのないコーヒーを飲んで、すぐに美味しさを理解するというのは難しいだろう。

20話
Episode 20

独身貴族はコーヒーを楽しむ

「マスター、モーニングセットでコーヒーを飲ませてもらうことは可能か？」

「勿論《もちろん》です。すぐに準備いたしますね」

メニューにはなかったコーヒーだが、マスターは快く受け入れてくれた。

注文が済んだがこのまま席に戻るのも面白くない。

それにマスターがどのようにコーヒーを作るか気になったので、俺はこのままカウンターに居座ることにした。

マスターがハンドルを回すとゴリゴリ、ガリガリという粉砕音が店内に響く。

やがて豆の粉砕が終わると、マスターは奇妙な道具を取り出した。

専用台に取り付けてある球状のフラスコ。下には加熱するためにランプが置けるようになっている。

その上にはフラスコに差し込めるようにビーカーの底面から細い筒のようなものがある。恐らく、ロートだろう。

ガラス製のこれらは錬金術師であるルードヴィッヒが使うようなものばかり。

多分、それらをコーヒー用に改造したのだろうな。

マスターは魔道コンロからケトルを手にすると、沸騰したお湯をフラスコに注ぐ。

それから乾いた布でフラスコをケアすると、土台の下に加熱用ランプを設置して点火した。

ロートの中に布でできたフィルターを入れ、粉末となったコーヒー豆をロートに入れる。

お湯が沸騰するのを待つと、フラスコ口にロートから伸びた筒を差し込んだ。

フラスコ内のお湯が上昇し、ロートの中へと移動する。

それらはただの水蒸気による現象であるが、スススーッと上昇していく様子を眺めるのは少し楽しい。

ロートの中に上昇したお湯をマスターが木匙《きさじ》で混ぜる。

数回混ぜてお湯と粉末を馴染ませ、火を緩めながらもまた数回混ぜる。

やがてマスターはランプの火を消すと、ロートで抽出されたコーヒーが管を通ってフラスコに下りる。ロートにはコーヒーの粉だけが残っていた。

マスターはロートを取り外すと、台に取り付けている取っ手を持ち上げて、フラスコからカップにコーヒーを注いだ。

カップから白い湯気が立ち昇り、コーヒーの芳醇《ほうじゅん》な香りが漂う。

「いい匂いだ」

そんな俺の一言にマスターはわずかに表情を緩ませた。

「お先にどうぞ、コーヒーです」

「いただこう」

ソーサーの上に載せられたカップを手に取る。

家でうろ覚えな知識を頼りに自作してみた「なんちゃってコーヒー」とはまるでクオリティが違った。妙な酸っぱい香りもせず、色合いも綺麗《きれい》だ。

香りを十分に楽しんだ俺は、ゆっくりとカップを傾ける。

「……美味《うま》い」

口の中で突き抜ける芳醇なコーヒーの香り。程よい苦みと渋みがあり、その奥にほのかな甘みがある。

「ありがとうございます。飲んだことのあるお客様にお出しするというのは緊張するものですね」

俺の感想を聞いて、マスターがホッとしたように言った。

「マスターの作ったコーヒーはお世辞なしに美味《おい》しいさ」

前世で飲んでいたものに比べると多少の荒さはあるものの、それも個性と言えるような範囲で十分に美味しい。

というより、土台が一切なかったこの国で道具を買い揃《そろ》えて改造し、味の試行錯誤を繰り返してここまで仕上げてみせた。

その実績を考えると、マスターは偉大な人物だ。素直に尊敬に値する。

「こちらはモーニングセットです」

「ありがとう」

コーヒーを楽しんでいると、マスターがモーニングセットを出してくる。

メニューに書いてあった通りにお皿にはこんがりと焼けたトーストにサラダ、ゆで卵があった。

そして、手元にはマスターが淹《い》れてくれたコーヒー。

俺の目の前には理想的なモーニングが出来上がっていた。

やっぱり、コーヒーのないモーニングなんてモーニングじゃないな。

「あの、お客様のお名前を伺ってもよろしいですか？　コーヒーを楽しめる同志は少ないもので。私はロンデルと申します」

突然のマスターの質問に驚いた俺であるが、不思議と悪い気持ちはしない。

「……ジルク＝ルーレンだ」

そう名乗ると、マスターであるロンデルが小型の魔道コンロを指さす。

「もしかして、魔道具師の？」

「そうだな」

「有名な魔道具師であるジルクさんに足を運んでいただけて光栄です」

「よしてくれ、そんな偉いものでもない」

目の前で自らの作品を指され、かしこまられると恥ずかしい。

そんな風にマスターとじゃれていると、お店の扉が開いた。

外から入ってきたのは白髪に眼鏡をかけた老人だ。

帽子を被《かぶ》り、品のいいブラウンの三つ揃えを纏《まと》っている。

年齢を感じさせないピンと伸びた背筋をしており、柔らかな顔立ちをしている。

「いらっしゃいませ。ノイドさん、お久しぶりですね」

「お久しぶりです、マスター。いやあ、ようやく主からまとまった休暇を貰《もら》えたものでして」

「執事という仕事も大変そうですね」

マスターと気安そうに話している姿から、この老人は喫茶店の常連なのだろうな。

ギリアムとどこか似たような雰囲気を感じると思っていたが、やはり執事だったらしい。

貴族か商人に仕えているのかまでは知らないが。

「おや？　私以外にコーヒーを頼んでいらっしゃる方がいますね。これは珍しい。私も同じものをお願いします」

「かしこまりました」

老人は物珍しそうに視線をチラリと向けると、少し離れた席に腰を下ろした。

特にこちらに絡んでくるつもりはないらしい。

そのことにホッとしながら俺はモーニングを楽しんだ。

喫茶店でモーニングを楽しんだ俺は、いつも通りに工房に出勤した。

トリスタンの気の抜けた挨拶に返事すると、自分のデスクに座る。

すると、トリスタンがジトッとした視線を向けてくる。

「なんだ？」

「随分とご機嫌そうですね」

どこか皮肉っぽい口調で言ってくるトリスタン。

昨日、夕食をキャンセルした本人が、翌朝機嫌良く出勤してくれば嫌みも言いたくなるか。

トリスタンのそんな気持ちはすぐにわかったが、敢《あ》えて俺は取り合わない。

たった一度の飯のキャンセルくらいでぶうたら言われたくないからな。

むしろ、堂々と気にしていないとばかりに振る舞ってやる。

「まあな。理由を聞きたいか？」

「……いいえ、聞きたくありません」

トリスタンはそのように話を打ち切ろうとするが、俺は敢えて続けてやる。

「昨日の宝具で作った酒が美味くてな、唐揚げとよく合ったんだ」

「聞きたくないって言いましたよね!?」

「それだけじゃない。今朝早起きして散歩していたら、いい喫茶店を見つけた。そこでは特別な飲み物が出るだけでなく、雰囲気もいいんだ」

「……へー、どこのですか？　今度俺も連れてってくださいよ」

今朝の喫茶店の良さを語ってやると、最終的に興味が出たのかトリスタンの表情が明るくなる。

「ダメだ」

「………………」

しかし、俺がそう言うと、トリスタンの表情が抜けて能面のようになる。

無の表情の奥には苛立《いらだ》ちがあることは確実だった。

「トリスタン落ち着いて。ジルクがこういう人なのは今に始まったことじゃないでしょう。はい、ジルクへの要望書よ」

ルージュがこちらにやってきて一枚の封筒を持ってくる。

厚みのあるそれにはいくつかの手紙のようなものが入っていた。それなりの枚数があるようで目を通すのが面倒くさそうだ。

「……差出人は？」

「カタリナさんよ」

ルージュのにっこりとしながらの言葉に俺の表情が自然と歪《ゆが》む。

「出た！　クレーマーのカタリナ！」

そして、ここぞとばかりに活《い》き活《い》きとするトリスタン。

クレーマーのカタリナ。定期的にうちの工房にクレームをつけてくる謎の女だ。

俺の発売した魔道具についての文句を毎回のように大量の文章で送り付けてくる。

非常に迷惑この上ないクレーマーだった。

せっかく人がご機嫌な朝を迎えているというのに、台無しになった気分だ。

「まったく、この差出人は暇なのか？　いつもいつもクレームをつけてきて」

「でも、ジルクの開発した魔道具は全部買っているみたいなのよね」

「ジルクさんの魔道具を全部買ってるって、中々にお金持ちですよね」

俺の作る魔道具はそこまで安くはない。それらを全て買っているということは、それなりに稼ぎのある者か、いい家柄の者なのだろう。

「どれだけ商品を買おうが関係ない。クレーマーはクレーマーだ」

「でも、要望書を見る限り、そこまで悪いことは言っていないわよ？　日常で使う上での不便点や、女性からの興味深い視点が書かれているわ」

「だが、九割はその女の私情だろ？」

「……まあね」

カタリナが出してくる要望書には俺たちが気付かない視点での感想や、要望が書かれていることは認めよう。

しかし、文章の九割は自分の生活のための要望や、偏った主観による感想だ。

そんな駄文の中から、あるかないかもわからない良き要望を見つけるのは面倒と言わざるを得ない。

「この人、魔道具師でもないのによくも毎度こんなことが書けますよね。魔道具の軽量化はめちゃくちゃ難しいのに」

基本的に魔道具の内部に無駄なものはない。必要のない機能を極限まで減らしたのが現在の姿なのだ。数センチ削るだけでも、かなり試行錯誤を重ね苦労を強いられる。

それをこのカタリナとかいう女は、知りもしない癖にやれと言うのだ。いかれている。

「まあ、そういった理想を何とか現実にしてみせるのがあたしたちの使命でしょう?」

「知るか。俺にはそんなもの関係ない。俺は俺のためになる魔道具を作る」

俺はそう宣言して、デスクの上にある封筒をゴミ箱に入れた。

ルージュとトリスタンが乾いた声を漏らすが、俺の気分は少しだけ晴れやかになった。

21話 Episode 21 ― 独身奏者の災難

「では、今日はここまで。解散」

「「お疲れ様でした」」

指揮者であるエルトバより解散が告げられると、私を含めた奏者が一斉に声を揃《そろ》えて礼をする。そして、各々片付けの準備を始めた。

静かだった歌劇場のホールにざわざわとした音が響き渡る。

体力のあり余っている者たちは声をかけ合って、夕食に繰り出そうとしているようだ。

しかし、私にはそんな余裕はない。なにせ昨日は迷惑な隣人のせいで、ロクに練習ができなかったのだ。

幸いなことに今日の練習で足を引っ張ることはなかったが、何度か危うかった部分があるのは事実。

ヴァイオリンをケースに収納しながら私は更衣室へと向かう。

「今日こそはちゃんと練習しないと……」

「カタリナ、ちょっといいかい？」

更衣室へと向かう廊下の途中で私は呼び止められる。

声をかけてきたのは指揮者であるエルトバ＝ジュエルニクス。

緩くウェーブのかかった金糸のような髪を後ろで纏めており、優雅な雰囲気を醸し出している。

管弦楽団のリーダーであり、家柄良し、顔良しの不動の人気を誇るエースだ。

「は、はい！　なんでしょう？」

突然、上司に呼び止められた私は、思わず背筋を伸ばしながら振り返る。

いくつかの小節でもたついてしまったことを注意されるのだろうか。

こわごわとしながら身構えていたが、彼の口からもたらされた内容は意外なものだった。

「カタリナ、君は以前から作曲に興味を示していたね？」

ただのヴァイオリン奏者として終わるつもりのない私は、作曲の方にも手を出していた。曲を弾くだけの奏者と、自らの曲を作って弾くことのできる奏者。どちらが音楽家として大成するかなど明白だ。

事実、王都で活躍する有名な奏者のほとんどは、自らも作詞や作曲などを手掛けている。目の前にいるエルトバもそうだ。

どのような理由で楽器が弾けなくなるかわからない現状、仕事の幅は広ければ広いほどいい。

そんな思いもあってか、私は機会がある度にエルトバに作曲をさせてもらえるように頼んでいた。

「次に企画する演奏会の曲はうちの楽団でのオリジナル曲にしたくてね。普段なら僕が作るんだけど他の仕事で手一杯なんだ」

「もしかして、私に任せていただけるのですか!?」

「いや、他の団員にも声はかけてある。だけど、採用されれば、演奏会で披露されることになる。そんな条件だけど、カタリナも参加するかい？」

さすがに無条件で決定というわけではなく、コンペ式らしい。

しかし、今までそのような挑戦などさせてもらえなかった。これは大きなチャンス。

「やらせてください！」

「わかった、期限は一週間だ。それまでに自慢の一曲を仕上げてほしい。ジャンルは特に問わない

「え？　あ、はい！」

よ」

エルトバはこくりと頷《うなず》いた。

「ありがとうございます」

「作曲と並行するのは大変だろうけど、来週の演奏会の練習も欠かさないようにね」

「……は、はい」

オリジナル曲についての概要書を渡すと、エルトバはにっこりと笑って去っていった。

どうやら、今日の練習会で私がもたついてしまったことを、しっかりと把握していたらしい。恐ろしい聴覚だ。

優雅に去っていくエルトバを見送りながら、背中にひやりとしたものを感じた。

来週の演奏会の曲だって練習しなければいけないのに、作曲なんてやっている暇があるのか……。

いや、それでもやらなければいけない。

ここで頑張らなければ、次のチャンスはいつになるかも不明だ。回ってきたチャンスを無駄にしてはいけない。

「ここが踏ん張りどころよ、カタリナ＝マクレール！」

弱気になりそうな心を叱咤《しった》するように声に出して、私は更衣室に向かった。

ここから私の音楽家として大成する道が開かれるのだ。

✦ ✦ ✦ ✦ ✦

「ダメー！　なんにも思いつかなあああああああああいー！」

自宅に籠って作曲作業に取り掛かること六日。

私は何一つ曲らしいものを仕上げることはできていなかった。

紙に書きなぐられたのは曲にもならないような音の羅列ばかり。それを組み合わせたところで曲になるはずもない。

「あ、もう夕方!?　やばい、そろそろヴァイオリンの練習もしないと！　でも、全然曲ができてないー！」

窓から差し込む夕日に気付いて慌てふためく。

こうしている内にも時間は無情に過ぎていく。提出日まであと半日も残っていないというのに。

作曲だけでも手一杯だというのに、普段の曲の練習もある。こんなのできるはずがない。

しかし、リーダーであるエルトバは他の楽器や指揮の練習をしながらも、いくつもの曲作りをしていると聞く。それと比べると自分の作業量など微々たるものだった。

「まだ何とかなる。夕食を抜いて、睡眠時間を削ればいいのよ」

そう、まだ時間はある。落ち着くのだ、カタリナ＝マクレール。

何度か深呼吸をして気持ちを落ち着けた私は、防音の魔道具を発動させてヴァイオリンを手に取る。

まずは音を奏でるのだ。そこからじっくりとメロディを作ってしまえばいい。

こういうのは一度流れに乗ることができれば、スルスルと進むものだ。過去にいくつかの曲を作ったことからそのことはわかっている。

ゆっくりと集中して……。

「～～♪」

曲作りの世界に入ろうとした寸前、またしても隣の部屋から歌声が聞こえてきた。

「また……」

騒音のせいで集中が途切れてしまい、イライラとした気持ちが募る。

しかし、隣人の歌を聴いていると、リズムがとてもいいことに気付いた。

ただの肉声なので詳しいメロディはわからない。

だけど、自分がメロディをつけるとすれば、こんな感じだろうか？

私は無意識の内にヴァイオリンを弾いていった。


そして、気が付けば私の目の前には一つの曲が完成していた。

それは我ながらとてもいい曲だと自画自賛してしまうほど。

だけど、素晴らしい曲とは裏腹に私は素直に喜ぶことができなかった。

なにせ、私は隣人の歌っていた曲に勝手にメロディをつけただけなのだ。

勿論《もちろん》、そこには私なりの解釈やアレンジが加えられているが、これは他人の曲をモチーフにした盗作になるのでは……？


幼き頃から奏者の道を志してきた私は、古今東西のあらゆる曲を耳にしてきた。

暇さえあれば曲を聴き、有名どころからマイナーまで音楽家の発表する曲に耳を傾けてきた。

だが、隣人の歌は、それらのどれにも当てはまらない。

音楽というのは文化であり歴史だ。構成されるメロディには必ずその土地や文化、独特のリズムが組み込まれている。

しかし、隣人の歌にはそれらの要素が見当たらなかった。

まるで、遥《はる》か遠い異国の歌でも聴いているかのようで……とにかく、洗練されており、新しかった。

「もしかして、お隣さんは有名な音楽家？」

などと推測してみるが、これほど斬新な歌を歌う者であれば既にどこかで有名になっているはずだ。王都で奏者をしている私が知らないというのはあり得ない。

「……これはダメね。別の曲を作りましょう」

一人の奏者として他人の曲を盗作するなんてプライドが許さなかった。

私は出来上がった曲を端に置いて、次こそ自分の曲を作るために弦を握るのであった。

「ヤバい、寝坊した！」

夜遅くまで曲作りに勤《いそ》しんでいた私は、寝落ちしてしまったらしく寝坊した。

幸いなことに今日の練習は午後からであるが、太陽の位置は既に中天。

もう団員たちは歌劇場に集まっていてもおかしくはない。

私はすぐに身支度を整えると、ケースにヴァイオリンと提出すべき曲を放り込み、大急ぎで中央区にある歌劇場に向かった。

歌劇場にあるホールにやってくると既にほとんどの団員は揃っている。

慌てて更衣室へと向かうと、前方では今日もビシッと決めたエルトバがいる。

「すみません、遅れました！」

「まだ全員揃っていないからそこまで慌てなくていいよ」

「ありがとうございます」

化粧もおざなりで髪もぼさっとしている私とは大違いで、エルトバは身なりがしっかりと整っている。そのことが悔しく、自分が情けない。

「それより、作曲の方は今日が締め切りだけど出来上がっているかな？　あれば確認したいんだけど」

「あ、はい！　すぐにお渡しします！」

エルトバにそのように言われて、私は背負っていたヴァイオリンケースを開ける。

しかし、ここまで走ってきたせいで手が汗ばんでいたのか。

ケースを勢いよく開けてしまい中からヴァイオリンが転がる。

「おっと、危ない危ない。大事な楽器だ。大切にしてくれ」

「本当にすみません、ありがとうございます」

そのまま地面に叩《たた》きつけられるかと思いきや、すんでのところでエルトバが受け止めてくれた。

楽器は繊細なものだ。

地面に落下した衝撃で、どのような影響があるかわからない。咄嗟《とっさ》に受け止めてくれたエルトバには心から感謝だ。

「おっ、これがカタリナの作ってくれた曲だね？」

「はい」

ケースが開いた衝撃でどうやら曲を書いた紙まで落ちたらしい。

エルトバが紙を拾い上げて涼しげな瞳を流していく。

目の前で曲をチェックされ始めたことに私は驚いたが、このまま立ち去る気にもならず固唾《かたず》を呑《の》んで見守る。

平然と曲を眺めていたエルトバであるが、もう一枚の紙を発見したのか興味深そうに捲《めく》る。

「おや？　もう一枚？」

「え？　あっ、それは――」

もう一枚交ざっていた楽譜。それは昨夜、隣人の歌を参考にして作った盗作紛《まが》いの曲だ。

どうやら今朝急いでいたあまり、一緒にケースに入れてきてしまったらしい。

私は咄嗟に回収しようと手を伸ばすが、エルトバによってそれは遮られる。

一枚目を見た時と違って、彼の表情は真剣そのものだ。興味深そうに忙しく視線が動く。

「……素晴らしい。一曲目の方は平凡だけど、こっちの曲はとても洗練されている上に斬新だ」

自分自身で作り上げた曲が酷評されたせいで顔が大きく歪《ゆが》みそうになるけど、何とかそれを堪《こら》えた。

「支配人や他の人にも見せるけど、多分カタリナの曲で決まりだよ。これならいける。よく頑張ったじゃないか」

それ隣人の歌を耳にして勝手にメロディをつけただけなんですけど……。

だけど、ここまで絶賛されてはそのように正直に言えるはずもなかった。

そのようなことを言えば、絶賛したエルトバに泥を塗る行為にもなるし、人の歌にメロディをつけた私も咎《とが》められることになる。

「あ、ありがとうございます」

そうした状況から私は表情を繕いながら礼を言うことしかできなかった。

あれだけ選ばれたかった作曲コンペであるが、今は選ばれないことを祈っている自分がいた。

そんな私の思いとは裏腹に次の演奏会のオリジナル曲は、私が提出した隣人の歌に決定した。

22話
Episode 22

独身奏者は後に引けない

午前中の仕事を終えた俺は、今日も歌劇場に来ていた。

前回、昼休憩にコンサートを聴きに行った時は、新しい魔道回路の構想のきっかけとなり、その後もスムーズに仕事を進めることができた。

そんなことがあってか前回と同じ管弦楽団の演奏会があることを耳にした俺は、またこうして足を運んでいるというわけである。

一曲一曲が終わるにつれてホールの熱気が静かに燃え上がっている。

「次の曲は我が団による新曲です。どうぞお楽しみください」

そして、また一曲が終わると指揮者をしていたエルフが涼しげな声でそのようなことを言った。

新曲の発表に最前列の方にいたファンから黄色い声が上がり、期待するような拍手が鳴り響く。

俺はこの楽団の演奏曲を網羅しているわけではないが、新しい曲が増えるのはいいことだ。

俺も歓迎するように拍手をする。

やがて、拍手や声援が止むとホール内を静寂が包み込み、エルフが指揮棒を振った。

それと共に奏でられる音楽。それに違和感を抱いてしまった俺は首を傾《かし》げる。

「んん？」

それは奏でられた曲のメロディがあまりにも俺の知っている曲と酷似していたからだ。

それも俺が前世でよく聴いていた大好きな曲。

しかし、徐々にメロディが進んでいくにつれて、それは知っている曲とは乖離《かいり》していく。

……確かに前世の曲と似てはいるが、違うところも多いな。

たまたま前世で知っていた曲と似ていただけか。

前世にも少し曲調をいじっただけで何百通りの曲を作れると言われた名曲があった。

音楽なんてものは前世だろうと、今世だろうとたくさんある。

多少、メロディが似ていると思うような曲だってたくさんあるだろう。

確かに俺の知っている前世の曲とは似ているが、聴いてみるとまったく違う。

前世の曲がまったく同じ形でこちらになんてあるはずもない。

「これはこれでありだな」

まるで自分の大好きな曲を誰かがアレンジしたかのようであるが、異なる解釈とリズムは不思議と心地よく、俺はゆったりと耳を傾けるのであった。

✣ ✣ ✣ ✣ ✣

「カタリナの曲、すごく評判が良いわね！」

「聞いたか？　次の演奏会のチケットももう完売したみたいだぜ？　やるな！」

「前からカタリナは作曲もやりたいって言ってたものね。ヴァイオリンの練習もしながら作曲もこなせるなんてすごいわ！」

私の提出した新曲を演奏してからしばらく。

うちの楽団は類を見ないほどの盛り上がりを見せていた。

団員たちは客足が増えていることを素直に喜び、新曲を作り上げた私のことを口々に褒めてくれる。

しかし、それは私自身の力で作ったものではない。

だけど、それを素直に暴露するわけにもいかなくて。

「あ、ありがとう」

団員たちからかけられる言葉に顔を引きつらせないようにしながら曖昧な返事をするしかなかった。

……どうしよう。まさか近所迷惑な隣人の歌をアレンジしたらここまでの反響があるなんて。定期的にうちの楽団ではオリジナル曲を発表することはあったが、ここまで反響があったことなど一度もない。

演奏会が終わってすぐに次の演奏会のチケットが完売するなんて初めてだ。

どうやら演奏を聴いた客が口コミでどんどんと話を広げてくれているらしく、大盛り上がりを見せているよう。

隣人の歌っていた歌が、それだけ人々の心に突き刺さったということだろうか。

でも、そうなってしまうのも無理はない。隣人が歌っていた曲はとても洗練されたもので、この世のものとは思えないようなメロディなのだ。

歌劇場に通う音楽好きが新しい風だと騒ぐのも無理もない。

「カタリナ、こちらに来てくれるかい？」

「はい！」

そんなことを考えていると、エルトバに呼ばれた。

返事をしてそちらに近寄ると、エルトバだけでなく恰幅《かっぷく》のいい老人がいた。

「こちらは歌劇場の支配人であるマルロー＝モンペチーナ様だ」

「は、はじめまして、カタリナ＝マクレールと申します」

エルトバからそのように紹介されてかなり驚いたが、動揺を表には出さずに優雅にドレスの裾を摘《つ》まんで一礼してみせる。

マルローはいくつもの歌劇場の運営だけでなく、様々な音楽家を支援している伯爵家の当主だ。

音楽業界でもかなり顔が広い大物だ。まさかそんな人物がやってくるとは。

「こちらのお嬢さんが話題の新曲を作ってくれた方か。うんうん、若くて才能がある子が表に出てくる瞬間というのはいつ見てもワクワクするね」

「お褒めいただき光栄です、モンペチーナ様。ですが、私などまだまだ未熟です」

「そんなことはない。君のお陰で歌劇場は大盛り上がりだ。私としてはこのまま勢いに乗ってほしいと思っている」

「というと？」

マルローが望んでいることの真意が理解できず、率直に私は尋ねてみる。

「良かったら、また次の曲をカタリナ君が作ってはくれないかい？　今の曲を越えるようなものはハードルが高いかもしれないが、君ならできると期待しているよ」

マルローはにっこりと笑いながらそのようなことを言うと、ご機嫌そうにホールを去っていった。

私は言われたことを理解できたものの、それを冷静に受け止めることができなかった。

呆然《ぼうぜん》とした表情で恰幅のいい老人を見送る。

「……そういうわけでカタリナには、また次の曲を作ってもらいたい。できるね？」

マルローが見えなくなると、傍《そば》にいたエルトバが咳払《せきばら》いをしてそのように告げる。

エルトバの言葉とその瞳には有無を言わさない迫力があった。

彼としても楽団がノリに乗っている今というチャンスを逃したくないだろう。

「わ、わかりました」

歌劇場の支配人からの要望を突っぱねることなどできるはずもなく、私は頷《うなず》かざるを得なかった。

自分で作った曲が人気になって、次から次へと曲作りを頼まれる。

そんな未来を想像するばかりの日々であったが、今はそれが現実となりつつある。

目指していた場所に手をかける位置にまでやってきた私だが、素直に喜ぶことは到底できない。

「どうしよう。前よりもすごい曲なんて絶対に作れない！」

自宅に戻った私はソファーに寝転がって一人で弱音を吐く。

精一杯試行錯誤した末に作り上げた私の本当の曲は、エルトバに凡庸《ぼんよう》だと切り捨てられた。

私だけの引き出しで曲を作っても、悲しいことにマルローやエルトバだけでなく、観客すら満足させることはできないだろう。

しかし、次の曲も作るように頼まれてしまった。それを今さら断ることなんて到底できない。どうすればいいのか。

「そ、そうよ。また隣人が歌った曲をアレンジすればいいのよ」

隣人が歌う曲は様々で日によって変わる。それらをまたアレンジして曲を作ればいいんだ。

奏者として一人の作曲家としてプライドがないのかと言われるかもしれないが、今はそんなことを気にしている場合じゃない。私は皆の期待に応える必要がある。

建前という名の心の防壁を作り上げた私は、隣人の方の壁に耳をそっと当てることにした。

こうして隣人がまた歌い出す瞬間を逃さないように。

✦ ✦ ✦ ✦ ✦

練習会が終わって自宅に直行し、壁に耳を澄ませる生活をすることしばらく。

「歌った！」

ついに隣人が歌い出した。

隣人は夕方頃に自宅に戻り、夕食を摂り終わるかといった時間に歌い出す。

それがわかっていたので夕方からずっと壁に張り付いていたら、ついに隣人が歌い出したのだ。それも前回歌ったものとは違う、聞きなれない歌だ。

私はその音を逃さないように意識を集中させる。

しかし、もっとも聴きたいと思った時に限って、隣人の歌声はボリュームが低い。

支配人やエルトバから求められている締め切りが近づいているだけに、それが酷《ひど》くもどかしく感じられる。

「なんで今日に限って控えめなのよ！」

いつもは壁に耳を澄ませなくても貫通してくるような大声で歌っているというのに。

マズい、このままでは歌が終わってしまう。

今日を逃せば気まぐれな隣人は次にまたいつ歌うかわからない。

ここはリスクを冒してでも歌を聴きに行くべきだろう。

私は急いで部屋を出て、隣人の扉に耳を当てる。

「〜〜♪」

すると、隣人の歌声が鮮明に聞こえる。

私はその一音やリズムを脳に刻み込むように聞き取る。

傍《はた》から見ると完全にストーカーだが、今はなりふり構っていられない。

歌を聴き終わったらすぐに部屋に戻るから問題ない。

23話 Episode 23 独身貴族と独身奏者は邂逅する

今日も唐揚げとハイボールで豪勢な夕食にすることを決めていた俺は、歌を歌いながらご機嫌で料理の準備を進める。

「しまった。ショウガがない……」

しかし、唐揚げの下味に必須とも言えるショウガが冷蔵庫にないことに気付いた。

どうする。ショウガの下味をつけずに唐揚げを作ってしまうか？

「いや、ないな。下味にショウガは必須だ」

タップリのソースとニンニクによる下味。それだけでは味が濃すぎる。

そこにさっぱりとしたショウガの風味が加わることで唐揚げは完成するんだ。

ショウガなしの唐揚げはあり得ない。

まだ時刻は夕方だ。市場や店だって開いている。面倒だが今から買いに行くしかないな。

仕方なく俺は薄手のジャケットと財布を手にして外に出る。

「きゃっ!?」

扉を開けるなり何かにゴツンと当たったような衝撃と、女の短い悲鳴が上がる。

扉の隙間から顔を出すと、金髪の女が廊下で尻もちをついていた。

扉が当たった額は赤くなっており、両足がはしたなく広がっている。

女は額を擦《さす》って呻《うめ》き声を上げていたが、すぐに自らの状況を把握して立ち上がった。

そして俺の姿を一目見るなり呆《ほう》けたような表情になる。

まったく知らない女だが、どこかで見たことがあるのは気のせいだろうか?

記憶を手繰り寄せてみるが思い出せはしない。

「ちょっと急に扉を開けないでくれる?」

俺が記憶の海に沈んでいる中、女はこちらを見据えながら惚《とぼ》けたことを言ってくる。

「そういう台詞《せりふ》は通行人らしい行いをしてから言え。どこの誰かは知らんが明らかに俺の部屋の扉に張り付いていただろう?」

俺が勢いよく扉を開けたせいで廊下を歩いていた女が、驚いて転んでしまったというのなら理解できるし驚きもしない。

俺も素直に自らの非を謝罪して、尻もちをついてしまった女性に手を伸ばしただろう。

しかし、この女は明らかに扉に張り付いていたと言われるような距離にいた。

そもそも俺は勢いよく扉を開けたわけではないし、この女にぶつかった時の距離感は扉に密着していたと言われなければ納得できないようなものだった。

「そ、そんなことはないわ」

「嘘《うそ》をつくようであれば管理人、あるいは衛兵に通報するぞ？　ストーカー女め」

「す、ストーカーなんてしていないわ！」

俺が軽蔑の眼差《まなざ》しを向けながら言うと、女は動揺を露《あら》わにして否定した。

これが脂の乗った中年オヤジと若い女であれば、通報したところで信じられないかもしれないが、今の状況は違う。

トリスタンや家族にも言われるように俺の見た目はそこまで悪い方ではない。

事実、貴族の社交界などに顔を出して、どこぞの令嬢にストーカーをされたりすることもいくつかあった。

そういう事例をアパートの管理人やこの街の衛兵は前例として知っている。自意識過剰だと言って無下に扱われることはないだろう。

「じゃあ、そこで何をしていたんだ？　通行人だと言うのなら控えめに開けた扉が当たるはずないぞ？」

「そ、それは……」

俺が問い詰めると女は言葉に詰まったような顔をする。

何を考えているのかは知らないが、自分の部屋の扉に張り付いているようなストーカー女だ。容赦はしない。

ここは外の人間関係の一切を遮断された聖域だ。そこを邪魔する者は容赦なく排除する。

「ああ、もう！　ごめんなさい！　ちゃんと理由を話すから通報は勘弁して！」

温情の欠片《かけら》もない視線で女を見つめ続けると、やがて観念したように女は言った。

ほう、俺の家の扉に張り付いてストーカーしていた理由があるというのか。

苦し紛れの言い訳かと思ったが、違うようだ。

勝手に好きになってきて迫りくる令嬢のような情欲の眼差しは、この女には一切ない。

今までの事例とは違った事情とやらがあるようだ。これからの平穏な生活を続けるためにもしっかりと聞いておきたいな。

「わかった。話を聞いてやろう」

「えっと、どこで話す？　私の部屋は隣だけど入れるわけにもいかないし、あなたの部屋に入るってのも……」

「……お前、隣に住んでいるのか」

こんなストーカー女が隣に住んでいたとは驚きだ。

「互いの部屋に上がるのは論外だ。落ち着ける場所に移動するぞ」

「そ、そうね」

女の部屋に入り込むのも、俺の部屋に女を入れるのもあり得ない。かといってエントランスで込み入った話をして、他の住人に聞かれるのも問題だ。

毅然《きぜん》として歩き出すと、女は安心したように付いてきた。

……本当にこの女はなんなんだろうな。

✦ ✦ ✦ ✦ ✦

「仕方がない。ここにするか……」

夕食時ということもあってかアパートの近くにある喫茶店や中央区の通り沿いの喫茶店は客で賑《にぎ》わっており、ゆっくりと会話することも難しそうであった。

結果として俺はロンデルの喫茶店へとやってきたのである。

最近見つけた自慢の隠れ家的な場所だったので、他人を連れてくるのは嫌だったが、ここ以外に落ち着いて話のできる場所は思いつかなかった。

窓の外から店内の様子を窺《うかが》うとマスターがコーヒー豆を挽《ひ》いている姿が見えた。

どうやらお店に客はいないようである。

お店にとってはよろしくないことであるが、込み入った話をする俺たちからすれば嬉《うれ》しかった。

「……いらっしゃいませ。お好きな席にどうぞ」

扉を開いて中に入ると、マスターであるロンデルが穏やかな声をかけてくれる。

今日は後ろに女を連れているとあってか、必要以上の言葉はかけないようにしたようだ。

そういった配慮がありがたい。

店内には魔道ランプがついており、暖かな光によって店内に設置されているアンティーク品の数々が浮かび上がるように見えていた。

午前中の爽やかな空間とは打って変わって、夜の静かな情景といった模様だ。

これはこれでとてもいい。俺たちは奥にあるイス席に向かう。

「へえ、素敵な喫茶店ね。こんなところにあるなんて知らなかったわ」

対面に腰を下ろした女が、店内を物珍しそうな様子で見渡す。

傍《そば》に余計な女がいなければ上質な時間を過ごすことができただろうな。それが酷《ひど》く残念でならなかった。次は絶対に一人で来よう。

「飲み物は決めたか？」

「まだよ。どれにしようかしら？」

目の前の女はメニューを眺めているが、すぐに決める様子はない。

初めての喫茶店にやってきてメニューを隅々まで見たいのか、ただ単に優柔不断なだけなのか。どちらにせよ、このような状況でゆっくりとメニューを選べるくらいなので図太いのだろうな。

「マスター、コーヒーを一つ頼む」

「かしこまりました」

中々注文しないのでとりあえず、先に自分の注文を通しておく。

「コーヒー？　そんな飲み物ある？」

「メニューには載っていない、特別なメニューだ」

「なにそれ？　だったら、私もそれがいいわ」

「コーヒーというのは苦みの強い複雑な味をした飲み物だ。初見でいきなり頼むのはオススメしないぞ？」

「紅茶みたいなものでしょ？　大丈夫、そういったものに慣れているから。私もコーヒーでお願い」

この女、明らかにわかっていない。

しかし、懇切丁寧に説明してやるのも面倒だ。

「かしこまりました。では、コーヒーを二つで」

心配そうな視線を向けてくるマスターに頷《うなず》いてやると、注文は無事に通った。

それを聞いて満足そうな表情でメニューを端に置く女。

ひとつひとつの動作に優雅さが感じられ、ただのストーカー女というわけではなさそうだ。

そもそもあのアパートの家賃が高い上に、安全性も重視しており審査も厳重だ。

金があるからといって誰でも住むことができない。

自らの収入がそれなり以上あるだけでなく、家柄もいいのだろうな。

「飲み物が来る前に自己紹介をしておかない？」

「ああ、そうだな」

「私はカタリナ＝マクレール。マクレール家の次女で、王都にある管弦楽団でヴァイオリンを担当しているわ」

「うん？　管弦楽団のヴァイオリン奏者？」

カタリナと名乗る女からそのように言われて、俺は記憶にあったもつれた糸が解《ほど》けるのを感じた。

「そうか。どこかで見たことがあると思ったら、歌劇場でヴァイオリンを演奏していた女か」

「あら、私たちのコンサートを聴きに来てくれたことがあったの？　それは嬉しいわね」

歌劇場で見たことを告げると、どこか嬉しそうな顔をするカタリナ。

道理で見たことがあるはずだ。まさかあの楽団の一員だったとは。

「それであなたは？」

「……ストーカーをしていた癖に知らないのか？」

「だから、あれはやむを得ない理由があっただけでストーカーをしていたわけじゃないから」

俺がそのように突っ込むと、カタリナは苦しそうな表情で弁明する。

まあ、確かにマクレール家の次女が知りもしない相手を付け回すはずもないか。

それでも怪しさは残るがひとまず、ここは放っておくことにしよう。

「俺はジルク＝ルーレンだ。王都で魔道具師をしている」

「あなたがジルク＝ルーレン!?」

俺が名乗ると、カタリナがガタリとイスを鳴らして前のめりになる。

「俺のことを知っているのか？」

「ええ、知っているわよ！　いつも私が要望書を送っているのに、全然魔道具を改善してくれない偏屈な魔道具師ね！」

「さてはお前……クレーマーのカタリナだな？　遂《つい》に俺の工房にクレームを入れるだけでは飽き足らず、家にまでクレームを持ってくるようになったのか！」

カタリナという名前と要望書で結びついた。

間違いなくこいつはクレーマーのカタリナだ。

そう考えると、今回俺の部屋の扉に張り付いていたのも納得できる。

この女はストーカーではなく、粘着質のクレーマーだ。

「誰がクレーマーよ！　あなたがジルクだと知ったのは今初めてで、それとこれとは話が別だから！

ああ、もうややこしい！」

24話
Episode 24

独身貴族と独身奏者の取引き

「では、扉に張り付いていたのはクレームをつけに来たのでも、俺への嫌がらせでもないんだな？」

「ええ、それについては無関係よ」

カタリナは俺の工房にクレームを送り付けていた本人であるが、どうやら今回はクレームのこととはまったく無関係のようだ。

それもそうか。最初から部屋が隣だと知っていれば、直接文句を言いに来たり、ポストに要望書を直接投げ入れたりとかの手段があるだろうしな。

とりあえず、カタリナの釈明を聞いた俺は、魔道具についてのクレームとは切り離すことにした。

となると、気になるのがクレームが理由ではないとしたら、どういった理由で扉に張り付いていたのかなのだが……。

「お待たせいたしました、コーヒーです。お好みで砂糖とミルクもどうぞ」

そのように考えているとマスターがコーヒーを持ってきた。

俺たちの目の前にそれぞれコーヒーが置かれる。砂糖の入った小さな壺《つぼ》や、ミルクカップがあるのは初心者であるカタリナでも飲みやすいようにとの配慮だろう。

問いただしたいところであるが、まずはコーヒーを飲んでからだな。

「いい香りね。こんなに黒い飲み物は初めてだわ」

コーヒーの色合いがとても気になるらしくカタリナは興味深そうにコーヒーを眺めている。

俺は砂糖もミルクも入れずに、そのままカップを口へと運ぶ。

口の中に広がるコーヒーの苦みとほんの少しの酸味。まろやかなコクがしっかり出ており、なんとも落ち着く味だ。

俺が飲んでいる姿を見て、カタリナがおそるおそるカップを口にする。

「にがっ……」

形のいい眉をひそめながらぼそりと呟《つぶや》くカタリナ。

「こういう飲み物には慣れているんじゃなかったのか？」

「そうだけど、この味は予想外よ……」

そのような泣き言を漏らしながらもう一度口をつけるカタリナ。

しかし、すぐに表情を歪《ゆが》めてカップのソーサーに置いてしまう。

だから、普通の飲み物にしておけと言ったものの。

「苦ければミルクを入れてみるといい。そうすれば、大分飲みやすくなる」

「それじゃあ遠慮なく」

そのようにアドバイスをするとカタリナはミルクカップを傾けて、コーヒーに注いでいく。

「………なんだか色がすごいことになったわね」

「それでも飲みやすくなったはずだ」

どんよりとした茶色い水面を見てカタリナが怖気《おじけ》づくが、俺は有無を言わせずに飲ませる。

止められたものの、それでも飲みたいと言って二口で残すなんてマスターに失礼だ。

強い視線を飛ばすとカタリナはゆっくりとカップに口をつける。

「あら、美味《おい》しい。これなら私でも飲めるわ」

ぱっちりと目を見開いて表情を緩めるカタリナ。

コーヒーというより既にカフェオレなのであるが、カタリナは気に入ったように何度も口をつけて表情を柔らかくしていた。

これならコーヒーを残すこともないだろう。

「さて、クレームが目的でないとしたら扉に張り付いていたわけを教えてもらおうか」

「そうね。少し長くなるけどいいかしら？」

「手短に頼む」

「……できるだけ努力するわ」

✦ ✦ ✦ ✦ ✦

「――というわけなのよ」

「まさか俺の歌っていた歌をアレンジしていたとは……」

カタリナの説明を聞き終えた俺は呆《あき》れたようにため息を吐《つ》いた。

道理で歌劇場で聴いた曲が前世のお気に入りの曲と似ているわけだ。

それを元にしてアレンジしたのだ。似ていないはずがなかった。

「その曲が人気になってしまい、それでもう一曲作ってくれるように言われたと？」

「ええ」

「それで今日俺が歌ったのを耳にして、鮮明に聞き取ろうと張り付いていたんだな？」

「……そうなります」

徐々に身を縮めるようにしながら力なく頷《うなず》くカタリナ。

まさかご機嫌になった歌を隣に住んでいる女が聴いているとは思いもしなかった。

「カタリナはストーカーじゃなく、盗聴魔だったか」

「言っとくけど、いつもはあんなことしなくても聞こえるくらいの騒音だったんだからね。大声で歌うなら防音の魔道具くらい使っておきなさいよ」

「む、そっちの部屋にまで聞こえていたのか。それは悪かった。とはいえ、勝手に人の部屋の扉に張り付いていたのは別だ。誤魔化せんぞ」

「それについては本当にごめんなさい」

ペこりと素直に頭を下げて謝るカタリナ。

「まあいい」

「え？　許してくれるの？」

「こっちも日頃の歌声で迷惑をかけていたようだしな。それでお相子だ。ただ、そっちも同じことは二度とするなよ？」

勝手に人の歌を盗聴されたと聞いた時には不快感を覚えていたが、日頃は俺の歌声のせいで迷惑をかけていたわけだしな。これ以上、強く咎《とが》めることもできない。

「それは構わないけど、あなたの歌をアレンジして勝手に曲にしたのよ？　もっと怒らないの？」

「別に俺は音楽家でもないし、俺が作った歌でもないしな」

今世とはまったく交わることのない前世の歌だ。それを聞いて曲にしようがこちらが不快感を覚えることはない。

カタリナも悪意を持っていたわけではないのだ。

ここで大ごとにして管理人やマクレール家に睨《にら》まれるのも避けたい。ここは穏便に水に流して、互いに日常に戻るのが一番だろう。

扉に張り付かれていた謎も解けたし、互いに謝罪も済んだ。これ以上話し合うことはない。

「じゃあ、俺は帰る」

「待って！」

そう思って立ち上がったのだがカタリナが裾を引っ張ってくる。

「なんだ？」

「あなたの歌は聞いたことがなかったけど、どこの歌なの？」

なんとも困る質問だ。前世で聴いたことのある曲だ、なんて言っても信じてもらえないだろうな。

「さあな。ただこの国にはない歌なのは確かだ。多分、俺以外に誰も知らないだろうな」

変に探し回られても面倒なので曖昧な返事をしておく。こうしておけば、歌を調査しようなどとは思わないだろう。

「つまり、あなた以外誰も知らない失われた歌ってことね？　あんなに素晴らしい歌を喪失させたら勿体《もったい》ないわ。私に引き継がせて！」

そう思っての返事だったが、それは裏目に出てしまった。

どこかの地方や民族の歌だとでも思われているのか？　そのような歴史的に価値のあるような立派な歌ではないのだが。

「興味がない。他を当たってくれ」

「そこをなんとか！」

「こら、離せ！」

「あなたが頷くまで離さない！　私のこれからの道がかかっているんだから！」

「それは自分の蒔《ま》いた種だろう。それくらい自分で何とかしろ」

カタリナの災難ともいえる出来事には同情こそするが、素直に協力してやる義理はない。

「だったら取引きよ！」

感情的になったかと思えば急に冷静な取引きを持ちかけてきた。

このまま無視して帰ってもいいが、カタリナは隣に住んでいる。またこの話を持ちかけられて平穏を乱されては堪《たま》ったものではない。

そう考えて俺はひとまず席につく。

「あなたが歌を提供し、私が曲として編曲する。一曲の提供料として三十万ソーロ。そして、曲の売り上げの四割を譲渡するわ」

「曲なんて曖昧なものの正確な売り上げなんてわかるのか？　大体、その程度の金であれば魔道具でいくらでも賄える」

前世のようにＣＤやネットでのダウンロードなどというわかりやすい指標があれば、悪くはない条件ではあるが、この世界ではそのようなわかりやすい仕組みはないだろう。

カタリナが楽団を仕切っている立場や、運営をしている立場であれば説得力もあるが、ただの奏者にそこまで詳細な把握ができるとは思えない。

こちらには魔道具という非常にシンプルで太い収入源があるのだ。面倒なはした金に手を出すようなメリットはない。

「くっ、そうだったわね。あなたは売れっ子魔道具師だものね。だったら、何を望むというのよ？」

どこか悔しそうに言うカタリナ。

そのようにハッキリと言われると、頭の中で思い浮かぶのは一つくらいだな。

「宝具だな。何か珍しい宝具を持っていたりするか？　お前が持っていなければ、マクレール家のものでもいい」

「宝具？　それなら一つ持ってるけど……」

「どんなものだ？」

まさかカタリナが持っているとは思っておらず、前のめりになる。

「【音の箱庭《サウンドガーデン》】っていう宝具で、長さにもよるけど五つくらいの曲を保存して、いつでも聴くことができるわ」

それはつまり、前世でいう録音機能付き音楽プレイヤーのようなものじゃないか。

その宝具があれば、保存した曲をいつでも家で聴くことができる。

そんな素晴らしい宝具をカタリナが持っているとは思わなかった。

「それでいい！　それをくれ！」

「えええええ！　でも、これすごく大切なものなのよ!?」

「提供できる曲ならいくらでもある。一曲と言わず、十や百でも提供してやろう。それでも不安だと言うのなら、それなりの金額で買い取る」

それだけの機能がある宝具であれば、少なくても三千万ソーロ以上はするだろう。下手をすると五千万、六千万ソーロ以上の値段がついてもおかしくはない。

「ど、どれだけ宝具が好きなのよ……」

俺の熱意を目にしてカタリナがどこか引いた表情になるが、気にはしない。

「俺は宝具コレクターだからな。それで、どうなんだ？」

「えええええ、私だって好きな曲を入れて家で聴く時もあるし、【音の箱庭】を譲るのは……」

「じゃあ、この話はなしだ。次の新曲もいいものが書けるといいな」

「ああー！　待って！　【音の箱庭】を譲るから！　譲るから手伝って！」

取引きは決裂とばかりに立ち上がると、カタリナが涙目になって頷いた。

こうして俺は前世の歌をいくつか提供する代わりに、カタリナから【音の箱庭】という最高の宝具を手に入れるのであった。

25話 Episode 25

独身貴族はそっと削除する

「はい、【音の箱庭】よ」

「おお、これが！」

アパートの廊下にて俺はカタリナから宝具【音の箱庭】を受け取る。

落ち着いたブラックとブラウンの色合いをしている直方体だ。

両手で抱えるほどの大きさがあり、ずっしりとした重みがあった。

録音機能付きの音楽プレイヤー。どのようなものか今から試すのが楽しみだ。

「じゃあ、これで」

「ちょっと待って！」

目的の宝具を手に入れた俺は、早速部屋に戻ろうとするがカタリナが静止の声を上げた。

「……なんだ？」

「私の送っている要望書なんだけど読んだ？」

「読んでない」

「なんで読んでないのよ！」

「クレーム書類を読んでいる暇は俺にはない」

「魔道具師でしょ？　お客からの要望に応えようとか、反映してより良いものを作ろうという精神はないの？」

「それを言うのであれば、もっと理路整然とした私情の交じっていない要望書を送るべきだな。それと要望を書くのであれば、もう少し魔道具について勉強することをオススメする。じゃあな」

これ以上、クレーム客に付き合っている暇はない。

カタリナがなおも声をかけてくるが、俺はそれを拒絶するようにさっさと扉を閉めて鍵をかけた。

廊下の方ではカタリナが何かキーキーと騒いでいる。

あまり大きな音を立てると近隣の住人の迷惑になるというのにな。

廊下の声をシャットダウンしてリビングへ戻る。

とりあえず、宝具をテーブルの上に置いた俺はゆっくりと観察する。

直方体の全面には大きな丸いスピーカー部分がある。その上には五つもの丸いボタンが並んでおり、それぞれ数字が割り振られている。

恐らく、そのボタンを押すことで録音した音楽を選択することができるのだろう。

それらの下には、二つのボタンがついており『再生』『録音』と書かれていた。

他にも細々とした『削除』『停止』『倍速』などといった細やかな機能のボタンがある。

前世のプレイヤーのような便利な機能は一通りついているようだ。

「うん？　宝具が汚れているじゃないか。あの女、大切にしているとか言いながらこれか……」

宝具を観察しているとボタンや排気口のような隙間部分にうっすらと埃《ほこり》が詰まっていた。

大切な宝具に埃を被《かぶ》せるだなんてあり得ない。

埃が被らないように布で覆うとか、ガラスケースを買って入れておくとかやりようがあるだろうに。大体、宝具というのはこまめなメンテナンスというものが大切だ。

今の技術では作ることができない以上、一度壊れてしまえば二度と直すことはできないと言ってもいい。

そうならないように我々は日々、メンテナンスをしてやるべきなのだ。

「ぞんざいに扱われて大変だったな。だけど、安心しろ。これからは俺が丁寧に管理して使ってやるからな」

可哀想《かわいそう》な扱いを受けていたであろう【音の箱庭《サウンドガーデン》】に優しい言葉をかけながら、清潔な布で埃を拭ってやる。

水拭きしたいところだが、素材によっては水拭きをすると劣化する場合もあるからな。今は乾拭きまでだ。

カタリナにメンテナンス方法を尋ねたところ、ロクに知っていない様子だったので正しい情報はわからない。

機能を知っている以上は、ちゃんと過去に鑑定をしているはずだが細かいところまで覚えていないのだろうな。一度、グワンに鑑定をお願いした方がいいだろう。

一通り、掃除をしてやると【音の箱庭】の色艶が増したような気がした。

どのような素材かはわからないが元の手触りが随分といいので、拭くとより美しさが際立つ。

「さて、早速機能を確かめてみるか」

一応、簡単な使い方についてはカタリナから説明を受けている。

番号の割り振られているボタンを押して録音した曲を選び、再生ボタンを押すことによって曲が流れる仕組みだ。

今回は早速聴けるように現在録音している曲は残してもらっている。

入っている曲を削除されてしまってはすぐに聴くことができないしな。

とはいえ、いずれは音楽家に依頼してお気に入りの曲を入れてもらう予定だ。

カタリナの録音している曲が俺に合うとは限らないし、ストレージが五つしかないので飽きたらすぐに入れ替えたいからな。

一番のボタンを押してから再生ボタンを押すと、宝具から曲が流れ出した。

どうやらヴァイオリン奏者単独の演奏のようだ。

ヴァイオリンの甲高い、優雅な音色がリビングを包み込む。

横にあるボリュームキーを回すと、より音が大きくなった。

「おお、これはいいな！」

この世界には音楽プレイヤーなんて代物はなかったが故に、すごく新鮮な気持ちだ。

前世ではこうやって音楽を聴きながら夕食を作っていたものだ。

ドンドンドン！

優雅な音色に耳を傾けていると、扉が激しく叩《たた》かれる音がした。

せっかく心地よく音楽を楽しんでいるというのに外からの邪魔を受けてイライラする。

しかし、扉を開けてみると俺以上にイライラした様子のカタリナが前にいた。

「なんだ？」

「音がだだ漏れよ！　【音の箱庭《サウンドガーデン》】を使う時は、ちゃんと防音の魔道具を使いなさい！」

「そうか。悪かった」

俺はすぐに謝るとリビングに引っ込んで【音の箱庭】のボリュームを下げる。

そうだ。俺が思いっきり歌うだけで騒音になるのだ。それ以上の音を出す、【音の箱庭】を使う時は防音の魔道具と併用するのが必須だろう。

防音の魔道具なんて密談をよくする貴族か、商談をよくする商売人くらいしか持たない代物だ。あ、あと女は愚痴を言い合うために持っているとルージュに聞いた覚えがあったな。

貴族ではあるが、ただの魔道具師でしかない俺はそんなこととは無縁なので持っていない。

「……今度作っておくか」

仕方がないが防音の魔道具がない以上、思いっきり楽しむことはできないな。

小さなボリュームで流して、部屋のうっすらとしたBGMとして活用することにしよう。

そんな風に一番から五番の演奏を聴き終わると、俺は一息つく。

ヴァイオリン奏者だけあってほとんどがヴァイオリンの曲だったな。

俺としてはもっと他の楽器の演奏も聴きたかったのだが、カタリナに文句をつけても仕方がない。

これから自分の好みの曲を録音して、俺だけの宝具を完成させればいいのだ。

たった五つしかストレージがないというのは大変困ったものであるが、そのわずかな空きでやりくりするのも楽しみというやつだな。

「さて、この宝具には変わった機能はないだろうか？」

通常であれば、一通りの機能を試して終わりなのであるが、宝具マニアはそれでは終わらない。マニアであれば、この宝具に隠された機能がないかと探りたくなるものだ。

俺の経験上では、こういったボタンを何度か押してやることで別の機能が存在していたり、思いもよらない隠し機能があったりするものだ。

過去にグワンがそういったものを見つけているし、俺も使っている内にそういう別の機能を発見したことがある。

一番のボタンを二回押して再生してみたり、一番と二番のボタンを同時に押してみたりと色々と試す。

そして、適当に全てのボタンを押して再生してみたところ、通常の曲とは違う音源らしいものが再生された。

『第六のストレージの発見おめでとう。ワシはセルバ＝マクレール。この宝具を使っているということは、君はカタリナの親しい人、あるいは恋人なのだろう。この宝具は私がカタリナの誕生日に贈った物だ。君がこれを聞いている頃には私は既にこの世にはいないだろう――』

その声質はお年寄りのようなしわがれたものであった。

マクレール家の現当主はそこまで年を経ていた印象はなかったので、祖父か曽祖父かなにかだろう。どちらせによこの世界にはいない人物のようだ。

セルバと名乗る老人の言葉は、いかにカタリナを溺愛しているか察せられるような内容だった。ワシが贈った大切な宝具をカタリナが手放すはずがないから、カタリナの家でこれを聞いているお前は親しい友人か恋人なのだろうと決めつけるような言葉が述べられている。

残念ながらおたくの可愛《かわい》い孫娘さんは、宝具よりも仕事を選んで赤の他人に宝具を引き渡しているぞ。

しかし、そんなことを知るよしもない老人はつらつらと語り続ける。

『さて、そんな君に頼みたいことがある。しかし、カタリナには内緒にしてほしい。もし、彼女が傍《そば》にいればすぐにボタンを押して止める、あるいは削除をしてくれ。カタリナがいないのであれば、このまま聞いてできればワシの頼みを聞いてほしい』

同情しながらセルバの言葉を聞いていると、突如としてきな臭いことを言い出した。

この爺《じい》さんは、赤の他人である俺に何を頼むつもりだろうか？

聞くべきではないとわかってはいるが、この宝具を手に入れた人物が何を頼みたいのか気になる。どうせ唯一の関係者であるカタリナには聞かせられない話だ。誰にも聞かせることができない以上、俺くらい聞いてやってもいいだろう。頼みを受けるかどうかは別だが。

『実はワシには妻以外にも愛人がおり――』

セルバがとんでもない事実を語り出したので、俺は慌てて停止ボタンを押す。

妻以外に愛人がいるなんて貴族の中でもトップレベルに入る騒動の種だ。

仮に俺がカタリナの恋人だとして、恋人相手にそんなものを聞かせるとはどういうつもりなのか。

セルバの頼みが何かは知らないが、ロクでもないことに違いない。ここで変な頼みを聞いてお家騒動に巻き込まれでもしたら面倒だ。

俺はセルバのメッセージを聞かなかったことにした。

26話
Episode 26

独身貴族はバーを見つける

「それじゃあ、俺はルージュさんを送ってから帰りますね」

東区での素材業者との打ち合わせが終わり、王都の空はすっかりと暗く染まっている。

王都では昼夜を問わず、定期的に衛兵が巡回しているために比較的に治安はいい方ではあるが、暗がりを女性が一人で歩くのは好ましくないくらいに危なさはある。

従って仕事が遅くなった時は必ず誰かが送ることにしているのだ。

「トリスタンじゃ、ちょっと頼りないわねー」

「魔道具師なのにBランク冒険者っていうジルクさんがおかしいだけで、俺もそこまで弱いわけじゃないですからね!?」

ルージュの言葉にトリスタンが弁明するように言う。

トリスタンは冒険者ではないが、一応は魔道具師の見習いだ。

自衛程度の魔法は使えるので弱くはない。ただ、俺が暴漢であればトリスタンなど瞬殺ではあるが。

「だったら、俺の宝具を素直に借りればいいだろう。そうすれば、並の奴等《やつら》は蹴散らすことができる」

「だって、自衛系の宝具って指輪とかペンダントとかのアクセサリー系でしょ？」

「日常生活に邪魔にならないようにするなら自然とそうなるな」

ルージュは俺やトリスタンとは違って、戦闘技術は一切持っていない一般人だ。

武器型の宝具を与えたところで上手《うま》く扱えないのは目に見えている。だったら、取り扱いの簡単なアクセサリータイプの宝具がいいに決まっている。

「そういうのは旦那に妬《や》かれちゃうから。俺以外の男のアクセサリーを身に着けるのかって」

「ジルクさんの宝具って一個で数百万から数千万しますからね。自衛用とはいえ、他所《よそ》の男からのアクセサリーを着けるのって面白くないですもんね」

「別にプレゼントではなく、従業員の安全を守るための貸し出しなのだが……」

「そういう問題じゃないんですよ。男心というやつですよ」

「理解できないな」

あまりに非生産的な感情だ。どうして従業員の保護に私情を紛れ込ませてくるのやら。

「でも、そういうところも可愛《かわい》いのよね」

不便なことのように語っているが、ルージュの表情や声音からはとても嬉《うれ》しそうな感情が見えていた。

自分に嫉妬してくれている＝それくらい愛されていて嬉しいということだろうか。

俺には到底理解できない感情だな。やることなすことにそこまで干渉されては堪《たま》ったものではない。

「とにかくわかった。気を付けて帰れ」

「はーい、お疲れさま！　また明日ねー」

惚《のろ》け話が出る前に手をしっしと振ってやると、ルージュとトリスタンが去っていく。

ある程度背中が見えなくなるまで見送ると、俺は一人で帰路につく。

東区から北区にある自宅まではそれなりの距離があるが、星を眺めながらゆっくりと足を進めるのも悪くない。

冴《さ》え冴《ざ》えとした漆黒の空には、星が研ぎ澄まされたように光っている。

前世のような高層ビルやマンションがなく、灯りも最小限の王都では星が良く見えた。

「……星に夢中になりすぎたか」

上ばかりを見て歩いていたら見知らぬ細い通りに出ていた。適当に北側に向かっていけばいいと思っていたが、予想以上に複雑な通りをしていそうだ。

回り道かもしれないが一度引き返して素直に大通りに出るか。

そう思い引き返すと、すぐ傍《そば》に『アイスロック』と書いてある立て看板が置かれているのが見えた。

「んん？　こんなところにバーか？」

看板自体が小さい上に、あまり人目のつかない場所に置いてある。

もしかしたら、ここのマスターはあまり多くの客を呼ぶ気がないのかもしれないな。

看板の奥を覗《のぞ》くと地下へと続く階段があり、その下には魔道ランプに照らされた小さな扉がある。

どうやら地下にあるバーらしい。

「……軽く酒でも飲んで帰るか」

今から家に戻って料理を作るのも少し面倒だ。

軽くバーで何かつまんで美味《おい》しい酒を飲んで帰ろう。

そのようなプランを組み上げた俺は、薄暗い階段を下りて扉をくぐった。

店内にはL字のカウンターがあり七脚のイスが置かれてある。手前側には四つのテーブル席があり、奥にはグランドピアノのようなものが置かれていた。

狭苦しい通りにある割には、店内は意外と広々としている。

「いらっしゃい」

そして、カウンターの奥から涼やかな声をかけてきたのは女エルフだ。

流れるような銀髪に透き通るような青い瞳をしている。耳は俺のように丸みを帯びてはおらず、シュッと尖《とが》った形をしている。

白のシルクシャツに折り目のピンと入った黒のスラックスを纏《まと》っている。

どうやら彼女がこのバーのマスターらしい。

エルフというのは古来に存在していた妖精から生まれたとされた種族であり、長い寿命と高い魔力を誇る種族である。

そして、造形物のような端整な顔立ちが特徴的であり、女エルフなら女性からは羨望と嫉妬を、男性からは情欲の視線を集めがちだ。

その見目麗しい見た目を活《い》かして、客寄せとして使われることも多い。

「……なんだ。ガールズバーか」

雰囲気が良く広々としたバーだけに期待外れだ。

恐らく、ここは女エルフの容姿を売りにしているバーなのだろう。

ガールズバー自体は否定しないが、今夜はそういうところに通う気分ではなかった。

「帰るなら一杯飲んでからにして。お代はいらないから」

踵《きびす》を返して店を出ようとすると、女エルフが挑発とも言えるような台詞《せりふ》をかけてくる。

外見だけでただのガールズバーと判断するのではなく、酒を飲んで判断しろということだろうか。

大きく表情には出ていないが、エルフの切れ長の瞳からはそのような強い思いが感じられる。

「……わかった。いただこう」

この店のマスターが腕に自慢があると言っているのだ。そこまで強気に言うのであれば、こちらとしては話に乗るのもやぶさかではない。

エルフの誘いに応じることにした俺は、大人しくカウンター席に座ることにした。

「注文は？」

「オススメで頼む」

「わかったわ」

エルフはニヤリとした笑みを浮かべると、その場で魔法を使い出した。

彼女の腕の中で瞬く間に氷が生成され、それが一気に破砕されていく。

「氷魔法か……」

まるでブレンダーでクラッシュさせているかのようであるが、エルフは魔法だけでそれを器用にこなしていた。

魔法には火、水、土、風、光、闇、無といった基本属性があり、派生属性として氷や雷といったものがある。

水属性の派生である氷属性は扱うのがとても難しく、使用できるだけで熟練の魔法使いの証《あかし》でもあった。

しかも、このエルフは氷の破片を一切飛び散らせることなくコントロールしている。間違いなく練達の魔法使いであった。

魔法の扱いに長《た》けたエルフであっても見事なものだ。

目の前で氷がクラッシュされる姿に見惚《みと》れていると、やがて氷はちょうどいい塩梅《あんばい》に砕けた。

それらを一旦ザルに入れて放置すると、エルフはカップを置き、手早くカクテルのための酒瓶を用意した。

エルフはホワイトラムの蓋を開けると、メジャーカップを使って四十五ミリほど注ぐ。

さらにマラスキーノを大匙《おおさじ》一杯ほど注ぎ、フレッシュライムジュースを十五ミリほど注いだ。

ここまで見れば彼女が何を用意しようとしているかはわかる。

恐らくはフローズンダイキリだ。

俺も氷魔法が使えるので家で自作することがある。

よく飲んだりするのは夏場であるが、暖かな日が増えてきた春過ぎにも飲みたくなることはある。

だとすると、次に注ぐのはシロップだろうか。

そう考えていると予想通り、エルフは透明な小瓶を取り出した。

しかし、そこに詰まっている液体はシロップ本来の色とはかけ離れたピンク色をしていた。

「待て待て。それは何なんだ？」

「千日花《せんにちばな》の蜜よ」

千日花というのは、千日に一度だけ咲く花だ。

千日間もの間溜め続けた蜜は絶品であるが、採取できる時間が開花している数時間だけと短いためにかなりの貴重品だった。

「そんなものを使うのか……」

「このお酒にはこの蜜が一番合うから」

思わず呆《あき》れの声を上げたが、エルフは何ら気にした様子はなく、千日花の蜜を垂らした。

酒の美味しさを追求するのは当たり前とばかりの毅然《きぜん》とした態度。そこに彼女のバーテンダーとしての誇りがあるように感じられた。

しかし、これからどうするのであろうか。見たところこのバーにはブレンダーのような機械はない。フローズンダイキリを作るにはこれらの素材を均等に混ぜ合わせる器具が必要だ。もしかして、シェイキングで補うつもりなのか？

そのように推測していると、エルフはクラッシュしたアイスをカップに入れて魔法を使用。

今度は水魔法を使ってカップ内のカクテルを激しく混ぜ合わせ始めた。

まさかの魔法でのブレンダー技術に俺は驚く。

それと同時にひとりでに混ざり合う液体の様子は見ていてとても楽しい。

高い魔法技術に見惚れていると、やがて均等に混ざり合ったらしい。

エルフは冷蔵庫から冷やしたカクテルグラスを取り出すと、そこにミックスしたカクテルを注いだ。

スプーンを差し込み、飾り付けにミントの葉とライムのスライスを添えれば完成だ。

「お待たせいたしました。フローズンダイキリです」

落ち着きのある声でスッとグラスを差し出してくるエルフ。

まるで柔らかな雪が積み上がったかのようだ。

天井のピンライトに反射して少し眩《まぶ》しい。

知っているカクテルではあるものの、作り方は高い魔法技術によるものだ。

それは見ているだけで客である俺を楽しませた。

しかし、肝心なのは味だ。どれだけ高い魔法技術と上質な素材で作られたものであろうとマズければ意味はない。

どれだけ良い材料を使ったとしても、シェイキングやステアといった加工で台無しになってしまうのもカクテルだ。

魔法を使ったはいいが、果たして均等に味が混ざっているといえるのだろうか？　一度もフローズンの様子を確かめていなかったが、本当にちょうどいい硬さなのだろうか？

そんな猜疑心《さいぎしん》を抱きつつも俺はそっと口をつけた。

口の中にスルスルと入ってきたのは細やかな氷の砂だった。

ただの氷ではなく、酸味と甘みのある味わい深い爽やかな美味《うま》さ。

ふわふわとした雪が、すっと口の中の体温で溶けて消える。

押し寄せる酸味や渋みは氷砂に爽やかに押し流された。

フローズンダイキリはそれなりの度数を誇るカクテルであるが、それをまったく感じさせない飲み心地だ。

フローズンの硬さや大きさも完璧で、しっかりと味も混ざり合っている。

自分で作るフローズンダイキリとは大違いだ。今まで自分が作っていたものは、それに近くなるように混ぜていただけなのだろう。

そう卑下してしまうほどの圧倒的な美味しさが目の前にあった。

「……美味い」

「でしょ？」

ポツリと零《こぼ》れた感想に、エルフがどこか得意げに微笑する。

魔法を使ったカクテルとは驚きだが、珍しいだけでなく、彼女の知識、経験、技術に紐《ひも》づいた味であった。

でなければ、いくら魔法技術が高くてもすんなりとこのような味を出せるはずがない。

完敗だ。

「……ガールズバーなんて言ってすまなかった」

「まあ、そういう店も多いから誤解されるのも仕方がないわ。私も挑発するような態度をとってごめんなさい」

互いに謝り合う空気がなんだかおかしく、俺たちは笑ってしまう。

「他にも頼んでもいいだろうか？」

「ええ、勿論《もちろん》よ」

フローズンダイキリをあっという間に飲み終わってしまったが、エルフは嫌な顔をすることなく歓迎するようにドライフルーツの入った皿を置いてくれた。

27話
Episode 27
独身貴族はコーヒーミルを自作する

「～～♪」

「……ジルクさん、今日もご機嫌ですね」

鼻歌を歌いながら魔道具を作っていると、トリスタンがどこか呆《あき》れた視線を向けてきながら言う。

部下にしては失礼すぎる態度であるが、今の俺はそんなことが気にならないくらいに機嫌が良かった。

「まあな」

「またいい店でも見つけたんですか？」

「ああ、この間良いバーを見つけてな。雰囲気がいいだけでなく、バーテンダーの腕も良い。最高だ」

それだけじゃない。

カタリナとかいうヴァイオリン奏者の面倒ごとに巻き込まれはしたが、結果としてかなり貴重な宝具を手に入れることができた。

ここ最近の俺は間違いなく調子がいいと言えるだろう。

「どうせそのバーにも俺は連れていってくれないんですよね?」

「まあな」

トリスタンの言葉に当然のように頷《うなず》くと、彼はガックリとした。

プライベートにまで仕事場の人間を連れていきたくない。

それにあのバーに連れていけば、トリスタンがあの女エルフにちょっかいをかけそうで面倒だ。

せっかく見つけた新しい寛《くつろ》ぎの場だから大切にしたい。

「……さっきから気になっていたんですけど、ジルクさんは何を作っているんですか? ついこの間まで新しい魔道具の設計をしていましたよね?」

「あたしもそれは気になるわね」

トリスタンだけでなく、ルージュもこちらのデスクにやってきて尋ねる。

俺はここのところ新しい魔道具の設計にかかりっきりだった。

その概要はトリスタンとルージュも知っている。それなのに明らかに違うであろう魔道具を組み上げていたら疑問に思うのも当然か。

「お気に入りの喫茶店でコーヒーという飲み物を見つけてな。原料になるコーヒー豆を挽《ひ》くための魔道具を作っているんだ」

そう、俺が作っているのは手動と自動のコーヒーミルだ。

ロンデルの喫茶店に行けば、今やいつでもコーヒーを飲むことができる。

しかし、俺は喫茶店だけでなく自宅や仕事場、外出先でもコーヒーを飲みたい。

だから、いつでもコーヒー豆を挽くことのできるコーヒーミルを作ることにしたのだ。

手動のものは筒状で、上部にハンドルがついている。

自動のものは内部に無属性の魔石が入っており、魔力をチャージすれば自動で豆を挽いてくれる優れものだ。

手動と自動、どちらにもメリットやデメリットがそれぞれあるので、両方作ることにしたのだ。

「コーヒー豆？　なんですかそれ？」

「あたしも聞いたことがないわね」

コーヒーミルの素晴らしさを説明してやるも、トリスタンとルージュは首を傾《かし》げる。

そもそもコーヒーを知らないのだ。丁寧に説明をしても意味がないか。

「まあ、この国ではあまり浸透していない飲み物だからな」

「まーた、そんなニッチな魔道具を作って。そんなものを作る暇があるならクーラーを作りましょうよ！　あれが実現できれば絶対に夏が快適になって、多くの人が喜びますし、工房の利益になりますよ!?」

「うるさい、俺に指図をするな。たまには気晴らしに違う魔道具を作ってもいいだろう。別に金には困ってないんだ」

トリスタンの文句を一蹴すると、彼は不服そうな顔をする。

別に明確な締め切りが決められているわけでもないし、切羽詰まっている状況でもない。

同じ作業ばかりしているとどうしても飽きというものはくる。多少息抜きに違う魔道具を作ってもいいだろう。

「ルージュさんも何とか言ってくださいよー」

「周りがとやかく言うより、ジルクには作りたいものを作らせるのが一番だから」

トリスタンがそのようなことを言うが、ルージュは苦笑しながらそう答えた。

さすがはうちの販売担当だけあって、俺のことをよくわかっている。

「えー？　でもこんな魔道具絶対売れませんよ？」

「別に金が欲しくてやっているわけじゃない」

トリスタンの言う通り、コーヒーミルは冷蔵庫やドライヤーのような大衆向けの魔道具とは言えない。

仮に売り出したとしても、ロンデルや喫茶店の常連といった一部の客しか喜ばないだろうな。

しかし、それでも俺は一向に構わない。俺は自分の生活を快適にするために魔道具を作っているに過ぎないのだから。

「それを何とか広めて売ってみせるのが、あたしの仕事よ。コーヒーがどんな飲み物かは知らないけど喫茶店で提供している以上、一定の需要はあるかもしれないし」

別にそこまでして売ってもらう必要はないが、俺が作ってルージュが売るという役割分担には賛成だ。そのためにルージュを雇って、作業を効率化しているのだからな。

そんなことを考えながら、俺はコーヒーミルの内部に刃を取り付け、本体、ハンドルといったものをつけて組み立てた。

「よし、完成だ」

ロンデルからコーヒー豆をいくつか買わせてもらっているので、今すぐ検証することはできる。

しかし、初めて自作したコーヒーミルでの一杯が工房というのも味気ないな。

最近はあまり外に出ていないことだし、せっかくなので外で飲むことにするか。

「今日はもう上がる」

「ええ？　もうですか？」

「ああ、コーヒーミルの出来栄えを確認したいからな。昨日は遅かったし、お前たちもノルマを終わらせたら適当に上がっていいぞ」

工房で仕事をしているトリスタンとルージュにそのように伝えると、俺はコーヒーミルとコーヒー豆を手にして帰宅することにした。

✣　✣　✣　✣　✣

一度自宅に戻り、王都の外に出る準備を整えた俺は、東の森にあるお気に入りの湖にやってきた。

「よっ！　また会ったな！」

すると、またしてもエイトと出会った。

湖畔には前と同じようにテントやイスを設置しており、ここでの時間を満喫しているようだ。

今度こそ一人で満喫しようとしていただけに、またしても先客がいたことを苦々しく思う。

「……お前、ここに住んでいるわけじゃないだろうな？」

「いや、さすがにそれはない。俺だってちゃんと家はあるさ」

そのように訝《いぶか》しむと、エイトは苦笑しながら首を横に振った。

俺がやってきた日に限って、エイトもやってくるとかどんな確率なんだ。

まあ、そういう時もあるか。エイトは同じくアウトドアを愛する同志であるが故に、それぞれのソロでの楽しみ方を理解している。

こうやって軽く話しかけてくることもあるが、必要以上に干渉はしてこないことは前回でわかっているからな。

お気に入りの場所を独り占めできないことは残念であるが、こいつと共有するのであれば悪くない。

「エイトー？　なにしてるのー？」

と思っていたら、テントから橙色《だいだいいろ》の髪をした派手めな女が出てきた。

まさかの女連れか……。

「今日は一人じゃないんだな」

「悪いね。どうしても付いてきたいって言われてね」

そう小さな声で答えるエイトの表情はどこか困ったようだった。

どうやら彼も連れてきたかったわけではないようだ。

このような静かなロケーションだ。女性を連れてわいわいとやるのは彼の流儀ではないのだろう。

しかし、頼み込まれて仕方がなく連れてきたというところか。

「ねーねー、その人知り合い？」

「ああ、そうだよ」

「お名前は？」

「名前？　そういえば、俺は名乗ったけど、あんたの名前は聞いていないな？」

「なにそれ？　知り合いなのに名前を知らないって変」

エイトが真面目な表情でふと気付いたかのように言うと、連れの女が楽しそうに笑う。

こうして女性を見ると、背も高くスタイルも良い。

普通の女性とは違って、しなやかでありながら力強い身体をしているので彼女も外に出てこられるだけの戦闘力はあるのだろうな。

「ちょうどいい機会だ。改めて名前を教えてくれるか？」

エイトだけが名乗り、俺だけ名乗らないのも変だろう。

こいつとはこの先、何度もここで会うような気がするし。

「ジルク＝ルーレンだ」

「なんかその名前聞いたことがある！　すごい魔道具をいっぱい作ってる天才でしょ？」

俺の名前にすぐ反応したのは連れの女だ。

「天才なのかどうかは知らないが、多分その魔道具師で合ってるぞ」

「となると、ルージュさんが言っていた無茶な依頼主はお前だったのか」

女だけでなく、エイトが思わぬ反応を見せた。

「うん？　ルージュを知っているのか？」

「たまに指名依頼を出してくれる依頼主だからな。ジルクは知らないのか？」

「そういった作業は全部ルージュに丸投げだからな」

魔道具に必要な素材の買い入れには俺も関わることがあるが、細々としたものや、大量の仕入れはルージュに丸投げすることが多い。

稀少《きしょう》な素材であれば、市場で買い入れることは難しいので、そういった場合は冒険者に直接依頼を出して素材を入手してもらうこともある。

どうやらその流れで過去に何度もエイトには素材を集めてもらったことがあるようだ。

「なんだか面白い偶然だな」

「まったくだ」

まさか顔も名前も知らなかっただけで、仕事上で繋《つな》がりがあったとは。

「はいはい、最後に私！　エイトと同じ冒険者でマリエラっていいます！」

俺とエイトの会話が盛り上がっていたからだろうか、連れの女が慌てた様子で自己紹介をする。しかし、小うるさい女がいたところで微塵《みじん》も興味は湧かない。

「そうか」

「ってそれだけ？　エイトの知り合いなのに反応が軽っ！」

「ははは、ジルクはクールだからな」

そんな俺の気持ちを察してか、エイトがすかさずフォローを入れて笑いに変えてみせる。

これがコミュニケーションに長《た》けたエイトのモテるコツというやつなのだろうか。

まあ、俺には必要ない能力だけどな。

28話
Episode 28

独身貴族は恋愛相談をされる

「さて、早速コーヒーを作ってみるか」

エイトたちのテントから距離を離した場所にテントやイスを設営すると、俺はコーヒー作りに必要な道具を準備する。

とはいっても、大掛かりな道具は必要ない。手挽《てび》きと自動のコーヒーミルにコーヒー豆、布フィルターに抽出先のガラスポットくらいだ。

たったこれだけの道具でコーヒーが外でも作れる。そう思うと、いかにコーヒーミルというものが素晴らしいかわかるな。

「まずは手動のコーヒーミルからだ」

燻製機《くんせいき》と同じく外出先でも気軽に使えるようにコンパクトな筒状だ。

しかし、小さすぎるとハンドルを回しにくいので、しっかりと握りやすいように湾曲させてある。

たとえるとしたら砂時計のような形だろうか。

何度も握りながら加工していたので、組み立てた状態のミルは非常に手に馴染《なじ》む。

手動コーヒーミルの原理は単純だ。そもそもこちらはただの道具で魔道具ですらない。

豆を挽く刃が真ん中にあって、挽かれた粉を受け止める部分が下にある。

そして、刃を回すためのハンドルが上部に取り付けられている。

コーヒーミルの構造さえ知っていて、工作の腕前があれば再現できるだろう。

勿論《もちろん》、前世のような洗練された均一な粉にはならないが、外出先や家、仕事場でも気軽にコーヒーを挽いて飲めるようになるはずだ。

ロンデルから買ったコーヒー豆を二人前分スプーンですくい、内部へと投入。

豆のカラカラカラッとした音が鳴り、とても心地いい。

豆の投入が終わるとそこにしっかりと蓋をしてハンドルを取り付ける。

ミルによっては蓋のないものもあるが、ない場合だともしもの時にこぼれる可能性がある上に埃《ほこり》が混入するので付いている方が好きだ。

「挽くか」

コーヒーミルの一番楽しいところだ。

ワクワクとしながら俺はハンドルを握り、自分の太ももに当てるようにしながら回した。

ガリガリゴリ、ガーリガリガリガリ。

ミルの刃が回転して、中にあるコーヒー豆が潰される音が響き渡る。

「……この豆を潰している感じがいいな」

時折、豆に引っ掛かっている感じがするが、この潰している感じが手にしっかりと伝わるのがいい。本体の中では今、豆がすり潰されているのだろうな。

興味のない人はコーヒーを手で挽くのが面倒だと思うかもしれないが、俺のような者はこうやって挽いているのが楽しいのだ。

ガリガリゴリ、ガーリガリガリガリ。

ひたすらハンドルを回して豆を潰していく。できるだけリズムは一定に。

潰し具合にムラができてしまうと豆の風味が損なわれてしまうので、できるだけ同じリズムで潰すのがオススメだ。

逆にハンドルを速く回しすぎると空回りしたり、これまたムラができたりしてしまう。その上、内部に摩擦熱が生じてしまうのでオススメはできない。

ちょうどいい加減というのは非常に難しく、何度も自分で潰して試行錯誤をすることになる。それがまた奥深くていいものだ。

蓋を開けて豆の様子を確認すると、香ばしい匂いがした。

「おお、コーヒーの香りがする」

挽きたてでしか嗅ぐことのできない濃厚な香りだ。

これも手動ミルでしかできないメリットと言えるだろう。

「さっきからガリガリガリガーリッて、今度はなにやってるんだ？」

一人で気持ちよくコーヒー豆を潰していると、またしてもエイトがやってきた。

しかも後ろには連れのマリエラまでいる。

まあ、静かな湖でコーヒー豆を潰していればさすがに気になるか。

「コーヒー豆をすり潰して、コーヒーを作っている」

「コーヒー!?　本当にそれで作ってるのか!?」

そう説明すると、エイトが劇的な反応を見せる。

首を傾《かし》げているマリエラはともかく、エイトはコーヒーを知っているようだ。

「そうだな」

コーヒーミルの蓋を開けて、挽いている豆の匂いを嗅がせてやる。

「うおお、本当にコーヒーだ！」

「コーヒーって飲み物なの？」

「ああ、ちょっと癖のある苦い味だが、とても味わい深くて俺は好きなんだ」

「へ、へえー」

エイトの熱のこもった語り口調に、ちょっと戸惑い気味のマリエラ。

「ジルク、俺にも飲ませてくれないか？」

「わ、私も！」

「ちょうど道具を試していたところだ。いいだろう。コップを持ってこい」

手動ミルと自動ミルの調子を試してみるつもりだった。人数が多ければそれだけ挽く回数が増えて試しやすくなる。

「ありがとう、ジルク！　ちょっとコップを取ってくる！」

「私の分もお願い」

「わかった」

しかし、ここで予想外の動きを見せたのがマリエラだ。

いや、そこはエイトと一緒にテントにコップを取りに向かうべきだろう。

コップ程度であれば一人に任せた方が楽なのは確かだが、エイトならともかくマリエラと二人になっても興味がないので話すことがない。

「「…………」」

マリエラはしきりにこちらに視線を送りながら何かを言いたそうにしている。

何度か口を開いては閉じたりを繰り返すが、何かを言う様子はない。

俺は敢《あ》えてそれを気にせずに豆を挽き続けることにした。

「よし、こんなものか」

豆が挽き終わり、しっかりと粉がガラス部分に溜まる。

用意していたフィルターの中にコーヒーの粉を入れて、その上からゆっくりとお湯を注いでやる。

すると、抽出されたコーヒーが下に設置したガラスポットに落ちていく。

後はゆっくりとお湯を注ぎながら、抽出を繰り返すだけだ。

そんな作業を繰り返しているとまごまごとしていたマリエラが遂《つい》に口を開いた。

「ね、ねえ、ジルクさんはエイトとはそれなりに長い関係なの？」

無言の空気に耐えかねての質問かと思いきや、その瞳を見ると何か本命として言いたそうな話題が別にあるような気がする。

今の質問はそこに向けての繋《つな》ぎといったところか。

「いや、会ったのは今回で二度目だ。あいつのことは大して知らないぞ」

「その割には随分とエイトと仲がいいよね？　さっきみたいにキラキラとしたエイトは初めて見たん

だけど……」

「逆に普段のあいつはあんな感じじゃないのか？」

「別に素っ気ないわけじゃなくて優しくて頼り甲斐《がい》があるんだけど、パーティー仲間の私にもどこか壁があるっていうか……今日だって私が無理に迫って付いてきたようなものだし」

俺からすれば、エイトというのは好奇心旺盛な男だ。他人との距離が近く、すぐに懐いてくる犬のようなイメージなのだが。

しかし、マリエラの口ぶりからすると、冒険者として活動しているエイトはまったく違うらしい。

「エイトに壁なんてあるのか？　最初に出会った時もいきなり俺の料理をたかってきたし、今もこうしてコーヒーをたかってきたぞ」

「うん。だから、私もすごく驚いてて。ジルクさんには気を許しているみたい」

マリエラの様子を見る限り、彼女本人も今日のエイトを見て驚いているようだ。

まさか犬のような人懐っこいエイトが、外ではそんな風にクールぶっているとは。

「だから、ジルクさんにエイトと仲良くなれる秘訣《ひけつ》を教えてほしいなって！　私、エイトのこと好きだから……」

顔を赤くしながら告げるマリエラ。

なるほど、わざわざここに残ったのはその相談をするためか。

エイトの恋人かと思っていたが、二人の仲はそんなに深いものではないようだ。

マリエラがエイトに片思いをしている状態らしい。

はあ、他人の作曲騒動に巻き込まれた次は恋愛相談か。

次々と女から持ってこられる厄介事には辟易《へきえき》とする。

好きだから何かをしてあげたい。誰かが好きだから仲良くなりたい。俺には到底理解できない感情だな。

29話
Episode 29
独身貴族はまだ納得していない

「結婚をしていない俺に恋愛相談をしても無駄だ。やめておけ」

「ええ？　ジルクさん、結婚してないの？」

俺がそのように言うと、マリエラは目を丸くした。

「していない」

「恋人とかは？」

「いない」

「売れっ子魔道具師でこれだけ見た目もいいのに勿体《もったい》ない！　冒険者の子でよかったら私が紹介してあげようか？　ジルクさんなら皆、喜んで会ってくれると思うよ？」

結婚せず、恋人もいないとわかると途端にマリエラが可哀想《かわいそう》な者を見るような目をして、余計なことを言い出す。

これはアレだ。結婚していないとわかると、途端に結婚させようとするお節介おばさんというやつか。なんというかシンプルに鬱陶《うっとう》しいな。

現代日本で辟易とした若者が、セクハラだと騒いで撲滅させた理由も納得だ。

結婚することが幸せに繋《つな》がると一体どこの誰が決めたのやら。

「俺は敢《あ》えて結婚してないんだ。余計なお世話だ。他人の心配をするより、自分の心配をしろ」

「そ、そうだった」

俺がそのように突っぱねると、マリエラが思い出したかのように言う。

しまったな。話を終わらせるつもりがまたしてもここに戻ってきてしまった。

「でも、ジルクさんってエイトと似てるのかも。エイトはもう二十八歳なんだけど今も結婚していないし」

マリエラはそのように言うと、俺からアドバイスをしてほしそうな視線を向けてくる。

話を終わらせてもこんな風に話題を戻してきそうだな。ずっとこのように絡まれても面倒だし、適当にアドバイスっぽいことを言えばいいか。

「世の中には俺やエイトのように年齢を経ても結婚していない者は一定の割合でいる。だが、そういう者の中にはいつか結婚したいと思っている者もいるものだ」

「じゃあ、エイトも結婚する可能性はあるの!?」

「本人に聞いてみないことにはわからないが、結婚したいという女性がいないだけで、いつかはしたいと思っているのかもしれない」

「じゃあ、エイトと同じで結婚していないジルクさんに聞くけど、結婚したいって思えるような女性になるにはどうしたらいい？」

そのように語るとマリエラが前のめりになって真剣に聞いてくる。

「仲良くなれるかは知らないが、エイトと長く付き合いたければ適切な距離感を置くといい」

「適切な距離？」

「この年齢まで独り身の男は、基本的に自分だけの自由な時間を愛しているからな。相手に求めすぎるな、寄りかかりすぎるな。適度な距離感を保って、気が向いた時にでも遊べばいい」

エイトと同じ独り身だからこそわかる。

独身者は誰かに束縛され、振り回されるのが嫌いだ。

女からの毎日のコンタクトや、急に会いたいなどと言ってこられるとうんざりする。

そして、愛だなんだと感情的になって、非理論的な行動に振り回されるのが苦手だ。

もし、仮に俺が女と結婚するのであれば、一緒にいても気にならず、互いに尊敬できる女がいい。

決して感情的で理不尽なことを言わず、寄りかかってくるのではなく、互いに支え合えるような相手が。

「……それって都合のいい友達みたいじゃない？」

「そうかもしれないな。だが、いきなり距離を詰めていくと間違いなくエイトは逃げるだろう。俺もそうだが、この年齢まで独り身でいる男は一般的な価値観を持ってないからな」

そうでもなければ、前世よりも早婚を推奨されている世界で独身でいるわけがない。

俺とは違った考えを持っていようとも、エイトもエイトなりの思いがあるはずだ。

マリエラの言い分も一理あるかもしれないが、そもそも仲のいい友達にもなれない者が、恋人になんてなれるわけがない。

「それもそうだね。エイトもジルクさんもちょっと変わってるし！」

なんとなく自分なりに飲み込めたのだろう。マリエラはそのように言って笑った。

別に俺は変ではない。いずれ、この世界も時が進めば、現代日本のように俺と同じような価値観の人間が多く現れるに違いない。

「なんだなんだ？　意外と仲良くやれてるじゃないか」

なんてマリエラが笑っていると、ちょうどエイトがコップと小さな包みを持って戻ってきた。

「別にそんなんじゃないから！」

エイトに好意を持っているマリエラからすれば、俺と仲良くしているように見えるのは非常に困るのだろう。どこか焦ったように否定する。

「勝手にこの女がゲラゲラ笑ってるだけだ。それより手にしている包みはなんだ？」

「ああ、街で買ったクッキーを持ってきた。コーヒーと合うと思ってな」

「そいつはありがたい」

コーヒーを作ることにばかり意識がいっていてお供を考えていなかったな。

クッキーなどの甘みがあれば、コーヒーもより楽しめるだろう。

エイトは土魔法で小さなイスを二つ作ると、マリエラと共に腰かける。

俺はエイトとマリエラのコップを受け取ると、そこに抽出したコーヒーを注いで渡した。

「なんだか香ばしい匂い」

コーヒーが初めてのマリエラは興味津々な様子で。

既に知っているエイトは無言で香りを堪能しているようだ。

やがて、二人は香りを楽しむとコップに口をつけた。

「ああ、これだ。これがコーヒーだ」

「ちょっと苦みが強いけど、香ばしくて好きかも」

「だろう？　これがいいんだ」

ため息のような声を漏らしながら味わうエイトと、ちびちびと口をつけて味わうマリエラ。

カタリナは一口飲んだだけで、顔を歪《ゆが》ませていたのだがマリエラは平気みたいだ。

エイトに合わせて無理をしている可能性もあるが、そんな無理をした様子はなく口をつけていた。

俺も自分の分を作ってカップに注ぐと、コーヒーの香りを嗅いでみる。

「うん、いい香りだ」

ロンデルの淹《い》れたものに比べれば荒いかもしれないが、挽《ひ》きたてのしっかりとした香りがあった。

香りをしっかりと楽しんでからコップを口につける。

口の中に広がるコーヒーの風味。コクが豊かで独特な苦みがある。

ロンデルの喫茶店で飲んだコーヒーよりも苦みとコクが強いような気がする。

同じコーヒー豆を使っているのに味の印象はまったく違う。

恐らく俺とロンデルの腕前の違いは勿論《もちろん》のこと、挽き方や抽出の加減がまったく違うからだろうな。

同じ材料を使ってもこれほど味に変化が出てしまう。お酒と一緒で奥が深いな。

「あっ、これクッキーとすごく合う」

クッキーを食べて、コーヒーを口にしたマリエラが感激したように言う。

俺もエイトの持ってきてくれたクッキーをつまむ。

しっかりと砂糖やバターで味付けがされたクッキーは少し甘い。だけど、苦みのあるコーヒーが加わることで程よい味わいになっていた。

たとえ、ミルクや砂糖がなくても、このクッキーがあれば初心者であってもしっかり楽しめることができるだろうな。

「ジルク、コーヒーはもうないのか？」

すっかり空になってしまったガラスポットを見ながらエイトが尋ねてくる。

手動ミルは携帯用なので一度にたくさんのコーヒーを作れるようなものではない。精々三杯分くらいだ。

「まだあるから遠慮なく飲んでも構わんぞ」

「そいつは安心だ」

お代わりができるとわかると、安心したようにコップに口をつけるエイト。

そんな彼を見て、マリエラは微笑《ほほえ》ましそうにしている。

チビチビとコーヒーを飲みながらエイトとマリエラが他愛のない会話をしている間、俺は自動ミルを取り出す。

手動ミルでちゃんと作ることができたので、今度はこっちで試してみよう。

同じように蓋を開けて、そこに人数分のコーヒー豆を投入。

そして、ハンドルの代わりに設置されているスイッチを押す。

すると、内部にある刃が自動で回転し、豆を潰し始めた。

「なにかが潰れるような音がする。ジルクがコーヒー豆を潰しているのか？」

「俺じゃなく、魔道具が潰している」

「え？　それって魔道具なの？」

「ああ、こっちのミルには無属性の魔石が入っていて、魔力が伝わることによって内部にある刃が自動で回転し、豆を潰してくれる仕組みだ」

手動ミルとは違って、毎回安定した味のコーヒーを楽に量産することができる。

今回のように大人数で何杯ものコーヒーを飲みたい時、すぐに飲みたいという時に活躍する。

「さすがは魔道具師だね」

「とはいっても、構造は単純だ。その気になれば誰でも作れるだろう」

最小限の大きさにすることに拘《こだわ》ったが構造自体はすごくシンプルだ。これくらいならトリスタンでも作ることができるだろうな。

そんな風に話している間に、下部にあるガラス部分には大量の粉が落ちていく。

手動ミルとはスピードが段違いだ。

蓋を開けて豆の挽き具合を確認しながら魔道具を作動し続けると、あっという間に大量の豆を粉にすることができた。

それを同じようにフィルターの中に入れて、お湯をかけて抽出していく。

そして、コーヒーが抽出されるとすっかりと空になったエイトとマリエラにコップに二杯目を注いでやった。

同じように香りを楽しんで二人が口をつける。

「……こっちの方が爽やかで飲みやすいかも？」

「どちらかというと酸味が強くてスッキリとした味わいだな」

「さすがにわかるか。さっきのものと比べて、焙煎《ばいせん》が浅いもので粒度を荒くしたからな」

さっきのコーヒーと比べて、今度は濃度を低くしてみた。

コーヒーは濃度を変えることで味がとても変わるからな。

先ほどと似たような味を作るのもつまらなかったので、少し味を変えてみたのだ。

「私はこっちの方が好きかも。朝とかに飲んだらスッキリしそう」

「俺はさっきのようなコクがあって、苦みの強い方が好きだな」

そして、味を変えてみるとそれぞれの好みも分かれる。それもコーヒーの醍醐味《だいごみ》といえるだろう。

「ジルクはどっちが好きなんだ？」

「俺はちょうど中間ぐらいの味が好きだな」

苦味と酸味のバランスがとれ、濃度も高すぎず、低すぎず、どの味わいも持ち合わせたものがいい。

今回のような爽やかなものも悪くはないが、やはり全ての味を楽しみたい。

「中間か……なら次はそれを作ってくれ」

「さすがにこれ以上作ったら三人じゃ飲み切れないだろう」

自動ミルで挽いた粉から目算するに、あと五杯分はありそうだ。

さすがに三人で飲み終えることのできる量ではない。夕方までいれば別だろうが、そこまで滞在する予定ではないからな。

「ならそのコーヒー豆と魔道具を売ってくれないか？」

エイトの真摯な問いかけに俺は少し考える。

「悪いが、これはまだ試作品なんだ。買い取りはもう少しクオリティが上がってからにしてくれ」

「ええ？　十分美味《おい》しく作れてるのにこれじゃダメなの？」

「耐久は勿論のこと、刃自体の素材や挽き具合も確認していきたいしな」

どのくらい使用すれば刃が摩耗するのか、そもそも素材は今のものでいいのか、挽き具合はしっかり調節できているのか。まだまだ詰めるべき部分はある。

あと、コーヒーを長年扱っているロンデルの意見を聞いてみたいな。

「わかった。じゃあ、売れるようになったら優先して売ってくれ」

「それなら構わない。代わりといってはなんだが、コーヒーを出してくれる喫茶店を教えておこう」

「おお、それは助かる！」

エイトにロンデルの喫茶店を教えると、ゆっくりとした時間が流れる。

一人でのんびりとはいかないが、人数がいたお陰でたくさんのコーヒーを作って飲むことができた。

喫茶店でゆったりと飲むロンデルのコーヒーも悪くはないが、外で飲むコーヒーもいいものだ。

30話
Episode 30

独身貴族は喫茶店に足を運ぶ

手動と自動のコーヒーミルを自作した俺は、翌朝ロンデルの喫茶店へとやってきた。

「いらっしゃいませ」

落ち着いたロンデルの声が響き、俺はカウンターに腰をかける。

いつもだったらモーニングセットにコーヒーを頼むところであるが、今日はそれ以外の用事がある。

「マスター、少しいいか？」

「なんでしょう？」

「コーヒーミルというものを自分なりに作ってみた。良かったらこれを使って、感想を聞かせてくれないか？」

「おお、これは素晴らしいですね。私が作ったものよりも非常にコンパクトです」

カウンターの上に手動と自動のコーヒーミルを置いてみると、マスターは興味深そうに手に取った。

「おや？　もう片方の方はハンドルがありませんが？」

「そっちは魔道具になっていて中の刃が自動で回転できる仕組みだ」

「……なんと」

自動のコーヒーミルと聞いて、ロンデルが神妙な顔をする。

「コーヒーを挽《ひ》いて作る楽しみは浅いが、安定した味のものを量産できる強みがある」

「ジルクさんのおっしゃる通り、大人数で飲むには今のミルでは難しいものがありますしね。納得いたしました」

きちんと魔道具としての意義を説明すると、ロンデルは納得したようだ。

長い間、手動で挽いてきたロンデルが自動ミルを味気なく思ってしまう気持ちもわかるからな。

「作る楽しみは薄いが、そういった楽しみ方をしたい者は普通のミルを使えばいい」

人にはそれぞれの楽しみ方がある。

コーヒーを飲むのは好きだが、自分で作るのがあまり好きじゃない者もいる。

逆にコーヒーを挽くのが好きで堪《たま》らない者もいるだろう。それぞれの好みに合った使い方をすればいいのだ。

「中を少し拝見しても？」

「ああ、ここの蓋を開けて中のネジを外せば取り外しができる」

ロンデルに分解する手順を軽く説明すると、彼はすぐに理解してバラすことができた。

さすがは自分でミルを自作しただけあって、おおよその構造は把握しているようだ。

サイズやデザインに差はあっても、中に詰めるべき部品はそう変わらないからな。

「さすがはジルクさんですね。私が作ったものよりも洗練されています。挽き具合もしっかりと調整できるようにされていますね」

「率直な感想はどうだ？」

「挽いてみないとわかりませんが、刃の素材は変えた方がいいと思います」

「どうしてだ？」

「今使っているこの金属はシルバニウムですよね？」

「ああ、そうだ」

シルバニウムはこの世界にある金属で、十分な硬度をもっており、熱にも強く、加工もしやすいので非常に使いやすい素材だ。

「シルバニウムも悪くはないのですが、長年使用しているとコーヒー豆に金属の匂いが移りやすいのです」

「なるほど」

金属の匂いが移ることは考えていなかったな。長年使っているとそのような影響があるのか。

「マスターのミルは……いや、なんでもない」

では、ロンデルの使っているミルの刃はどのような素材なのか。気になってしまったが、それを教えてくれというのはよろしくない。

シルバニウムを使うデメリットを教えてくれただけでも十分なのだ。これ以上、素材を教えろなどと厚かましいことは言えない。

「私のミルの刃は、シルバーウルフの爪を加工していますよ」

「……いいのか？」

まさか使用している素材を教えてもらえるとは思っていなかったので驚いた。

「ジルクさんの作っていらっしゃるコーヒーミルにはとても興味があります。私の知恵で良くなるのであれば、いくらでも力をお貸ししますよ。もっと、王都でもコーヒーが広まってほしいですから」

「マスター……ありがとう」

「いえいえ、これくらいであればお安い御用です」

「マスターの使用感も聞いてみたい。これでコーヒーを作ってもらえるか?」

「勿論《もちろん》です。是非使わせてください」

ロンデルはにっこりと笑うと、手動ミルを手にしてコーヒー豆を挽き始めた。

ロンデルの広い心には感謝だ。

コーヒーミルに関しては自分だけが楽しめればいいと思っていたが、ロンデルがそう願うのであれば、俺も広められるように努力してみようか。

「こんにちは」

などと考え込んでいると、扉が開いて見覚えのある老人が入ってきた。

確か以前もここにやってきたノイドとかいう執事だっただろうか。

今日もシワ一つないシックな三つ揃《ぞろ》えを纏《まと》っている。

「ノイドさん、いらっしゃいませ」

「今日はいつもとは違った道具で豆を挽いていますね。ロンデルさんの新作ですか?」

「いえ、こちらはお客様が作ってくださったものでして……」

ロンデルがこちらに視線を向けると、ノイドの視線もこちらに向いた。

「はじめまして、私はノイドと申します。よろしければ、お名前をお伺いしてもよろしいでしょうか？」

ノイドは隣に腰かけると人当たりのいい笑みを浮かべて尋ねてくる。

「ジルク＝ルーレンだ」

「ルーレン……もしや、あのルーレン家のご長男であり、王都でも有名な魔道具師の？」

「その認識で間違いない」

さすがに執事をしているだけあって情報には精通しているようだ。

「今回作ったものは魔道具ですか？」

「いや、ロンデルが持っているのは普通の道具で、ここにあるものが魔道具だ」

「どちらも非常にコンパクトですね」

「どこでも飲めるように作ってあるからな。とはいっても、今は試作段階だが……」

「……よろしければ、私もジルクさんのミルで作ったコーヒーをいただけますか？」

「私はそれでも構いませんが……」

ノイドの注文にロンデルが少し困ったような視線を向けてくる。

「本人がそれでもいいと言っているのなら構わない。だが、いつものような美味《おい》しいコーヒーが飲める保証はしないからな？」

「構いませんよ」

試作品のミルで作ったコーヒーがマズいなどと言われても責任はとれない。そのように釘《くぎ》を刺すと、ノイドは朗らかに笑った。

「では、ノイドさんの分もお作りいたしますね」

ノイドの返答を聞いて、ロンデルはコーヒーを作り出す。

ガリガリゴリゴリと豆を潰す音が響き渡る。

その音はロンデルの自作したミルよりも少し軽い。使っている材質や本体の重さによる違いだろう。

ロンデルのハンドルを回すリズムは俺よりも少し遅い。

いつも使っているミルとまったく違うから手こずっているのかと思ったが、チラリと覗《のぞ》いてみると手間取っている様子はない。ただ単に俺よりも回すリズムがゆっくりなだけのようだ。

そのリズムにコーヒーを美味しくする秘訣《ひけつ》があるのだろうか。

今度、コーヒーを作る時はロンデルのリズムを真似して、少しゆっくり目に挽いてみよう。

ロンデルは蓋を開けて豆の挽き具合を入念にチェックしている。

何年、何十年とコーヒー豆と向かい合ってきた人物なために、こうしてチェックされると少し緊張するものだな。

そんな風に少しソワソワとした気持ちを抱きながら作業を見守っていると、俺のコーヒーミルを使ったコーヒーが出来上がった。

31話 Episode 31

独身貴族は頼まれる

「どうぞ、コーヒーです」

カウンターの奥から二つのコーヒーが差し出された。

まずは定番とも言える香りのチェックをして、軽く口をつける。

「……やっぱり、俺が作ったものとまったく違うな」

同じ道具を使って作ったもののはずなのにどうしてこうも違うのか。

ロンデルの淹《い》れてくれたコーヒーは、香り、コク、旨《うま》みといったものが桁外れだ。

何より雑味といったものがほとんどないように思える。

「コーヒー豆にはその日の気温や湿度で熟成具合の違ったものを使いますし、その豆に合った挽《ひ》き方や、抽出の仕方などと色々な技術がありますからね。私も独学ではありますが、まだまだ新人には負けませんよ」

そのように語るロンデルには確かな自信のようなものが見えていた。

「コーヒーが広まったとしても、マスターの喫茶店の客足が減ることはなさそうだな」

「そう言っていただけると恐縮です」

いくら自分で手軽にコーヒーを作れるようになったとしても、この味を再現することは素人にできることではない。

ロンデルの長年の経験と細やかな技術があってこそ作り上げることのできる、ここでしか飲めない味なのだから。

「しかし、こう言ってはなんですがいつものコーヒーミルで作った味に、それほど劣っているようには思えない出来栄えですね」

ノイドかコーヒーに口をつけながらそのような感想を漏らす。

「まだ一回目なので私が使いこなせていないだけですが、ジルクさんの作ったコーヒーミルは素晴らしいですよ。私が作ったものよりも遥《はる》かに軽いですし、挽き具合の調節も細やかです。これなら今までよりも幅の広いコーヒーの味を引き出すことができます」

「それは良かった」

普段からコーヒーを飲み慣れている常連客とロンデルにそのように言ってもらえると安心だ。少なくとも俺の作ったものは一定の評価を得られたようだ。

「お次はこちらの魔道具の方を試してみても？」

「ああ、是非使ってみてくれ」

手動のコーヒーミルを使い終わると、今度はロンデルが自動コーヒーミルを手にする。

「同じようにコーヒー豆を入れて、後ろについているボタンを押し続ければ刃が回転する。ボタンを放せば回転が止まるから、それで調節してみてくれ」

「わかりました」

簡単に扱い方を説明すると、ロンデルが自動ミルにコーヒー豆を投入。

蓋を閉めると、後ろについているボタンを押す。

すると、内部で刃が自動回転して豆をすり潰し始めた。

「おお、これは楽な上に爽快ですね」

自動で豆がすり潰される様子が新鮮なのだろう、豆の様子を頻繁にチェックするロンデルは少し楽しそうだ。

手動ミルと比べると少し味気ないだろうが、やはり新しい道具に触れるのは楽しいのだろう。

「ただ、手動と違って挽き具合が難しいですね。長年手動で染み付いた感覚とまるで違うので」

「まあ、こっちは一定の味のものを大量生産するためのものだしな。そういった細かな調節は少し苦手だ」

一回し、二回しといった微妙な調節がこちらでは難しいので、そういった細かな調節は不向きと言える。

慣れれば自動回転の挽き具合にも慣れるだろうが、それには少し時間がかかるだろうな。

「とはいえ、この粉砕速度には目を見張るものがありますね。あっという間に豆が粉になりました」

興味深そうに自動ミルを眺めるノイド。

視線の先にあるガラスの中には大量の粉が落ちていた。

ロンデルは挽いたコーヒーをサイフォンで再び抽出し始める。

お湯をぐるりと回し入れるように注いで抽出していった。

「自動ミルで作ったコーヒーになります」

抽出されたコーヒーが新しいカップに注がれて差し出される。

「すみません、挽き具合の調節が難しくて少し細かく挽きすぎてしまいました」

「構わないさ」

作る際に味見をしたのだろう。ロンデルが少し申し訳なさそうに言うが問題ない。

いつもと違った道具を使ってもらっているのだ。手動と自動では出来栄えに差ができるのは当然だ。

同じように香りを少し楽しんでからカップに口をつけた。

「……手動ミルで作ったものに比べれば、やや香りやコクが薄いように思えるが、普通に美味《おい》しく飲めるな」

「家でもこの味が飲めるのであれば十分ですね」

「マスターの手挽きを普段から飲んでいるせいか、俺たちは香りや味に厳しくなっているからな」

「同感ですね。素人であればこの味を出すことも難しいでしょうし」

そんな風に述べるとノイドも納得したように頷《うなず》く。

常人がいきなり手動ミルを使っても、雑味の多い残念なコーヒーになってしまうだろう。

そう考えると誰でも一定の味を作りやすい自動ミルには、一定の需要はあるのかもしれない。

「マスター、自動ミルの感想はどうだった？」

「そうですね、まだ一度しか使っていないのでなんとも言えないですが、気になったのは刃の形状ですかね」

「形状か？」

「ええ、これだけ高速で回転すると豆との摩擦熱が生じやすいです。豆にとって摩擦熱は大敵なので、それをもう少し軽減できる違う形状がいいと思います」

自動ミルで使っている刃の形状は、プロペラのような形をしているが、このままでは摩擦熱が強いのだそうだ。

「後は刃の形状を自由に取り換えできたら素敵ですね。やはり、個人によって挽き具合の好みというものはありますから」

「貴重な意見に感謝する。マスターの意見を組み込んでみよう」

確かに前世でもあった刃には様々な種類があったな。それらを順番に試していって試行錯誤していこう。それらの中で一定のクオリティを保ちやすい刃の形状があるはずだ。

さすがロンデルは長年コーヒー作りをしているだけあって指摘が的確だ。

隣に住んでいるクレーマーも見習ってほしいものだな。

「それにしても、今回のジルクさんの作品も素晴らしいですね。実は私の主人も大のコーヒー好きでして、よろしければこれらの道具を売っていただけないでしょうか？」

「完成品が出来上がれば構わないが、主人とやらは誰なんだ？」

「アルバート＝ブレンド伯爵でございます」

「ブレンド家の当主じゃないか……」

王国でも有数の力を持つ伯爵家だ。位としては伯爵の地位に収まってはいるが、財力や権力、武力では侯爵家にも引けをとらない大領地の領主。

ノイドは俺が思っていた以上の主に仕えている執事のようだ。

まあ、冷蔵庫のように大量に生産して納品するわけでもない。ブレンド家の当主とは特に縁もないが、コーヒー好きのよしみとして少し売ってやるくらいは構わないだろう。

「わかった。後日、必要な数の発注書を俺の工房に送っておいてくれ」

「ありがとうございます」

そのように答えると、ノイドは嬉《うれ》しそうに笑ってカップに口をつけた。

32話
Episode 32

独身貴族はミルを改良する

「ジルクさん、最近ずっとコーヒーミルをいじってますよね？」

工房でコーヒーミルの製作をしていると、トリスタンが尋ねてきた。

「んん？　そうだな？」

「他の魔道具の生産ノルマが近づいてきていますけど大丈夫なんですか？　来週中に魔道ランプ十個と魔道コンロ五個の納品なんですよ？」

トリスタンが心配するのも当然だろう。

コーヒーミルを見せてから既に一週間が経過しているが、その間も俺はずっとコーヒーミルの製作にかかりきりだった。

ロンデルのアドバイスを反映させて、手動ミルの刃をシルバーウルフの爪を加工したものにしたり、自動ミルの刃の形状を変えてみたりと。

普段の業務をこなさずに、息抜きといった魔道具作りばかりしていれば心配になるのも当然か。

「大丈夫だ。そっちに関しては既に終わらせている」

「終わらせているって、ずっとコーヒーミルいじっている姿しか見てないんですけど……」

「そりゃ家でやったからな」

自宅にだって製作スペースは用意してあるし、仕事道具や素材だって用意してある。

別に魔道具作りは工房でしかできないわけではない。

とはいっても、工房内の方が設備も素材も豊かでやりやすいのは確実だ。

「いつの間に……というか、それなら息抜きでやってるコーヒーミルを家で作ればいいんじゃないですか？」

「別にどこで何を作ろうが俺の勝手だ」

「まあ、それもそうですけど……」

俺の回答がどこか納得できないのか、トリスタンが微妙そうな顔をしている。

いつ何を作るかは俺の気分次第だ。

トリスタンの作業に遅延を発生させているわけでもないので問題はないだろう。

これが職場のトップに君臨する者の自由だ。

大体、一週間休んだところで通常業務に影響を与えるようなスケジューリングはしていない。

今は通常業務よりもどちらかというとコーヒーミルに熱が入っている。

これまでの経験上、こういう時は熱中している方に集中する方がいいのだ。

「聞いて聞いて！　すごいところから魔道具の発注依頼が来たわよ！」

そんなことを考えながらミルの刃を加工していると、ルージュが勢いよく扉を開けて入ってきた。

「ええ、本当ですか!?　どこですか!?」

これには微妙そうな顔をしていたトリスタンも表情を明るくする。

「聞いて驚きなさい。依頼主はブレンド伯爵家よ！」

「ブレンド伯爵家!?　次期侯爵家になるかもしれないって噂《うわさ》の大貴族じゃないですか！」

「そうよ！　ブレンド伯爵から魔道具の発注が来るなんて素晴らしい話だわ。伯爵はいくつもの屋敷や別荘を所有していらっしゃるし、気に入ってもらえればたくさんの魔道具の発注を任せてもらえるかも！」

大貴族ともなると屋敷を複数所持している上に財力もかなりのもの。

当然、それぞれの屋敷には魔道具が設置されているわけで、大貴族が固定客としてつくだけで魔道具師の収入は非常に安定するのである。

「仮に定期発注がなかったとしても、メンテナンスや修繕だけでも一年の収入が安定するレベルですよ！　関われただけでも工房に箔《はく》がつきますし！」

大貴族の魔道具のメンテナンスを担当するというのは、それだけで名誉なことだ。

たとえるなら大企業の正社員として働いていたと言えるようなものか。

俺はそんな名誉に興味はないが、魔道具師見習いのトリスタンが欲しがるのは当然だろう。

「やったわね、ジルク」

「ああ、そうだな」

「……テンションが低いわね？　なんだかあたしたちと温度差があるわ」

「本当ですね？　ブレンド伯爵家から魔道具の製作の依頼ですよ？」

ルージュの言葉に通常のトーンで返事したからだろう。

温度差を感じたらしい二人が訝《いぶか》しげな視線を送ってくる。

「ブレンド伯爵から依頼が来るのは知っていたからな。製作内容はコーヒーミルになっているはずだ」

「ああっ！　本当だわ！　書類にコーヒーミルの発注って書いてある！」

「なんでジルクさんが、知っているんですか？　しかも発注されたのがなんで冷蔵庫や魔道コンロでもなく、工房でいじってるだけのコーヒーミルなんです？」

「別にどうでもいいだろう？」

「良くない。大貴族からの発注なんだからちゃんとした経緯を教えて。これじゃあ、窓口になるあたしが困る」

プライベートの交友関係まで話したくなかったのだが、ルージュたちの仕事にも関わるのは確かだ。ここはきちんと説明しておくべきか。

説明することを若干面倒に感じながらも、俺はロンデルの喫茶店のことや、そこで出会ったノイドという執事のことなどを話した。

一通りの説明を聞き終えると、トリスタンやルージュが口々に感想を漏らした。

「思いもよらないところに出会いがあるんですね」

「その出会い運が仕事以外にも作用すれば、この歳になっても独り身じゃないのかもしれないけど」

「そんな作用は俺に必要ない」

仮に作用したとあっても、そこから結婚には至らないだろう。

「にしても、そんな風に営業するなんてやるじゃない。大貴族からの依頼なんてあたしでも引っ張ってくるのは難しいわ」

「別に営業したわけじゃない。向こうが勝手に食いついてきただけだ」

「はいはい、そういうことにしておいてあげるわ」

俺から売り込んだわけではないので、そこのところを誤解しないでもらいたいのだが、ルージュは完全に誤解しているようだ。

誤解をいちいち解くのも面倒なので、それ以上言うのを俺はやめた。

「依頼内容は手動ミルと自動ミルをそれぞれ五個ずつね。一度の発注として多い方じゃないけど、大貴族との繋《つな》がりができるのは大きいわ。ここでいい成果を残せれば、さっき言ったようにいい顧客になるかもしれないし！」

「ジルクさん！　コーヒーミルをじゃんじゃん作ってください！　なんなら俺にできることがあれば手伝いますよ！」

「……お前、先週はもっと利益の出る魔道具を作れとか言ってなかったか？」

あまりに手の平返しがすぎるトリスタンの言葉に俺は思わず問いかける。

「やだなあ、ジルクさんの作るものは、全て利益の出る魔道具に決まってるじゃないですか！」

しかし、トリスタンはなんのことだとばかりに笑って誤魔化した。

先週だけじゃなく、今日だってそんなものをいじってないで他の仕事をしろという意味合いの言葉を言っていたような気がするんだがな。

相変わらず調子のいい奴だが、一人でやっていても効率が悪いと思っていたのは事実だ。

本人が手伝いたいと言うのであれば、遠慮なくこき使ってやろう。

33話
Episode 33

独身貴族は伯爵家に伺う

「完成だ」

ブレンド伯爵家から発注依頼が来た二週間後。

俺はようやく満足のできるコーヒーミルを作り上げることができた。

俺のデスクには手動ミルと自動ミルが五つずつ置かれている。

ロンデルのアドバイス通りに刃の素材を変えただけでなく、形状を複数作り、なおかつ好みでカスタムできるようにもしてある。

それぞれの刃には長所と短所があるが、それは持ち主の好みで選んでもらえばいいだろう。

耐久試験もトリスタンにデータを纏《まと》めさせて、十分な耐久があることは証明されている。

完成品はコーヒーのプロであるロンデルからもお墨付きを貰《もら》えた。

手元にある手動ミルと自動ミルは、間違いなく世の中に出せる一品だ。

「ようやくコーヒーから解放される……」

トリスタンが呻《うめ》き声を上げながらデスクに突っ伏した。

トリスタンには何度もコーヒーを挽《ひ》いてもらって、ずっとテイスティングなんかをしてもらっていたからな。

今となってはコーヒーの香りや、ミルを挽く音でさえも嫌だろう。

「二人とも本当にお疲れさま！　よく頑張ったわね！」

「依頼通り手動ミルと自動ミルは揃《そろ》えた。あとの納品は任せたぞ」

仕事を終えた俺は早上がりを決めるべく、デスクを片付けて帰ろうとする。

しかし、ルージュがやってきてそれを止めた。

「なに言ってるの？　ジルクが営業してとってきた依頼でしょ？　営業した本人が行かなくてどうするのよ？」

「いや、俺が営業したんじゃなくて向こうが勝手に頼んできた依頼でな――」

「直接頼まれたジルクが出向かなくてどうするのよ。それにブレンド伯爵のところに工房長が顔すら出さないのは失礼でしょ！　平民でありしがない従業員でしかない、あたし一人に行かせる気!?」

そう述べるルージュの顔はいつになく真剣だった。絶対に帰ることは許さないという強い意志を感じさせる。

確かにノイドから依頼を受けたのは俺だ。

ノイド本人に納品するにしろ俺が顔を出さないのは失礼か。それに今回の相手ではルージュだけで行くにはさすがに荷が重い。

「……わかった。俺も行こう」

「よろしい」

俺がそのように言うと、ルージュは満足そうに頷《うなず》いた。

◆ ◆ ◆ ◆ ◆

ミルを完成させた俺は、ルージュと共に王都の北区にあるブレンド家の屋敷にやってきた。

事前にやってくる旨を伝えていたので、門番に案内されて敷地の中に入っていく。

目の前には広い庭園があり、季節の花々が咲いていた。

非常に手入れが行き届いており、生えている芝生もとても綺麗《きれい》だ。

中央には噴水があり、まるで王都から隔絶されたような快適な空間が作られている。

そして、その奥にはダークブラウンな色調で造られた大きな屋敷がそびえ立っていた。

「……さすがはブレンド家の屋敷。とても大きいわね」

これほどの規模の屋敷にやってくるのは初めてなのだろう。ルージュが感心したように呟《つぶや》く。

「これは別邸だ。領地にある本邸はもっと大きいはずだ」

「それはまたすごいわね」

実際に見たことがあるわけではないが、侯爵に匹敵するような家格の屋敷がこの程度のわけがない。

それを聞いてルージュはどこか遠い眼差《まなざ》しをしていた。

平民とはあまりにも世界というかスケールが違うので考えることを放棄したのだろうな。

金というものはあるところにはあるものだ。貴族の世界に入るとしみじみとそう思う。

広い庭園を通り過ぎて屋敷の前にやってくると門番が扉をノック。

すると、程なくしてノイドが顔を出した。

その姿はいつものような三つ揃え姿ではなく、燕尾服《えんびふく》を身に纏った執事姿であった。

いつもの私服も似合うが、パッキリとした執事服も似合うものだ。

「ようこそ、ジルクさん。それと――」

「はじめまして、ジルク工房の販売を担当しております、ルージュと申します」

「これはどうもご丁寧に。ブレンド家で執事をしております、ノイドと申します」

ノイドが視線を滑らせると、すぐにルージュが営業用の笑みを浮かべて挨拶をした。

よくも今の一瞬でここまで表情を変えられるものだ。これが営業マンとしての素質なのだろう。

「こんなところで立ち話もなんです、応接室の方に案内いたしますのでお上がりください」

そして、型通りの挨拶が終わるとノイドに促されて、俺たちは屋敷の中へ入る。

最初に出迎えたのは陽光の差し込む吹き抜けの玄関だ。

上部にある窓ガラスから光が差し込んでおり、玄関がとても明るく見えた。

掛けられている肖像画や絵画は柔らかな室内の雰囲気に合っており、落ち着きがあるように見える。

貴族によっては、いきなり煌《きら》びやかなシャンデリアや金や銀を使った調度品を自慢げに設置している屋敷もあるので、そういったところよりは好感が持てる内装だった。

住んでいる家の内部を見れば、その家の主の心がある程度わかる。

少なくとも俺が苦手とする派手派手しい典型的な貴族ではないようだ。

「こちらです」

ノイドの後ろを付いていき、そのまま廊下を奥に進んでいくと応接室に通された。

「それじゃあ、頼まれていたミルの納品をしよう」

「お待ちください。私の主人であるアルバート様が是非ジルクさんにお会いしたいと言っておりまして。こちらにお呼びしてもよろしいでしょうか？」

「ダメだ」

ノイドの提案を即座に却下すると、隣に座ったルージュがパーンと太ももを叩《たた》いた。

何をするんだと視線をやると、ルージュは笑みを浮かべていたが得体の知れないオーラを纏わせていた。

これはすごく怒っているやつだな。この部下を怒らせると非常に面倒になることを知っている俺は、これ以上ごねるのをやめることにした。

「……冗談だ。こっちも挨拶したいと思っていたところだ」

「ありがとうございます。では、少々お待ちくださいませ」

そのように言い直すと、ノイドはにこやかな笑みを浮かべて退室した。

すると、営業スマイルを浮かべていたルージュが真顔になって向き直る。

「アルバート様がお会いしたいって言ってるのに、拒否するってなに考えてるのよ！」

「冗談だと言っただろうが」

「いいえ、今のは冗談じゃなかった。絶対本心で言ってたでしょ!?」

「わかったから大声で怒るな。ノイドはいなくなったが、周囲に使用人はいるんだからな」

「……えっ？　本当？」

俺がそのように釘《くぎ》を刺すと、ルージュは途端に大人しくなった。

まあ、部屋の外にも使用人の気配はないので、近くには誰もいないんだがな。

ルージュを大人しくさせるための嘘《うそ》だ。

とはいえ、貴族の家では主が席を離した途端に油断した客がポロリと重要な秘密を漏らして、使用人から筒抜けになるというケースはよくあることだ。

相手がいなくなったからといって油断していいわけではない。壁に耳ありだ。

【音の箱庭《サウンドガーデン》】のような録音機能付きの宝具を所持している可能性もあるからな。

貴族の屋敷に入った時は大人しく過ごすのが無難なのだ。

34話
Episode 34

独身貴族はミルを納品する

ルージュと大人しくソファーで待つことしばらく。

ノイドが一人の男性を連れて応接室に戻ってきた。

錆色《さびいろ》の髪に錆色の瞳をした男性だ。背は俺よりも少し低いが、体格がいいのかがっしりして見える。年齢は四十代半ばといったところだろうか。

顔には渋みのある年輪が刻まれており、大領地の領主に相応《ふさわ》しい貫禄を持っている。

「ようこそ、ルーレン殿、ルージュ殿。私はブレンド家の当主を務めているアルバート=ブレンドだ」

ブレンド家の当主であるアルバートは、人懐っこい笑みを浮かべて挨拶をしてきた。

「ジルク工房のジルク=ルーレンと申します。こちらは部下のルージュです」

「はじめまして、アルバート様にお会いできて光栄です」

硬派な見た目をしている割にはきさくな性格をしているようだ。意外と人当たりがいい。

「突然会いたいなどと言ってしまって申し訳ない。ノイドからコーヒーを自宅で気軽に作れる道具があると聞いてな。コーヒー好きの私としても是非、この目で見ておきたいと思ってな」

「いえいえ、とんでもございません。ブレンド伯爵に納品させていただくものなのでじっくりと目を通していってください」

「では、早速見せてもらえるか？」

「かしこまりました」

ルージュがしっかりと頷《うなず》くと、アルバートは対面のソファーに腰を下ろした。

そして、その後ろにはノイドが立ったまま控えている。

形式的にはノイドへの納品のはずなのだが、完全にアルバートへの納品になっているようだ。

それほど前もって伝達しておいたわけでもないのに、嬉々《きき》としてやってくるとはアルバートという男は暇なのだろうか？

まあいい。ここからの説明はルージュの担当だ。大まかな説明なんかはルージュに任せて、細かい部分や質問が飛んでくれば答えてやればいい。

俺の役目はルージュに付いてくることであって、この部屋に入った時点でほとんど仕事は終わったようなものだ。

「ルーレン殿はロンデルの喫茶店によく通っているのかな？」

そんな適当なことを考えていると、いきなりアルバートが話しかけてきた。

なんで俺に話しかけるんだ。と思ったが、ルージュは持ってきた木箱からコーヒーミルや、部品を取り出していて話せる状態ではない。

手持無沙汰な俺に話を振るのは当然か。

「ええ、よく朝にモーニングセットとコーヒーを頼んでいます」

「あそこの店はコーヒーが美味《うま》いが飯も美味い。私も仕事が空いた時はたまに足を運んでいた」

「そうだったのですね」

「だが、最近は忙しくてめっきりと寄れていない。だから、ルーレン殿の作ったコーヒーミルには期待しているんだ」

「ロンデルが作ったコーヒーを再現するのは難しいものがありますが、きちんとしたコーヒーが飲めることは保証しますよ」

「それは楽しみだ」

なにせロンデルお墨付きのミルだからな。王都で一番の腕前を持っている彼が認めた味というのは、こちらとしても大きな自信だ。

「では、それぞれのミルのご説明をさせていただきますね」

✦ ✦ ✦ ✦ ✦

「ほうほう、この手動ミルと自動ミルにはそれぞれのメリットとデメリットがあるというわけか」

「はい、自動ミルを使えば素人でも安定した美味《おい》しさのコーヒーを作ることができます。また、大人数で楽しみたい時、一日に何杯も飲みたいという時は自動ミルの方がオススメです。こちらであれば、短時間で大量に豆を挽《ひ》くことができますので」

「ふむ、一日にたくさんのコーヒーを飲みたい時は、この自動ミルを使うのが無難だな。ロンデルのような美味いコーヒーは、さすがにノイドでも作れんからな」

「今からロンデルさんに習いに行ったとしても、習得を終える前に私の寿命が尽きてしまうでしょう」

「縁起でもないことを言うな。だが、ロンデルの下に部下をやってコーヒーの技術を学ばせるというのはいい案だな。修業が終われば、専属のコーヒー師として雇える」

「バーテンダーとは違った、コーヒーを淹《い》れる技術に特化した人材――バリスタですね」

「おお、バリスタ。バーテンダーとの差別もついており、かっこいい名前だ。気に入った。そう、私はバリスタを育成して抱えたい！」

ついポロッと前世の職名が出てしまったが、アルバートはそれを気にすることなく、むしろ気に入った様子だ。メラメラと瞳に炎を灯らせて、やる気に満ち溢《あふ》れている。

このコーヒーへの強い拘《こだわ》りと熱意。そして、人材を自ら育てようとする精神は素直に称賛に値するものだ。

ロンデルの技術はしっかりと継承していくべきものだ。

彼が怪我《けが》をしたり病気になってしまったりした場合、あるいは喫茶店を引退するようなことになってしまった時、あの場所であの味を味わうことができないのは世界の損失だ。

「私もバリスタを育成する方針には賛成です」

「おお！　ルーレン殿もそう思うか！」

「お二人とも、今はミルの説明の途中なので、その話はまた後で……」

アルバートと意気投合しているとノイドが咳払《せきばら》いをして言う。

しまった。ついアルバートが面白いことを言うので話が逸《そ》れてしまった。

バリスタを育成することも大事だが、今はコーヒーミルについての説明が先だ。

「……すまない、説明を続けてくれ」

「は、はい。手動ミルの方は自分の手で回して挽くことになるので時間がかかります。また、どこでも使えるようにコンパクトな設計にしているので一度に作れる量は三杯程度です」

「なるほど、その代わりどこでも気軽に楽しめるというのは素晴らしいな」

「自分の好みに合う味を作りたいという方や、気分転換にコーヒーを作ることを楽しみたいという方にオススメです」

「ふむ、それぞれの特性は理解した。次に気になるのは味だな」

「そうおっしゃると思いまして、こちらで道具を準備してまいりました」

アルバートがそのように言うと、ルージュが手早く魔道コンロやサイフォン、ガラスポットなどを取り出した。

そして、それらをジーッと見つめるアルバート。彼が何を思っているかは聞くまでもわかるだろう。

「よろしければ、ブレンド伯爵自身で挽いてみますか？」

「是非とも頼む」

おずおずとルージュが切り出すと、アルバートは嬉《うれ》しそうに手動ミルを手にした。

ルージュが使い方を説明すると、アルバートはやや覚束《おぼつか》ない手つきでミルにコーヒー豆を投入した。

それから蓋を閉めると、ゆっくりとハンドルを回す。

ガーリガリガリ、ゴーリゴリゴリ。

応接室の中にコーヒー豆を挽く音が響き渡る。

「おお！　これが豆を挽く感覚か！　これは面白いものだな！　ロンデルが挽いているのを見て、一度やってみたいと思っていたのだ！」

ハンドルを回しながら上機嫌に笑うアルバート。

彼ほどの貴族になると自分で茶を用意することすらないだろうしな。

元からコーヒーが大好きなだけあって、とても楽しそうだ。

ノイドもそんな主を見てにこやかな表情をしている。その瞳はまるで歳の離れた弟を見守るかのような優しいものだった。

「ふむ、全ての豆が砕けて粉になったか……」

「ここからは私が抽出させていただきますね」

さすがに初心者に抽出までをさせるわけにはいかず、コーヒーミルをルージュに受け取らせて抽出作業を任せる。

ちなみにミルを売り出すこともあってか、ルージュやトリスタンにも最低限のやり方は教えてある。俺とロンデルの指導もあってか、それなりの味には仕上げてくれるはずだ。

「ルージュが作っている間に自動ミルも使ってみましょうか」

「そうだな。こちらもやってみていいか？」

「どうぞ」

自動ミルに必要な分のコーヒー豆を投入すると、アルバートにそれを渡す。

使い方は単純であり、先ほどルージュから説明もしている。

「では、いくぞ」

そう言ってスイッチを押すと、内部にある刃が回転して豆を挽いていった。

「お、おお！　ボタンを押すだけで豆が勝手に挽かれていく！　それもとんでもない速さだ！」

ちなみに今回採用している刃はグラインド式。上下二枚の刃で豆を挽き潰すような仕組みだ。

わかりやすくたとえるなら、そば粉を挽く時に使う石臼のようなイメージだ。

こちらであれば以前のプロペラ式と違って、高速回転による摩擦熱の発生が最小限に抑えられる。

これならば誰であっても雑味の少ないコーヒーができるはずだ。

「あっという間だな、もう挽き終わった」

自動で挽いてくれるお陰かミルの下部分には大量の粉が出来上がっていた。

つい先ほど手動で丹念に挽いていたせいかアルバートは少し物足りなそうであった。

自動ミルと手動ミルを発注していることからわかるが、多分アルバートは手動ミルの方にハマるような気がするな。

自動ミルで挽いた粉をルージュの側に追加で置いておく。

ルージュがサイフォンに入れた粉の上から、「の」の字を描くようにお湯を注いで抽出していく。

「いい香りだ」

漂う香りにとてもリラックスした様子で呟《つぶや》くアルバート。

やがて、抽出作業が終わるとノイドが用意してくれたカップに、コーヒーが注がれた。

「こちらが手動ミルで挽いたものになります」

「では、いただこう」

ルージュが差し出したカップを優雅な仕草で傾けるアルバート。

「うむ、久しぶりにコーヒーを飲んだが、やはりいいな。飲んでいるととても落ち着く」

久しぶりに口にしただけあって、味わうようにチビチビと飲んでいる。

そのことを誰もがわかっているだけに、無粋な問いかけや感想を求めたりはしない。

俺もノイドも静かにそれを見守り、ルージュは無言で自動ミルの抽出作業に移る。

「自分で挽いたものだと思うと、より美味しく感じられるものだな」

それも手動ミルの醍醐味《だいごみ》というものだ。

「お次は自動ミルで挽いたコーヒーになります」

アルバートが飲み終えてホッと息をついた頃合いに、自動ミルで挽いたコーヒーが出来上がる。

こちらも同じように香りを楽しんで、カップに口をつけるアルバート。

「……私が挽いたものよりも、こっちの方が美味しい気がする」

まあ、アルバートの挽き方はお世辞にも上手《うま》いと言えるものではなかった。

ハンドルを回すリズムも一定ではなかったし、何度も蓋を開けて豆の様子を確認していた。

挽き具合が均一でなかったり、雑味が多く混ざってしまったのだろう。

「初心者でも手軽に味わえるのが自動ミルの良さですから」

「それもそうだったな。いきなり、ロンデルのような美味しいものを自分の手で作れるわけではないからな。そう考えると自動ミルもすごいものだ」

俺がそのように説明すると、アルバートは納得がいったように笑った。

「二種類のコーヒーミルをご紹介いたしましたがいかがでしょう？」

「うむ、それぞれの良さもしっかりと理解できた。屋敷でもこの美味しさのコーヒーを楽しめるのは素晴らしい。是非、買い取らせてくれ」

「ありがとうございます！」

アルバートの快活な答えを聞いて、ルージュがぺこりと頭を下げる。

俺も一応は工房長なので軽く頭を下げておいた。

そして、ルージュとノイドが中心になってミルの引き渡しについて詰めていく。

「ジルクさん、ミルの値段はこの金額で合っているのでしょうか？　失礼ながらジルクさんが作った魔道具にしては安すぎる気が……」

ルージュの渡したミルの値段の提示を目にして、ノイドが神妙な顔をした。

「なんだ？　それほどに安いのか？」

「手動ミルで八万ソーロ、自動ミルで三十万ソーロです」

「よくある魔道ランプよりも安いではないか？　ルーレン殿、値段を間違えているのでは？」

確かにノイドやアルバートの指摘は一理ある。

基本的に俺が作る魔道具はどれも最新のもので、今回提示した値段よりも一つ桁が多いのが普通だ。

俺がミルを作るのにかけた時間や労力を思うと、この程度の値段で販売しては利益が小さいだろう。

「このコーヒーミルを完成させるにあたって尽力してくれた人物の願いは、コーヒー文化の普及ですから」

その尽力してくれた人物が誰なのかは、言わなくても二人ともわかっているようだ。

「そういうことであれば、こちらとしてもこれ以上言うことはありませんね」

「そうだな」

35話 Episode 35 独身貴族は自分へのご褒美を与える

なんてことのない趣味で作っていたコーヒーミルであるが、ブレンド家の当主が所望し、納品することになった。

ロンデルの思いもあってそれほど利益率の高い売り物ではないが、将来のことを考えると大きなプラスになる仕事だった。

それに個人的にコーヒーを一緒に楽しめる知己を得たのも良かった。アルバートがバリスタを育成するのであれば、俺も噛《か》ませてもらおうと思っている。

今は自分で作ったり、ロンデルの喫茶店に通ったりすればいいが、遠い将来はどうなるかわからないからな。

十分に快適な環境を用意できたら隠居して、屋敷でバリスタを雇うくらいはしたいものだ。

「今日はもう帰る。お前たちも適当なところで帰っていいぞ」

お昼の中頃。今日のやっておくべきノルマを既に達成していた俺は、早めに帰ることにした。

ここ最近はミルの改良や納品作業があって忙しかったからな。

普段の業務とは別の業務を組み込んでしまい、ルージュとトリスタンに普段よりも大きな労力をかけてしまった。

適度なところで力を抜くのが大事だ。

「あら、本当？　それは助かるわ。実は夕食は家族で外食の予定だったから」

そのように告げると一番嬉《うれ》しそうにするのはルージュだ。

彼女は既婚者なので家事や子育てといった面で、独身者に比べると多忙な生活を送っている。

ルージュに対しては単なる給料の増額よりも、こういった時間の配慮をしてやる方が喜ばれる。

「いいですね。俺は一人暮らしなので特にやることがありませんよ」

それとは反対にこういった時間を与えると困るのが、こっちの部下だ。

「一人暮らしだからといってやることがないのはおかしいだろう？」

「じゃあ、ジルクさんは普段なにをしてるんです？」

「王都の外に出て、リフレッシュしている。自然の中でコーヒーを飲みながら、読書をするのはいいぞ。他にもお気に入りの喫茶店やバーに通ったり、家で美味《おい》しい料理を作ったりしているな」

他にもバーで味わったお酒を家で再現してみたり、美味しいレストランを探したり。魔道具に必要な採取をやってみたり。一人だろうとやることは無限大にある。

俺がそのように有意義な過ごし方を説明してやるも、トリスタンは哀れな者を見るような視線を向けて一言。

「…………一人でそれをするって寂しくないですか？」

「一人でやるのがいいんだろうが」

今、述べたことは一人でやるからこそいいものだ。逆に大人数でやってみろ。自由に自分の気の向くままに追求できる趣味が全て台無しになる。

大体、一人での過ごし方を聞いておきながら寂しいとはなんだ。

「ジルクさんが特殊すぎて全然参考にならないです……」

「それは一理あるかもだけど、トリスタンもジルクのように夢中になれる趣味を見つけられるといいわね。それじゃあ、あたしはこれで！　お疲れさま！」

ルージュはトリスタンをおざなりにフォローすると、さっさとデスクを片付けて工房を出ていった。

いつもならもう少し親身になって聞いてくれただろうが、今日は家族との予定が優先されたせいで若干ドライだったな。

✣ ✣ ✣ ✣ ✣

トリスタンに戸締りを任せた俺は、工房を出て中央区にある市場に顔を出す。

今日早上がりしたのは身体を休めるためだけではない。

結果的に大きな仕事をこなした自分へご褒美を与えるためだ。

仕事自体は苦でなかったものの、伯爵家に赴いて説明をして納品をするのは俺に少なからずストレスを与えていた。だからこそ、それを乗り越えた自分を甘やかしてやるのだ。

肩の荷が下りてスッキリとした状態で食べる飯は美味《うま》いからな。

そんなわけで俺は夕食を豪勢にするために、市場を練り歩いている。

数多《あまた》の食材が集まる中央広場はとても賑《にぎ》わっていた。

俺のような仕事終わりにフラッと立ち寄った人間や、魚屋の前で真剣に悩んでいる猫獣人の女性、家族で買い物を楽しんでいるエルフの家族など。数多の種族が今日の夕食を彩るために市場に足を運んでいる。

そんな客たちの意識を引き寄せようと、それぞれのお店からはひっきりなしに威勢のいい声が響いていた。

大型冷蔵庫のケース内には冷凍された鮮魚が並べられている。水槽の中にはレッドシュリンプや鋼蟹《スチールクラブ》やドラ貝といった甲殻系の生き物やら貝類が入っている。

「……海鮮系にするのも悪くないな」

白身魚を塩焼きにして食べるのもいいし、タレを絡めて照り焼きのようにしてもいい。それぞれの食材で出汁《だし》をとって海鮮スープにするのもアリだな。

とはいえ、市場は広い上に時間はたっぷりとある。そう急いで決める必要もない。

他の店を眺めながらゆっくりと吟味すればいい。

「んん？　あれはエイトとマリエラか？」

市場を歩いていると、見覚えのある男女が歩いているのに気が付いた。

前回会った時から一か月程度が過ぎているが、二人して並んで歩いている姿は実に仲が良さげだ。あの時はマリエラが詰めて、エイトが困っているような微妙な雰囲気があったが、今見た限りではとても落ち着いた様子だった。互いに自然体で市場を歩いているように見える。

エイトに好意を寄せているマリエラにアドバイスをしてみたが、素直にそれを実践したのだろうか。

「ドラゴンの肉はどうだい？　さっき入荷したばかりだよっ！」

「ドラゴンの肉だと!?」

通り過ぎた二人を見てそんなことを考えていたが、不意に聞こえてきた威勢のいい声に一気に持っていかれた。

ドラゴン。それはこの世界に存在する魔物の上位種だ。

Aランク冒険者のパーティーでようやく仕留めることのできる怪物であり、滅多にその肉が市場に出てくることはない。

どこかの有名なパーティーが仕留めたのだろうか？

とにかくボーッとしている暇はない。本当に売っているのか確かめなければ。

急いで声のした方に向かうと、横に長い冷蔵庫を並べている精肉店があった。

冷蔵庫の中にあるケースを見てみると、デカデカとした肉が鎮座している。

楕円形《だえんけい》をしており表皮には赤い皮がついている。さすがに鱗《うろこ》は食べるのに邪魔だし、歴《れっき》とした素材になるので付いてはいないよう。

中央には丸い骨がついており、その周りを赤身の強い肉が覆っている。

紅牛《クリムゾンブル》やオークの肉とは違い、存在感が桁違いの肉。これはドラゴンの肉に間違いない。

「店主、ドラゴンの肉の部位はどこだ？」

「尻尾です。ドラゴンがよく動かす部位だけあって身がとっても引き締まっていて美味しいですよ」

「それは指よりも美味しいか？」

「ええ、指の肉とは比べ物にならない美味しさです」

ドラゴンの肉は子供の頃、誕生日に食べさせてもらったことがある。

その時は指の肉だったが、他の牛や豚、鶏《にわとり》といった動物や、オークといった魔物の肉とも違った印象的な味だった。

指でさえ、そうだったというのにそれよりも上となる尻尾となるとどれほどなのか想像がつかない。だが、既に俺の心の中は決まっていた。

今日の夕食はドラゴン肉のステーキだと。

値段をチラリと見てみると、百グラムで五万ソーロと書いてある。

ドラゴン肉は高級品だ。それ故に物珍しさに集まっている客も眺めはするが、買うことは少ない。

しかし、この程度は宝具に比べると安いものだ。

独身貴族であるが故に、お金の使い道は自由。子供の頃は祝い事でしか食べることができなかったが、今の俺であればいつでも食べることができるのだ。

「店主、ドラゴンの肉を六百グラムほどくれ」

「ありがとうございます！」

俺が即座に買うことを決めると、店主が深く頭を下げる。

遠巻きに眺めていた客たちの羨望の眼差《まなざ》しが少し心地いい。

大体一人前は二百グラム程度であるが、せっかく出会えた貴重な部位だ。

たった一回で終えてしまうには勿体《もったい》ない。塩胡椒《こしょう》で食べたり、ガーリックソースで味付けをしたり、煮込み料理にしてみたりと幅広く楽しみたいしな。

これだけあれば数日は楽しむことができるぞ。

「お会計は三十万ソーロになります」

先払いシステムなようなので、提示された値段を支払う。

たった数回の食費でトリスタンの月給を超えてしまったな。

支払いを終えると店主がテキパキとした動きでドラゴンの肉を切り分けていく。

生きているうちは鋼鉄のような硬度を誇る鱗のせいで、生半可な刃は通らないみたいだが、死んで鱗がなくなってしまうと別なのだろうな。

「お客様は気持ちのいい買い方をされますね。今日は奥さん、あるいはお子さんの誕生日ですかい？」

客を待たせる間のちょっとした繋《つな》ぎとして選んだ話題だったのだろう。店主がそのようなことを言ってくる。

「いや、俺は結婚なんかしていない」

「では、誰かの誕生日とか？」

「違うな。自分へのご褒美として一人で食べるんだ」

「…………」

そう告げると店主の表情が微妙なものとなる。

心なしか周囲の客たちは哀れな者を見るような視線になっていた。

さっきまでは羨望の眼差しをしていたというのに笑えるほどの変わりようだ。

確かにドラゴンの肉は祝い事として食べる慣習があるが、別にそうじゃない日に食べてはいけないなどという決まりはない。

一人で食べるなんて可哀想《かわいそう》などという見え透いた視線が気に入らず、俺は敢《あ》えて堂々と言った。

「一人で食べるのは悪いことなのか？」

「い、いえ、とんでもございません。お買い上げありがとうございました！」

36話
Episode 36

独身貴族はドラゴンステーキを食す

市場でドラゴンの肉をはじめとする食材を買い込んだ俺は、北区にあるアパートに帰ってきた。

「あっ」

すると、ちょうどエントランスでカタリナと遭遇した。

「久しぶりね。買い物帰り？」

「ああ、そっちもか？」

「ええ、そんな感じ」

手にした紙袋を軽く見せるように動かすカタリナ。紙袋から覗《のぞ》く食材は纏《まと》まりがなく、なにを作るのか予想できない。

さすがに手当たり次第に食材を買ったわけでもないだろうし、冷蔵庫にある食材と組み合わせるのだろうな。

なんてことを思いながらエントランスを互いにくぐって階段を上っていく。

知り合う前であれば無視をするか、軽く挨拶をして部屋に向かえば良かった。

あるいはエントランスで歩みを遅くして、適当に先に行かせることもできただろう。

しかし、カタリナとは取引きをしている上に、宝具をもらったりと奇妙な縁ができてしまった。知り合ってしまった以上、以前のように空気扱いをすることは難しい。

結果として俺とカタリナはまるで夫婦のように並び、同じ方向へと足を進めているわけである。住んでいる部屋は隣なのだ。方向が同じなのは当然だった。

「「…………」」

俺たちの間で微妙な空気が流れる。

静謐《せいひつ》な廊下を進む足音だけがやたらと大きく聞こえる。

カタリナとは取引き相手でしかない以上、そこまで関心も興味も湧かない。

という理由もあるが、先日貰《もら》った【音の箱庭《サウンドガーデン》】に収録されていたセルバという爺《じい》さんのスキャンダル話のせいで妙な気まずさがあった。

危機感を発揮して最後まで聞いていないので詳しいことはわからないが、絶対に隠し子とかそういうやつだよな。

そして、縁者であるはずのカタリナはそれを知らない。

なんとも言えない気持ちだった。

「ねえ、右手に抱えている包みってお肉よね？　なんのお肉を買ったの？」

俺がそんな複雑な心境を抱いているとは知らず、当の本人は気まずさを払拭するためか当たり障りのない質問をしてくる。

「ドラゴンの肉だ」

「えっ、本当!? もしかして、あなたの誕生日だったり？」

このやり取り、さっきもやったばかりだ。

続く会話の応酬が予想できたために俺はため息を吐《つ》いた。

「違う。ちなみに友人や家族の誕生日でもないぞ」

「ええ？ じゃあ、なんで買ってきたのよ？」

言葉を先回りさせてカタリナが抱くであろう疑問を潰すと、彼女は小首を傾《かし》げた。

「一仕事終えたから自分へのご褒美だ」

「…………」

「その不愉快な視線をやめろ。別に家で誰がなにを食べようが自由だろ」

「そ、それもそうね」

とは返事したもののややドン引きした様子のカタリナ。

このままでは更に気まずい空気が流れるのが予想できたので話題を変える。

「コンサートの方はどうだ？」

「お陰様で新しい曲もヒットして連日満員よ。今じゃその日に聴きに行ってもチケットが買えないくらいなんだから」

「そうか。それは少し困ったな」

最近は忙しくて通えなかったが、あそこで演奏を聴くのも楽しみになっていた。

しかし、前のようにフラリと立ち寄る感じでは買えないのか。

「……良かったら、これいる？」

「プレミアム席じゃないか。いいのか？」

カタリナが差し出してきたのは招待チケットだ。

しかも、通常席ではない一番見晴らしのいいプレミアム席。

自分が購入していた通常席とはまるで価値が違う。

「あなたが提供してくれた歌がどんな曲になっているか気になるでしょ？」

「それはそうだが高いだろ？　いくら払えばいい？」

さすがにこれだけ高額な招待チケットを無料で貰う気にはなれない。

「今の私なら無料で確保できる席だから気にしないで」

しかし、カタリナはきっぱりとそれを断った。

その堂々とした振る舞いや自信に満ちた表情を見るに、新しい曲のお陰でカタリナの地位はかなり向上したようだ。

「そうか。それなら遠慮なくいただこう」

「よかったら、定期的に確保しておきましょうか？」

「そうしてくれると助かる」

歌劇場へは聴きたいと思った時に向かうのが好きだ。事前に調べて予約をして、並んで入るというのは俺のスタイルだとは思わない。

定期的にいつでも席が確保されているというのは、まさしく理想の形だった。

チケットをポケットにしまい込むと、ちょうど部屋の前に着いた。

「その代わり、また次の曲をお願いしたい時はよろしくね」

「ああ」

念を押すようなカタリナの台詞《せりふ》に頷《うなず》いて、俺は部屋の扉を開けた。

✣ ✣ ✣ ✣ ✣

「そろそろ夕食を作るか……」

部屋の掃除をしていると、いつの間にか空が茜色《あかねいろ》に染まっていた。

ここのところミルの製作や仕事にかかりきりで、家事が少し疎《おろそ》かになっていたからな。

溜まっていた汚れを徹底的に除去していたら、いつの間にか結構な時間が経過していたようだ。

手早く掃除用具を片付けると、俺は夕食の用意に取り掛かる。

今夜の献立は市場で買ったドラゴン肉。

「やっぱりステーキだな」

色々な使い道があるドラゴン肉であるが、やはり王道の味わい方はこれだろう。

冷蔵庫からドラゴンの肉を取り出す。

しっかりと肉の繊維を確認し、直角に包丁を入れる。

すごい肉厚だな。他の肉とは抵抗が段違いだ。

ちょうどいい大きさにカットすると、そのままバットに。

一人前である二百グラム程度の大きさだ。

カットが終わると、一旦肉の方は放置だ。

ステーキを作る際に重要なのは、部屋の温度と同じくらいの常温に戻しておくこと。

こうすることで外側と内側の温度差が小さくなり、焼いた時に同じように熱が上がっていく。それによって外側だけ早く焼けるのを防ぎ、内側にもしっかりと熱が通るのだ。

肉を常温に戻す間はニンジンやブロッコリー、アスパラガスなどの副菜を切っておく。

それらの作業が終わる頃には肉の温度が常温となり、肉の作業に戻る。

バットの上に鎮座しているドラゴン肉に塩胡椒《こしょう》を振る。

薄い場合は片面でも十分であるが、ドラゴン肉はとても分厚いので念入りに両面での味付けだ。

魔道コンロには既に火がついており、その上にはいつも通りのフライパン――ではなく、大人の鉄板が載っていた。

「オークの肉をオークキングの味に」というキャッチフレーズで王都でも話題になった調理器具。値段は一つで二万ソーロ。鉄板にしてはかなり高いが、そのキャッチフレーズを裏切らない味を引き出してくれる。

食材の魅力を最大限に引き出す、大人のための大人の鉄板だ。

既にそこには薄くスライスしたニンニクを載せている。

ドラゴンの肉の脂を使用して焼いているので絶対に美味《おい》しいだろう。

ニンニクがこんがりと焼けて茶色くなったら皿に移しておく。残ったドラゴンの脂は捨てずに、そのままガーリックオイルとしてステーキに再利用だ。

今日はもう誰とも会う予定もないし、明日も休みだ。気にすることはない。

鉄板の上にドラゴンの肉を載せる。

ジュウウウウウという音がした。

荒々しい脂の音ではなく、静かに染み渡るような音だった。

この瞬間、肉に火が通っていると実感させるようだった。

火加減を調節しながら頃合いを見てひっくり返すと、赤々とした肉がこんがりと焼き上がる。軽くヘラで押さえつけながら反対側もしっかりと火を通す。

普段のフライパンよりも瞬間的な火力は低いが、じっくりと内部から焼き上げることができているな。

裏面が焼き上がると今度は肉を回転させて側面にも火を通す。肉から漏れ出た肉汁やガーリックオイルを吸収させるように。

「……全面を旨《うま》みでコーティングだ」

鉄板で焼くというのはいいものだ。フライパンとは違って、じっくりと火を通しているというのが視覚的によくわかる。肉とじっくり向き合えるな。

それにいつもと違った調理器具での料理は、俺の心を湧き立たせてくれる。

まるで自分が鉄板焼き店のオーナーにでもなったかのような気分だ。

そうやって全面を焼き上げると鉄板の端に肉を置いて、余熱で火を通す。

蓋をしてじっくりと火を通している間に、先ほどカットしておいたニンジン、ブロッコリー、アスパラガスといった副菜をステーキの肉汁とガーリックオイルに絡めて焼き上げる。

旨みをたっぷりと吸った脂で焼くんだ。これまた美味しくないはずがなかった。

ヘラで肉を触りながら火の通りをチェック。この辺りは長年の勘としか言いようがない。

「このぐらいか……」

火の通り具合に満足したら、再び鉄板の中心に戻して表面をカリッと焼き上げた。

そして、まな板に上げて一口サイズに切り分けると、程よく火の通った綺麗《きれい》なピンク色の断面が露《あら》わになった。

そのあまりの美味しそうな見た目に唾を飲み込む。

カットが終わると、そのまま平皿にドラゴンステーキを載せて、焼き上げた副菜たちも盛り付けると……。

「完成だ」

俺の目の前には見事なドラゴンステーキが鎮座していた。

中はレア気味で今にも溶け出しそうな柔らかさだ。

切る前まではもっと硬そうな見た目をしていたのに不思議なものだ。

リビングのテーブルにそれを持っていき、他の食器を準備する。

そして、お供には赤ワインを――。

「んん？　ない？」

収納棚の中を覗いてみるが、そこにお気に入りのワインはなかった。

「しまった。二日前に飲み終わったんだった」

やらかした。少し前に晩酌した時に飲み干してしまったのだ。そのことをすっかり失念していた。

それがわかっていれば、きちんと買い足していたものを。

ドラゴンの肉に気をとられてすっかり忘れていた。

今から買いに行くというのは論外だ。せっかくの鉄板で焼き上げたステーキを放置して、ワインを買いに走るなんてあり得ない。

ウイスキーならたんまりとあり、【泡沫の酒杯《バブリーカップ》】もあるのでハイボールは作れる。が、やはりステーキには赤ワインで合わせたい。

「なにか他のものは……あった！」

が、残っていた赤ワインはあまり好みではない、あっさりとした飲み口のものだ。

以前に買って飲んでみたものの好みに合わず、放置していたものだ。

期限などは問題ないようであるが、これとこのまま合わせるのも面白くない。

「スプリッツァールージュにでもして飲むか」

簡単に説明すると赤ワインの炭酸水割りだ。

ワインを炭酸で割ることで渋みが緩和され、ひと味違った爽快感が楽しめる。

日本人向けの軽いワインといったイメージだろうか。

【泡沫の酒杯】を手に入れてから飲んでみたいと思っていたんだ。

普段のお気に入りでやるには少し勿体《もったい》ない飲み方だったのでいい機会だ。

冷蔵庫から冷やしたグラスを取り出すと、そこに氷を入れる。

マドラーで軽く混ぜると、赤ワインを少しだけ注ぎ、氷に触れないように【泡沫の酒杯】で作った炭酸水を注ぐ。

炭酸がシュワシュワと湧き上がり自然と撹拌《かくはん》。それを手助けするように軽くマドラーを一回転させて、最後に持ち上げるとスプリッツァールージュの完成だ。

「さて、いただくか」

食卓に全ての役者が揃《そろ》ったところでドラゴンステーキを何もつけずに一口。

口に含むと、あっさりと噛《か》み切れ、口の中に肉の旨みと脂が広がる。

牛肉のように力強いがミルク臭さのようなものはなく、豚のような強い脂身を感じるわけでもない。ただわかるのは力強さと圧倒的な肉の旨み。

「……美味《うま》い。店主の言っていた通り、指の肉とは比べ物にならないな」

二十年近く前のことながら覚えていた味。あの時は初めてのドラゴンの肉ということもあってか、鮮明なイメージとして焼き付いていた。

しかし、この尻尾のステーキを食べてしまうと、その頃の記憶が一気に吹き飛ぶようであった。それほど尻尾の肉は美味い。

普段から動かしているからだろう。適度に引き締まりながらも、柔らかな脂肪をよく蓄えていた。

そして、一切れ食べ終わるとスプリッツァールージュを一口。

スッと喉の奥を通り過ぎていく爽快感。ワインの渋みが炭酸によってマイルドにされて、赤ワインというよりかは葡萄《ぶどう》系のカクテルのようだ。

しかし、口の中で広がっている濃厚な脂をそれが、さっと流してくれて爽快さをもたらしてくれた。

「……これはこれで悪くないな」

炭酸で割ってあるのでアルコール度数は低い上に、渋みといったものもマイルドにされている。

だが、肉の旨みや脂が強い尻尾のステーキには、このくらいの軽さがちょうど合っているようにも感じられた。

スプリッツァールージュを飲んで、副菜のニンジンやブロッコリー、それにアスパラガスをぽりぽり。

これなら野菜嫌いの者であっても笑顔で食べるに違いないだろう。

それくらいドラゴンの旨みを吸った副菜は美味しかった。なにせたっぷりの肉汁とガーリックオイルで焼き上げたからな。

そして、スプリッツァールージュで口の中をリセットすると、再びドラゴンステーキにフォークを伸ばした。

「ああ、日頃のストレスまで溶けていくような旨みだ……」

自分の誕生日でもなく、誰かの誕生日でもない。

だが、美味しいものを食べることに決まりなんてない。

食べたいと思ったら、食べたい時に好きなものを食う。

それが独身貴族というものだ。

37話 Episode 37 独身貴族は悪友と呑みに行く

「ジルク、ご家族の方が来ているわよ」

いつも通りに工房で仕事をしていると、ルージュが声をかけてきた。

「なんだって？」

まさかまたイリアが食事会だとか抜かして俺を連行しに来たのか。

警戒感を抱きながら振り返ると、工房の入り口にはルードヴィッヒが立っていた。

「よっ、ジルク！」

こちらに片手を上げてにっこりとした笑顔で言うルードヴィッヒ。

「……あれは家族じゃない。追い返してくれ」

「おいおい、義弟に対してそれは酷《ひど》くないか？　義兄《にい》さん？」

「黙れ。その呼び方をしたら本当に縁を切るぞ」

何が楽しくて仕事仲間に義兄さんなどと呼ばれなければいけないのか。聞いただけで背筋がぞわっとしたぞ。

「ちょっとした冗談じゃないかジルク。大体、イリアを紹介してくれたのはお前なのに嫌がるのはおかしくないか？」

「まさか本当に上手《うま》くいくとは思っていなかったんだ。今では妹を紹介したことを後悔している」

「酷いな、お前！」

だって、あの傍若無人なイリアだぞ？　昔から俺の後ろをついてきては構え構えと泣き叫んでいた妹だ。

良くも悪くも感情表現が豊かなので、ルードヴィッヒも辟易《へきえき》すると思いきや何故《なぜ》かすんなり結婚となったのだ。

よっぽど二人は馬が合ってしまったのか、イリアが猫を被《かぶ》り続けているのか。

詳しいことは知らないが予想外の結果だ。

「ええええっ!?　そこってジルクさんの紹介だったんですか!?」

ルードヴィッヒの言葉を聞いて、トリスタンが驚きの声を上げる。

「そうだ」

「それなら俺にも誰かいい人を紹介してくださいよ！　貴族の女性じゃなくてもいいですから！」

やけに過剰な反応を示したと思いきや、それが目当てか。

「残念ながら妹で弾切れだ。お前に紹介できる女はいない」

紹介できそうな女のリストに、自然とカタリナが思い浮かんでしまったがあいつは貴族だしな。ただの平民でしかないトリスタンとはどう考えても釣り合わない。

「もう！　どうしてそんなにいい見た目をしているのに、紹介できる女性がいないんですか!?」

何故かいきなり文句をつけてくるトリスタン。

紹介してもらう側だというのにどうしてこんなに偉そうなのか。

「見た目は関係ないだろう」

「ありますよ！　ジルクさんほどカッコよければ女性の二人や三人寄ってきますよね？」

「ジルクは外から眺める分には好物件だが、実際に中身を見るとなぁ。寄ってきた女性にも基本塩対応だし」

「そりゃ、そうだろう。好きで一人でいるのにすり寄ってくる女なんて邪魔でしかない」

たまに街を歩いていると声をかけられるが、こちらは一人でいることを楽しんでいるのだ。

そこに邪魔者でしかない異分子を受け入れるはずがないだろう。

「くっ、なんて贅沢《ぜいたく》な。それならルードヴィッヒさんの知り合いを紹介してください！」

「悪いな。俺も結婚してからはイリア以外の女性と絡むことはなくなったから」

「工房にいる従業員や部下はどうなんだ？」

ルードヴィッヒのところの工房は、うちと違って潤沢な人材がいたはずだ。

その中には女性の従業員もいたし、部下の錬金術師には若い女性がいたことを記憶している。

そのことを指摘してやると、トリスタンの顔に希望が灯る。

別にトリスタンのためではなく、面倒ごとをルードヴィッヒに押し付けたいだけだ。

「元々勤めていた女性は皆既婚者だし、新しい助手の子たちは結婚しちゃったよ」

「随分と早いな」

「錬金術スキルがあれば滅多なことがない限り職には困らないし、稼ぎもいいからな。引く手数多《あまた》だったらしいぞ」

どの世界でも特別技能と金を持っている者には、広い選択肢があるというわけか。

「くっ！　それならルージュさん！」

「ごめんね、あたしも今繋《つな》がりがあるのはママ友ばかりだから。いい子がいたら紹介するわね」

最後の希望であったルージュの紹介もないとわかり、意気消沈するトリスタン。

魔道具師見習いが結婚できるようになるのはまだ先みたいだ。

「それより、お前はなにしに来たんだ？　イリアの代わりに俺を食事会とやらに連行するつもりか？」

「いやいや、個人的にお前に会いに来ただけさ。この後、空いてるだろ？　呑みに行かないか？」

くいっとグラスを傾ける仕草をしながら笑うルードヴィッヒ。

何故か俺の予定が空いている前提なのが腹立たしいが、事実特に予定を入れていなかったので文句をつけることもできない。

「……なるほど、俺の様子を見に来るという口実で屋敷を出てきたんだな？」

「察しが良くて助かる。そういうわけだから、どこかいい店に連れてってくれ」

面倒くさいがコイツには普段イリアの面倒を見てもらっているからな。

ちょっとくらい労《ねぎら》ってやってもいいか。

「わかった。急いで仕事を終わらせるから少しだけ待っていろ」

「おう！」

✦ ✦ ✦ ✦ ✦

仕事を急いで片付けた俺は、薄暗くなってきた王都の東区をルードヴィッヒと共に歩く。

「それでジルク。どこに連れていってくれるんだ？」

「最近、見つけたバーだ。あまり立地がいいとは言えないが、酒の味は保証する」

俺が案内しようとしているのはバー『アイスロック』だ。

あのエルフが作る酒は美味い。

ここ最近は通えていなかったので、こいつが来たのはいい機会だった。

「ほう、ジルクがそう言うってことは余程いい腕をしてるんだな。昔からジルクはいい店を見つけるのが得意だったから楽しみだ」

期待に胸を膨らませてご機嫌な様子で歩くルードヴィッヒ。

「しかし、こうして夜の道を歩くのも久しぶりだな」

「んん？　夜に外食には行かないのか？」

ルードヴィッヒの工房も勿論《もちろん》王都にある。

夜の王都を歩くのが久しぶりだというのはおかしくないか？

「イリアに真っすぐ帰ってくるように言われてるからな。基本的には夜までに屋敷に帰っている」

「……気軽に呑みにも行けないなんて不自由だな」

「あの時のように気軽に呑みに行けた自由が懐かしい」

「そう思うなら結婚しなければ良かったんだ。独身だったら誰にも束縛されることなく、自分の好きなタイミングで呑みに行けるぞ。毎日のように通おうが誰にも咎《とが》められない」

「それはそうだが結婚していいこともたくさんあるんだよ。愛する妻との時間や可愛《かわい》いセーラとの一時とかな！」

「なら、どうしてここに一人で来ているんだ」

「それはアレだ。たまには息抜きだって必要ってことだよ」

「息抜きしなければやってられない要素があるってわけだな」

「だぁー！　そういうことだよ！　たまには俺だって自由を謳歌《おうか》したいんだ！　それ以上突《つつ》くな！」

そのような指摘をすると、ルードヴィッヒがやけになるように叫んだ。

まったく、素直に結婚のデメリットを認めておけばいいものを。

「着いたぞ」

「おお？　こんなところにバーなんてあったのか」

そんな風に会話をしていると、目的地であるバーにたどり着いた。

今日も通りには目立たないように置かれた立て看板がポツリ。

しかも、通りに対して若干斜めに立っている。

俺はそれをしっかりと見えやすい位置に直してから階段を下りていった。

「いらっしゃい」

店の中に入ると、涼やかな鈴のような声が響き渡る。

カウンターの奥にいるのは以前と変わらぬマスターの女エルフ。

特に席も指定されていないので気楽に空いているカウンター席に向かう。

「…………」

が、連れのルードヴィッヒが呆《ほう》けたように立ち止まって動かない。

「おい、ルードヴィッヒ。座るぞ」

「お、おお」

反応のないルードヴィッヒを軽く小突くと、彼は我に返ったかのように動いた。

「どうぞ」

「ありがとう」

エルフがテーブルにおしぼりと水の入ったグラスを二人前置いてくれる。

いつもならすぐに注文を尋ねてくるのだが、明らかに初めてのルードヴィッヒに気を遣って時間を与えてくれたようだ。

彼女がサッと傍《そば》を離れると、ルードヴィッヒが目でそれを追いながら、激しく俺の肩を叩《たた》く。

「なんだ？」

「こんないい店があるならもっと早く教えろよ」

なにを呆けているのかと思ったら、どうやらマスターに見惚《みと》れていたらしい。

女好きでもあるルードヴィッヒのことだからそんな反応をするのも無理もないか。

「見惚れるよりも酒を頼め。そっちの方がよっぽど魅力的だ」

この店の良さは見目麗しいエルフではなく、マスターの作り出す酒にこそ真の価値がある。

暗にそのように告げるとルードヴィッヒは可哀想《かわいそう》な者を見るような目を向けてきた。

まったく、見てくれだけで判断するとは嘆かわしいと思ったが、前回俺も同じ過ちを犯してしまったので公然と指摘することはできない。

「マスター、フローズンダイキリを二つ頼む」

だったら、実際に飲ませてやるまでだ。

俺は一向に頼もうとしないルードヴィッヒの分まで注文した。

38話
Episode 38
独身貴族はまたも遭遇する

「うお、美味《うま》い！」

「だろう？」

フローズンダイキリを口にしたルードヴィッヒが驚きの声を上げた。

予想できた反応ではあったが、こうして美味《おい》しさに驚く反応を見ると口角が上がってしまう。

「こんなに冷たくて美味しいカクテルがあるなんて知らなかったよ。それにあんな風に魔法を使って作るなんてすごい」

「どうもありがとう」

「ルードヴィッヒ＝ルーレンと申します。是非、あなたの名前を教えてください」

「そういえば、俺も名前は知らないな」

「いや、何度か来てるなら知っておけよ」

ふと思い出したように呟《つぶや》くと、ルードヴィッヒに突っ込まれた。

「……エルシーよ」

「エルシーさんか。いい名前だ」

短く名乗った名前を反芻《はんすう》するように呟くルードヴィッヒ。

エルシーの見た目の良さにすっかりと惚《ほ》れ込んでいるようだ。

とはいえ、イリアという妻がいるのでさすがに本気ではないだろう。

「あなたの名前は？」

「んん？　俺か？」

「あなたの名前も知らないから」

そういえば、エルシーの前で一度も名乗ったことはなかったか。

「ジルク＝ルーレンだ」

「もしかして、冷蔵庫を作ってくれた魔道具師の？」

そう名乗るとエルシーの目が微《かす》かに見開かれる。

今まで見てきた中で一番大きい感情の表れ方だな。

「そうだ」

「あなたには感謝してるわ。お陰で魔法を使わなくても楽にお酒を作れるようになったし」

「気にしなくていい。自分の生活を快適にしたくてやったことだ」

「あまり自慢しないのね？」

「そんな風に自慢して回っていたらキリがない」

「それもそうね。今や王都でけっこう普及しているものだし」

エルシーの言う通りだ。冷蔵庫のお礼を言われたからといって、いちいち反応していてはそれだけで日が暮れる。

そのような台詞《せりふ》は何度も聞いてきたし、今さらどうと思うこともない。

「にしても、二人は兄弟にしては似てないわね？」

エルシーが俺とルードヴィッヒを見比べて小首を傾《かし》げた。

同じ家名がついているから推測したのだろう。

「コイツは妹婿だからな」

「ああ、そうなのね」

説明すると納得したように頷《うなず》くエルシー。

ルードヴィッヒと兄弟と思われるなんて心外だからな。きっちりと誤解が解けたようで何よりだ。

「ジルクってば酷《ひど》いんだよー。長男の癖に結婚もしないで、弟に家の面倒ごとを任せてー」

ルードヴィッヒが上機嫌になって余計なことを語り出す。

それに対してエルシーはルードヴィッヒの話にきちんと耳を傾けていた。

無口で感情を見せない彼女がそんな風にしっかりと接客しているのが驚きだ。

よく喋《しゃべ》る客を相手にすることもできるらしい。

彼女のちょっと意外な一面を見た気分だ。

ルードヴィッヒの言葉を右から左へスルーして、フローズンダイキリを口にしているとバーの扉が開いた。

他の客が入ってくる瞬間は初めてだったので、好奇心から視線をやるとそこには見知った男の姿があった。

「おっ、ジルクじゃないか！　お前もここの常連だったのか？」

「いや、来るようになったのは最近だ」

親しげな笑みを浮かべて隣に座ったのはエイトだ。

「それにしても、エイトもここに通っていたのか……」

「俺も驚いたぜ。まさか、ここでも会うなんてな」

湖で鉢合わせるだけで相当珍しいのに、王都の中でも会うとは。

「まあ、同じ独身だし考えていることは同じなのかもな」

「そうだな」

奇妙な縁を感じていた俺だが、エイトの言葉を聞いて納得した。

俺とエイトはいい年齢にもかかわらず独身だ。

フリーダムな独身者同士が好む場所は、自ずと重なり合うということか。

「なんだなんだ？　ジルクの知り合いか？」

エイトの言葉に納得していると、エルシーにずっと喋りかけていたルードヴィッヒが尋ねてくる。

俺とエイトの縁がよほど気になるらしい。

「ジルクの友人のエイトだ」

「んん？　俺たちは友人なのか？」

「ひでえな！　何度も会ったし、一緒にコーヒーを囲った仲じゃねえか!?」

素朴な疑問を口にすると、エイトが傷ついたというような反応を見せる。

俺の中では似たような趣味を持った知り合いという位置づけだったのだが、エイトの方では違ったらしい。

「そうか。なら、その枠に入れておくとしよう」

「ジルクって、そういうところドライだよなぁ」

「逆にお前が馴《な》れ馴《な》れしすぎるんだ。いきなり他人の飯をたかってきたり」

「あれは美味そうなものを食ってるお前が悪い」

などとエイトと言い合っていると傍《そば》にいるルードヴィッヒが涙ぐんでいた。

「おい、ルードヴィッヒ。なにを泣いてるんだ？」

今の俺たちの会話で涙ぐむ様子なんてあっただろうか。

まだ酒も一杯しか飲んでいないはずだ。涙腺が緩むのも早い気がする。

「……ジルク、お前にもちゃんと友人がいたんだな」

「は？」

「お前ってば、こんな性格だからまともに友人なんていないと思ってたよ。でも、よかった。ちゃんと俺以外にも友人がいて……」

「……ルードヴィッヒ、一発殴ってもいいか？」

「まあまあ、それだけ心配してくれてたってことだろ？　そんな風に怒ってやるなよ」

ルードヴィッヒをしばこうとしていると、エイトが苦笑いしながら止めてくる。

「確かにそうかもしれないがバカにしすぎだろう？」

独身生活を満喫している俺だが別に友人がいないというわけではない。

「それだけ心配かける行いを普段していたってことだろ？　ルードヴィッヒに友人の一人でも紹介してやったことはあるのか？」

「……ないな」

「そりゃ、誤解して心配もするだろ」

エイトに宥《なだ》められて俺は少し納得する。

ルードヴィッヒを含む、家族には交友関係などを報告したことはなかったからな。

また同じように憐《あわ》れまれないように今度会った時は家族にも話しておくか。

友人の一人もいない孤独者扱いはまっぴらだからな。

「注文はどうする？」

微妙な空気を振り払うタイミングでエルシーが尋ねてくる。

「ジントニックで」

「俺も同じものを頼む」

「わかったわ」

俺もフローズンダイキリがなくなったので、エイトと同じものを頼んだ。

すると、エルシーが手慣れた動作で用意し始める。

「そういえば、今日はマリエラを連れてないのか？」

「んん？　今日は？」

俺の言い方に引っ掛かりを覚えたのかエイトが訝《いぶか》しんだ顔をする。

「ついこの間、中央市場で連れているのを見たんでな」

「ああ、見ていたのか」

見かけた時のことを言うと、エイトがちょっと気恥ずかしそうにした。

「なんだ？　女か？」

「ああ、同じパーティーの仲間でな――」

マリエラのことを知らないルードヴィッヒがエイトに絡む。

ルードヴィッヒはこういう話が大好きだからな。

興味津々のルードヴィッヒにエイトは、マリエラとの繋《つな》がりを軽く説明した。

その間に俺はエルシーが作ってくれたジントニックに口をつけながら聞き流す。

おおよその情報は軽く知っているからな。

ああ、さっぱりとした味わいだ。

柑橘系《かんきつけい》のほろ苦さが微かに舌に残るのがいい。

「へえ、最近はその子とよく一緒に遊んでいるのか」

「そうだ」

「湖畔で遊んでいた時とは違って、随分と落ち着いた様子だな？」

前に湖畔で会った時、エイトはマリエラのことを持て余しているように見えた。

彼女の熱烈な好意を知っていながらも、どこか困ったような引いた態度だった。

それなのに、この間中央市場で見かけた時の二人の空気感は随分と落ち着いていた。

そして、今もこうしてマリエラのことを語るエイトの態度を見ると、悪く思ってはいないようだ。

「そうだ！　ジルクに会ったら聞きたいと思っていたんだが、お前マリエラに何か言ったか？」

「なんだ、ジルク？　また女性に対して余計なことを言ったのか？」

エイトの言葉に便乗してルードヴィッヒが文句を言ってくる。

また、とは酷い決めつけだ。とりあえず、茶々を入れてくるコイツは無視しておく。

「どうしてそう思う？」

「いや、あの日からマリエラの様子が少し変わったからだ……」

「具体的に言うと？」

「……なんか他の女とは違って、一緒にいて苦にならないんだよなぁ。自然体でいられるというか落ち着くっていうか……」

「だったらいいじゃないか」

どうやらマリエラは俺のアドバイスを参考にして、エイトと上手《うま》い付き合い方ができているみたいだ。

「いやいや、気になるだろ？」

しかし、当の本人であるエイトは気になっている様子。

一緒に過ごしていたパーティー仲間である女性が、変われば気になるのも当然か。

「自由を愛する独身者との距離の取り方を間違えていたから助言しただけだ」

「な、なるほど……」

これはマリエラから相談されたことだ。それを俺の口から詳細に語ることは憚《はばか》られたので、大まかな理由だけ教えてやった。

それにエイトは驚きながらもどこか納得したような様子だ。

「助言したとはいえ、それを素直にできるのはマリエラの人柄の良さだろうな」

「そうだな。ありがとう、ジルク」

そして、それができるのは彼女がエイトのことを尊重し、想っているからこそで。

そんなことを俺が言うまでもなく気付いているのだろう。エイトは短く礼を言った。

「これはエイトも遂《つい》に結婚か!?」

「……結婚か。それも悪くないかもな」

ルードヴィッヒが思わず茶化すが、エイトは適当に返事するわけでもなく真剣な様子で呟いた。

これには茶化した本人であるルードヴィッヒも目を丸くしている。

本当にエイトはマリエラとの結婚を視野に入れているのだろうか。

この年齢まで独身でいたエイトなのに、まさかそんなことを呟くとは。

マズい、新しくできた友人が道を踏み外そうとしている。

きっとアルコールが入ってまともな思考ができなくなっているのだろう。

「……エルシー、エイトが血迷ったことを言っている。なにか落ち着かせるような酒はないか？」

親切心からの注文だったのだが、何故《なぜ》か俺は白い目で見られた。

39話
Episode 39
独身貴族は結婚式に行きたくない

「あっ！　エイトさん！」

「こんにちは、お久しぶりです。ルージュさん」

ルードヴィッヒとバーで飲んだ翌週。

俺の工房にエイトがやってきた。

それにいち早く気付いたルージュが立ち上がって応対する。

エイトには魔道具のための素材採取を依頼したことがあって、エイトとルージュは顔馴染《なじ》みだ。

また同じ依頼関連でやってきてもおかしくはない。

しかし、今日のエイトはマリエラを連れてきていた。

今までエイトとは仲良くやってきたが、互いの住所や働き場所に干渉するようなことはなかった。

それを踏み越えて工房までやってきたことに違和感を覚える。

俺の中で嫌な予感がムクムクと膨れ上がっていた。

「エイトさん、今日はうちの工房に何か御用でも？」

「少しジルクと相談したいことがありまして……」

「えっ？　うちのジルクと知り合いなんですか？」

エイトが俺に用があると述べたことにルージュが戸惑う。

エイトは俺とは違ってコミュニケーション能力もあるし、人当たりも良い性格だ。

俺と繋《つな》がりがあるイメージがルージュの中では持てなかったのだろう。

事実、湖での出会いがなければ俺も絡んでいなかっただろうしな。

「ええ、まあ。ちょっとした繋がりで友人になりまして」

エイトの言葉を聞いて、振り返って目を剥《む》くルージュ。

言葉には出ていないが「なんでジルクと？」という素直な疑問が見えていた。

デスクで魔石の加工をしているトリスタンも信じられないものを見るような目をしている。

相変わらずうちの従業員たちは失礼だ。

「そうだったのですね。ジルク、エイトさんがご相談があるって――」

「不在だと言ってくれ」

「いや、そこにいるのが見えてるからな!?」

「バッチリ視線まで合ってて、いないことにしようとするのにビックリだよ！」

こちらに寄ってきたルージュにそのように伝えると、エイトとマリエラが即座に突っ込んできた。

くそ、滅多に来客がないからといって、エントランスから丸見えの内装にするんじゃなかった。お陰で不在だと言い訳をすることもできない。

機密保持のことも考えてパーテーションでも設置しておくべきだろうか？　でも、うちの工房に来客なんて滅多にないからな。

「なにふざけてるのよ。エイトさんには、素材の調達でお世話になってるんだからちゃんと応対してよ」

「……しょうがない。応接室に案内するから付いてきてくれ」

「ありがとう」

仕方なく立ち上がってエイトとマリエラを案内することにした。

あまり使わない二階へと上がって、二人を応接室に入れる。

普段使わないのは俺とトリスタンだけで、ルージュはよく販売の打ち合わせをここでしているのでそれなりに綺麗《きれい》に保たれている。

とはいっても、ブレンド伯爵家のような靴が埋まってしまうような絨毯《じゅうたん》や、高級ソファーはなく、それなりの家具や調度品がある程度だ。

エイトとマリエラをソファーに腰かけさせると、ルージュがコーヒーを持ってきてくれた。コーヒーを置いていくとルージュはサササッと退室していく。

「前よりも味が洗練されている気がする！」

「本当ね」

二人をコーヒーに口をつけるなり驚きの声を上げた。

前回よりも味が良くなったとの感想が貰《もら》えるのは嬉《うれ》しいな。

「前に作ったものよりも大分改良されたからな」

ブレンド伯爵の件で忘れていたが、しっかりとしたものができたらエイトに売る約束をしていたな。話が終わったら売ってやるか。

「それで二人して俺に相談というのはどんな内容だ？」

コーヒーを飲んで一息ついたところで、俺はエイトとマリエラに本題に入るように促す。

すると、二人は顔を見合わせて頷《うなず》き、エイトが口を開いた。

「なんとなく察しているかもしれないが俺たち結婚することにした」

「そうか。それはめでたいな」

「ええ？　反応が軽くない？」

間髪入れずに祝福の言葉を入れると、マリエラが戸惑った反応を見せる。

「中央市場での買い物の様子を見れば、いずれそうなるんじゃないかと思っていた」

「見られてたんだ。なんか恥ずかしいかも」

それにバーでエイトがそんな願望の言葉を呟《つぶや》いていたしな。それで二人して揃《そろ》ってやってくれば気付かない方がおかしいだろう。

「とはいえ、随分早い決断だな。あれから一か月半くらいしか経《た》っていないんじゃないか？」

大人になると男女の進展は早くなると聞くが、こちらが予想していた以上に結婚までが早い。前世の言葉で言うならば電撃結婚だ。

大人とはいえ、普通はもう少し付き合って同棲《どうせい》してみたりするものなのだが……。

「俺とマリエラの場合、長い間パーティーとして一緒にやってきたからな。そういった部分は問題ないと思う」

「パーティーで二年くらい過ごしていたしね。その辺のカップルよりもお互いのことはわかってるかな！」

「エイトとの距離の縮め方がわからなかったのにか？」

「それに関しては言わないで！」

そのように突っ込むとマリエラが顔を真っ赤にした。

まあ、一緒にパーティーを組んで冒険をしていれば、互いのことは大体わかるか。

マリエラの言う通り、そこら辺のカップルよりも互いのことを知っているだろう。

そう考えると電撃結婚と言うまでもないか。

「それでジルクに相談なんだが、俺たちの結婚式に出席してほしい」

「断る」

「ええ？　なんで？」

「逆に聞くが、どうして俺に出席してほしいんだ？」

エイトは俺と違って交友関係も広い。確かに俺も友人ではあるが比較的仲は浅い方だろう。マリエラに至っては一度会って、アドバイスをしただけの関係だ。知り合いと呼べる関係かも怪しい。大勢の出席者がいるだろう中に、わざわざ縁の薄い俺を呼ぶ必要はないだろう。

「だって、エイトと上手《うま》くやっていけるようになったのはジルクさんのお陰だから……」

確かにそうかもしれないが、それはマリエラの努力があってこそだ。俺も親身になって相談になったわけでもなく、適当に独身者の習性を述べただけ。

そのように感謝をされる謂《いわ》れはない。

「ジルクは俺とのことをまだ浅い仲だと思っているかもしれないが、俺の中じゃそうじゃない。この年齢まで独身でいる奴って少ないからな。俺にとってジルクは、同じ感性を持った貴重な友人なんだ。そんなお前に祝ってほしいと思うことはおかしいことか？」

マリエラだけでなくエイトまで真面目な表情で言ってくる。

マリエラが語っていた普段のエイトと、俺に接してくるエイトの態度の違いはそういうことだったのか。

俺は前世でそういう考えをしている奴とつるんできたし、貴族の友人の中には俺と同じような考えを抱いている奴もいた。

しかし、エイトはそうではなかったのだろう。

女性と結婚をして家庭と子供を作ることが幸せとされる世界だ。その中でエイトの考え方は割と異端で浮いている。

　結果として友人は多くとも心から分かり合える奴はいない。だから、自分と似た感性を持っている俺に親近感を抱いていたのか。

「……まあ、そう思ってもおかしくはないな」

「で、どうなんだ？」

「…………」

　エイトに改めて問われた俺は悩む。

「なにをそんなに嫌がっているんだ？」

「わかっているとは思うが、俺は独身という生き方を好んでいて結婚というものに心から賛同できない捻《ひね》くれた人間だ。そんな奴が結婚式に参列する資格なんてないだろ？」

　結婚式とは祝いの場だ。

　マリエラはともかく、エイトは俺の普段からの言動を知っているし、どうして独身が好きかも知っている。

　そんな奴が心にもない祝福の言葉を述べるなんて失礼だろう。投げかけられたエイトやマリエラも素直に喜べるわけもない。

　俺がそのように行きたくない理由を述べるとマリエラとエイトが笑う。

「ふふ、ジルクさんって思っていたよりも真面目なんだね」

「……どういう意味だ？」

「だって、普通そこまで他人のことを考えたりしない。そんな風に深くまで考えるジルクさんは、他の人に比べるとよっぽど誠実だよ」

「ジルクがそう思っていようが、俺たちはお前に祝ってほしいんだ。だから、そんなことは気にせず来てくれ」

エイトは曇りのない爽やかな表情で言うと、結婚式の招待状を置いてマリエラと共に応接室を出ていった。

一人残された俺は綺麗な招待状を手に取って、どうしたものかと頭を抱えた。

40話 Episode 40
独身貴族は戸惑う

応接室から工房に戻ると、ルージュが招待状を手にしていた。

「ルージュはエイトの結婚式に参列するのか？」

「そうよ。お世話になっている方だし、招待してくれたんだから祝ってあげないと！　招待状を持ってるってことは、ジルクも結婚式に参列するんでしょ？」

「……いや、俺は迷ってる」

「どうして？　せっかく呼んでくれたのに？」

小首を傾《かし》げるルージュに俺は、さっきエイトとマリエラに語った結婚式に参列するべきではない理由を話してみる。

すると、ルージュの顔がみるみる内に歪《ゆが》んでため息を吐《つ》いた。

「呆《あき》れた。普段も相当捻《ひね》くれているけど、今回もかなりの捻くれ具合ね」

「どういう意味だ？」

「二人がわざわざやってきて祝ってほしいって言ってるのよ？　ジルクは二人のために参列して、祝いの言葉をかけてあげるだけで十分じゃない。ジルクにとっては納得できない気持ちかもしれないけど、それだけで主役である二人を喜ばせることができるんだから」

「そうですよ。別にジルクさんが微妙な気持ちになっても、あの二人が嬉《うれ》しいんならそれでいいと思いますよ？」

身も蓋もないような酷《ひど》い言い草だが確かに一理ある。

結婚式での主役は間違いなくエイトとマリエラだ。二人の祝いの場である以上、優先されるべきはあの二人の気持ち。

ルージュやトリスタンの言う通り、普通に参列して祝うだけで十分なのだろうな。

しかし、普段の言動や、染み付いた独身根性が俺の心を蝕《むしば》む。

結婚に対して否定的な俺が、そんなところに行くべきではないと。

二人の招待に応えてやりたい気持ちとぶつかってモヤモヤする。

「……そうかもしれないな」

そのように言うと、こちらの気持ちを察してくれたのか二人は無言で仕事に戻った。

招待状を手にして自分のイスに戻ると、デスクの上には手動ミルと自動ミルが置かれていた。

「……ミルを売るのを忘れていた」

完成したミルをエイトに売ってやろうと思っていたのだが、すっかり忘れていた。

今から追いかけても遅いし、俺はエイトがどこに住んでいるかも知らない。

湖やバーに行けば会える可能性はあるが、結婚式を控えたエイトが出歩いているかは怪しいところだ。結局のところ確実に会えるのは結婚式なのだろう。

相手の家すら知らない仲だというのに、結婚式に呼ぶというのもおかしな話だ。

「悪いが今日は先に帰る。お前たちもノルマをこなしたら適当に帰っていいぞ」

「ええ、わかったわ」

モヤモヤとした気分のまま仕事をしても進みやしない。

ノルマもこなしている以上、工房に居座る必要はないだろう。こういう時は気分を切り替えるのが一番だ。

サッと手荷物を片付けた俺は工房を出て、家に帰ることにした。

「あっ」

仕事を切り上げてアパートに戻ると、エントランスでカタリナと鉢合わせた。

ヴァイオリンケースを背負っていることからコンサートか練習の帰りなのだろう。

とはいえ、特に親しく会話をする仲でもないので俺はスルーをして先に行く。

しかし、それはカタリナの腕に止められる。

「ちょうどいいところにいたわ。そろそろ次の曲を作っておきたいから付き合ってちょうだい」

「……今じゃなきゃダメか？」

「差し迫った用事がなければ、付き合ってくれる約束でしょ？」

それが【音の箱庭《サウンドガーデン》】を譲ってもらうための条件だ。彼女と取引した以上、楽曲製作には協力する義務がある。

タイミングが実に悪いが、【音の箱庭】はそれ以上の価値があった。気分ではないからと断るのも筋違いだろう。

「わかった。荷物を置いてくるからいつもの喫茶店に行ってろ」

「わかったわ」

そのように答えると、カタリナは満足そうに微笑《ほほえ》んで外に出ていった。

どうやらそのまま喫茶店に向かうつもりらしい。元気な奴だ。

自分の部屋に戻った俺は無駄な荷物を置いて、ロンデルの喫茶店へと向かった。

喫茶店にたどり着くと既に奥の席にカタリナが座っていた。

カタリナはコーヒーに口をつけると、澄ました表情を苦そうなものにした。

テーブルの端にある瓶を開けて、角砂糖を一つ、二つと投入していく。

どうやらまだコーヒーをブラックで飲むことはできないらしい。

窓ガラス越しにいる俺に気付いたのか、カタリナが驚いたように肩を震わせる。

それから平静を装って早く入ってこいとばかりに手を動かした。

優雅さの欠片《かけら》もない彼女の仕草に鼻を鳴らし、俺はいつものように喫茶店へと足を踏み入れる。

「いらっしゃいませ、ジルクさん」

「コーヒーを頼む」

「かしこまりました」

いつものように手早くコーヒーを頼むと、俺はカタリナのいるテーブルに腰を下ろした。

「まだそのままでは飲めないようだな」

「外から女性を覗《のぞ》き見するだなんて趣味が悪いわよ」

さっきの出来事なんてなかったとばかりの表情。

「お前が視界に入る位置にいただけだ」

事実、意識を向けなくても自然と視界に入っていた。

外からの視線が気になるのであれば、窓側の席に座らなければいい。

「コーヒーです」

「ありがとう」

カタリナが不満そうな視線を向けてくる中、俺はロンデルが持ってきてくれたコーヒーを味わう。

「……前とはコクや香りが違うな」

「ジルクさんのミルを使って色々な味に挑戦しています。いかがでしょう？」

「これも悪くない」

「ありがとうございます」

そのように感想を述べると、ロンデルは嬉しそうに笑ってカウンターに戻った。

うむ、やはりロンデルが淹《い》れてくれたコーヒーは一味違うな。

自分の作ったミルのお陰でコーヒーの味がまた広がった。苦労しながら作った甲斐《かい》があるというものだ。

「さて、そろそろ歌の提供をお願いしたいんだけど？」

カタリナは防音の魔道具を発生させながら言った。

俺たちを包むように魔力障壁が展開される。

「今日はどんな歌がいいんだ？」

前世の歌は数えきれないほどの数がある。その中でも俺が知っている歌は限られているが、それでも数は膨大だ。

ジャンルやイメージを言ってもらわないと、何を提供すればいいか迷ってしまう。

「そうね。恋愛系の歌がいいわ」

「……わかった」

どうして今日に限ってそんな注文なのか。

とはいえ、前世だろうと異世界だろうとそこに男女がいる限り、恋愛というものを切ることはできないだろう。

彼女が次なるヒットを願って、市場価値の大きな場所を狙うのも当然か。

エイトとマリエラの結婚式を思い出してしまい、モヤモヤとした気分が膨れ上がるが、それとこれとは別だ。

カタリナが紙とペンを用意する中、俺は思いついた恋愛ソングを歌っていく。

「ちょっとストップ」

しかし、しばらく歌っていると歌の途中であるというのにカタリナが静止させた。

楽譜に起こすために歌の途中で静止をかけることがあるが、最初に歌を聴く時は必ず最後まで聴いていた。

それなのに途中で止めてきたカタリナを俺は訝《いぶか》しむ。

「……なんだ？」

「今日のあなたは変だわ」

「変とはどこがだ？」

「なんか全然楽しそうじゃないのよね」

「楽しそうと言われても、これは取引きであって遊びじゃないぞ？」

俺にとってこの作業は【音の箱庭《サウンドガーデン》】を手に入れるための、分割払いのようなものであると思っている。宝具を手に入れるための仕事であって、断じて遊びなどではない。

「それでも歌っている時のあなたはいつも楽しそうにしていた。きちんと曲の良さを伝えようという気持ちがあった。でも、今のあなたはどこか上の空で音程やリズムも外れてる気がする」

「……確かに雑念が入っていたのは事実だ。すまん」

「あなたに素直に謝られると気味が悪いわね」

「失礼だな」

「そう思われるだけのことをしてきた自覚を持ちなさい」

カタリナがそう言ってくるが、そのようなことを言われる覚えはまったくなかった。

騒音についてもその時に謝ったし、ストーカーやクレーム事件についても穏便に対処した方なのだが。

「なにか悩みでもあるなら言ってみなさいよ。解決できるかはわからないけど言うだけで楽になるものよ？」

「……お前こそ気味が悪いぞ。俺にそんな優しさをかけてなんのメリットがある？」

「あなたが万全の状態で歌ってくれないと私はいい曲を作れないわけ。そこをわかってくれるかしら？」

ドン引きの表情で尋ねると、カタリナがイラッとした表情をしながら答えた。

まあ、確かにカタリナの言うことも一理あるな。

カタリナからすれば死活問題だ。それを取り除いて仕事に集中したいと思うのも当然か。

この相談についてはトリスタンやルージュにもしたが、貴族の女性としての意見も気になる。

多角的な意見を聞くために、俺はカタリナに友人の結婚式について話してみることにした。

「いいんじゃない？　気持ちなんてなくたって？　私も友人から招待されてとりあえず参列はするけど、『上手《うま》いこと先に結婚して死ね』って思ってるわ」

「それなのにどうして参列するんだ」

どこかほの暗い光を瞳に浮かべながら呟《つぶや》くカタリナに俺は再びドン引きだ。

そこまで暗い思念を抱いていながらどうして参列する気になるんだ。

「どれだけ心で憎く思おうとも友人の晴れ舞台だしね。素直に祝ってやりたいじゃない。あなたもその気持ちが心にあるからこそ悩んでいるんでしょ？　だって、欠片も祝う気がなかったら悩んだりしないでしょうし」

「……そうかもしれないな」

前世でも友人の結婚式に呼ばれて形だけ参列したことがある。適当な挨拶をして、新郎新婦に会えば祝福の言葉を贈る。

しかし、相手は普段の俺の言動を知っているだけに、微妙な表情を浮かべていた。

参列した俺も招待した者も誰も幸せにならない状況だった。

心から結婚に対して祝福していない奴が行っても、相手の迷惑になるだけ。

それを理解してからは全ての結婚式を仕事という理由をつけて辞退した。

前世の友人のようであればいいが、エイトは違う。

この世界で俺と同じような思想を抱いてこの年齢まで独身者だった貴重な奴だ。

会った回数こそ少ないもののエイトと俺の趣味は非常に似通っている。自由を愛する独身者であるが故に、会話の距離感も非常に適度で心地よかった。

そんな彼が既婚者という別のレールに進んでしまうことに少しの寂しさを覚えるが、それが彼の選んだ幸せの道だというなら祝ってやりたい気持ちもある。

「まあ、上手く祝いの気持ちが伝えられないって言うんだったら、代わりに祝儀でも派手にすればそうすれば、あなたの微妙な気持ちも和らぐでしょ？」

「祝儀か……」

「言っとくけどお金はやめておきなさいよ？」

一番に思いついたのは金であるが故にドキリとした。

冷静に考えれば、エイトは高ランクの冒険者のようだから、そこまで金には困ってないだろう。

「だったら、何がいいと思う？」

「あなたには魔道具が作れるじゃない。二人が喜ぶ魔道具を作ればいいわ」

二人の結婚を祝うための魔道具か。そんなこと考えたこともなかった。

が、カタリナの言う通り、それが一番実用的で喜んでくれやすいか。

魔道具といえばパッと思いつくのは自動ミルだ。

しかし、結婚式の日にコーヒーミルを贈るというのもどうなのだろうな。

コーヒー好きなエイトは心から喜んでくれるだろうが、マリエラはそうでもない気がする。

それにあれはエイトと個人的に売買の約束をしているし、結婚式の祝い品として贈るのは違うな。

「そういえば、この世界にはまだアレがなかったな……」

頭の中に思い浮かんだのは前世の結婚式で必須とも言われていたアイテムだ。

それをこちらで作ってやればいい。

心の整理がつき、創作欲が出てきた俺は勢いよく立ち上がる。

「すまん、歌の提供はまた今度にしてくれ」

「仕方がないわね。今度はきっちりと頼むわよ」

ロンデルに二人分の会計を渡しておくと、俺は喫茶店を出て急いで家に帰ることにした。

挙式は一か月先だ。長いとも短いとも言える期間。

それまでに二人に似合ういいものを作らないとな。

41話 Episode 41 独身貴族は参列する

エイトから招待状を貰《もら》って一か月が経過し、結婚式の当日となった。

既に結婚式に参列することを決めていた俺は、ブラックスーツを纏《まと》って外に出た。

すると、アパートの前に一台の馬車が停《と》まっており、御者の男性がうやうやしく頭を下げてきた。

迎え馬車だ。

「お待ちしておりました、ジルク様」

「ひとまず、中央区の広場まで頼む」

「かしこまりました」

結婚式の会場は王都の中央区にある教会だ。

徒歩で行けない距離ではないが、もし服装が汚れでもしたら面倒なので馬車で向かうことにしている。式にはルージュやトリスタンも参加するので、途中で拾うつもりだ。

乗り込むと馬車がゆっくりと走り出した。

ガタゴトと揺られながら王都の景色を眺めていると、程なくして中央広場にたどり着いた。

御者が降りて扉を開けると、ルージュがエスコートされて中に入ってくる。

ルージュの赤い髪はいつもより癖が少なくアップになっていた。

仕事中はうっすらとした控えめな化粧だが、今日はしっかりとアイラインや口紅を入れている。

爽やかなベージュのワンピースに黒のボレロを纏っている。

一般的なゲストの服装に相応《ふさわ》しい装いだが、仕事中とはまったく異なる雰囲気だから受ける印象もまったく違うな。

「うわぁー……」

中に入ってきたルージュが俺を見るなり、失礼とも言えるうめきを漏らした。

「人を見ていきなりなんだ?」

「……ジルク、もうちょっと地味な装いにできなかったの?」

「もっと地味にと言うが、一般的な装いだろうに」

俺が纏っているのは結婚式のゲストとして相応しいブラックスーツだ。カフスボタンやポケットチーフもついているがどれも控えめだ。

「元がいいだけにちょっと整えるだけで爆発的にカッコよくなりますね」

どこか呆《あき》れたように言ってきたのは、ルージュの次に乗ってきたトリスタンだ。

整髪料を使っているのかいつもよりもっさりとしたイメージはなくなっている。格式の少し低いダークスーツを身に纏っていた。

そんな風に言われても、俺はただ参列するのに相応しい装いをしているだけだ。どうしてそのような文句を言われなければならないのか。

「新郎がエイトさんじゃなかったら間違いなく食われていましたよ」

「間違いないわ。ジルク、もし何かの間違いでトリスタンが結婚しても、式には行っちゃダメよ？」

「わかった。トリスタンの結婚式には行かないことにする」

「ちょっ、二人とも酷《ひど》くないですか？」

これで部下の結婚式に行かないで済む口実ができた。

そんな風に喜んでいると御者が馬車を走らせ始めた。

中央広場から馬車で揺られることしばらく。

俺たちは中央区にある教会へとたどり着いた。

白を基調とした壁に青色の屋根が特徴的な教会だ。

敷地はとても広く、綺麗《きれい》な庭園が広がっており、並の貴族の邸宅を凌駕《りょうが》しているだろう。

「この教会を会場として使うんですね」

教会の豪華さに圧倒されたトリスタンがそのような言葉を漏らす。

「エイトさんはAランク冒険者だもの。ここを貸し切るくらいのお金もあるでしょうね」

「高ランクの冒険者だとは聞いていたが、Aランクだったのか」

「ええ？　ジルクさん、友人で同じ冒険者なのに知らなかったんですか!?」

「冒険にはいつも一人で行くからな。他人のことなんて興味ない」

俺には独神の加護があるせいでパーティーを組んでしまうと、身体能力が下がってしまうからな。冒険者の動向をチェックする必要なんてない。

他人とパーティーを組むことは絶対にないからな。

「魔道具師をやっている傍らの作業でBランク冒険者になっているんだから、ジルクも大概おかしいわよね」

ルージュは尊敬と呆れの入り交じった視線を向けると、トリスタンと共に歩みを進めた。

「……しかし、この世界を管理しているのは独神だというのに、神を崇《あが》める教会で結婚式を挙げられるなんてな」

なんて皮肉を漏らしながら二人の背中を追いかけるように歩く。

教会の中に入ると、また内部も広かった。

まるで高級ホテルを思わせるような真っ白な大理石が敷き詰められている。

壁にはキトンのような服を纏った、金髪の美しい女神が神々しい魔法を放ち、大地を創造するような絵が飾られている。女神ラスティアラとかいうらしい。

この王都では愛と創造を司《つかさど》るラスティアラ教が信仰されている。

だが、この世界を管理しているのは黒髪の根暗そうな神だ。こんな見目麗しい美女では断じてない。

多分、この世界の人間の誰かが、利益を得るために作り出した空想上の神なんだろうな。

世界を管理しておきながら人々に認知されていないとはどういうことなんだ？

まあ、孤独を愛する神が人々に信仰されて嬉《うれ》しく思うかは微妙ではあるが。

「ジルク、早く受付を済ませるわよ」

「ああ、わかってる」

ルージュに急《せ》かされた俺は、絵画鑑賞をやめて受付に向かった。

✢ ✢ ✢ ✢ ✢

受付が終わると礼拝堂に案内されて待機だ。

今日のためか礼拝堂には色鮮やかな花が飾り付けられており、無骨な神聖さよりも華やかさがにじんでいた。

祭壇にはラスティアラ教の神官が佇《たたず》んでおり、色彩豊かなステンドグラスの窓から光が差し込んでいる。

礼拝堂にはエイトとマリエラの関係者が多く参列していた。

数にして二百人程度だろうか。平民の開く結婚式にしてはかなり人数が多い。

名前は覚えていないがギルドで見たことのある顔が何人もいたので、冒険者仲間が多いようだな。

これだけの人数を集められるのは、エイトとマリエラの人徳によるものだろう。

そうでもなければ自由で曲者揃《くせものぞろ》いの冒険者がここまで集まったりはしない。

神官が開式の宣言を告げると、どこかソワソワとしていた空気がシーンとなる。

静謐《せいひつ》な空気が漂う中、神官の宣言が終わると新郎の入場となった。

ドアマンが扉を開けると、バージンロードとなる青いカーペットの上を白のタキシードに身を包んだエイトが入ってきた。

エイトの新郎姿に親しい冒険者仲間たちが大きな声と拍手を浴びせる。

エイトはどこか照れ臭そうに笑いながらも、堂々とした歩みで祭壇に向かう。

その途中で俺と視線が合うと、エイトが人懐っこい笑みを浮かべた。

俺が参列したことを純粋に喜んでいるみたいだ。

「さすがはエイトさんね。新郎姿もとても似合っているわ」

「あれならジルクさんが隣にいても霞《かす》まないですね！」

隣にいるルージュとトリスタンがどこか興奮したように言う。

確かに参列客を含めてもエイトの容姿はピカイチだ。

ルージュやトリスタンが懸念していたような、主役が埋没するようなことにならず良かった。

新郎が祭壇に到着すると次は新婦の登場だ。

白いウエディングドレスを身に纏ったマリエラが入場してくる。

新婦姿のマリエラを見て、知人らしき女性たちから黄色い声が上がった。

「すごい、とっても綺麗……」

「随分と変わるものだな」

湖畔で出会った時の動きやすい服装ではなく、清楚《せいそ》な衣装に身を包んでしっかりと化粧をしたマリエラはまるで別人だ。

橙色《だいだいいろ》の髪も纏められており、彼女の活発的な魅力を損なわないようにしながら仕上げている。

女性は化粧で変わるものだと知っているが、それでも驚いてしまうな。

エイトもマリエラのウエディングドレス姿を見るのは初めてなのか、目を丸くしてとても驚いているようだった。しかし、すぐに柔らかい笑みを浮かべた。

マリエラはそんなエイトの反応を照れ臭そうにしながらも笑い返していた。

新郎と新婦の入場が終わると、ゲストも起立して女神ラスティアラの讃美歌を歌う。

招待状についていている歌詞を歌うだけなのだが、俺が歌おうとすると頭痛がした。

独神の加護を持っているので、虚構の女神を賛美することは許されないということか。

それとも自身とは正反対の『愛』を司る神だからだろうか。

仕方なく口パクをしていると、それに気付いたルージュが白い目で睨《にら》みながら肘で小突いてきた。

いや、仕方がないだろう。讃美歌を歌うと頭が痛くなるのだから。

そんなアクシデントがありつつも讃美歌が終わって、神官が聖書の朗読に入る。

仰々しい祝福の言葉が終わると、新郎であるエイトと新婦であるマリエラが誓いの言葉を述べて、結婚の証明書にサインをする。

そして、誓いの口づけとなり、エイトとマリエラはゆっくりと唇を重なり合わせた。

その瞬間、礼拝堂はこの日一番の拍手と祝福の言葉に包まれた。

誓いのキスを終えて誇らしげに手を振るエイトや嬉しそうなマリエラを見ると、自然と俺も拍手を送っていた。

42話 Episode 42 ── 独身貴族は堪える

フラワーシャワーをしながらの退場をすると披露宴に移る。

今回は教会の中庭を貸し切ってのガーデンスタイルなので、移動は非常にスムーズだ。

「へえ、披露宴はここの中庭でやるんですね！」

「移動距離が少ないのは楽で助かるわ」

こういったゲストにも優しいスタイルはとても嬉しい。

貴族などの結婚式では、ここからわざわざ高級ホテルに馬車で移動させることが多いので面倒なことこの上ないからな。

見事な芝生が生え揃《そろ》った庭園では、神官やシスターが準備してくれたのかテーブルが設置されており、その上には豪華な料理が並んでいた。

事前に割り当てられているテーブルにいればいいだけなので楽なものだ。

礼拝堂はあれだけ静かだったのだが、庭園では賑《にぎ》やかな声が響いている。

冒険者にとってはこれくらい気楽な方がやりやすいのだろうな。

披露宴では堅苦しさを抜きにしているのか、エイトやマリエラが入場して簡単な挨拶を述べると、すぐに歓談と食事の時間になった。

「これからどうすればいいんですかね？」

披露宴に出るのは初めてなのかトリスタンが首を傾《かし》げる。

「エイトさんとマリエラさんが回ってくるまで料理を食べたり、他のゲストと交流をしていたらいいわ。ただ、二人が回ってくるまでには必ず戻ること」

「なるほど。ルージュさんはどうします？」

「あたしは冒険者と交流を図るわ。エイトさんと仲がいいだけあって、高ランクの冒険者が多いからね」

獲物を狙うような目で冒険者を眺めるルージュ。

冒険者がビクリと肩を震わせて、慌てて周囲を見渡している。

さすがは高ランクの冒険者だけあって危機察知能力は高いようだ。

「祝いの場だから営業は程々にな」

「わかってるわ。ちょっと挨拶して顔と名前を覚えてもらうだけだから」

こういう場での露骨な営業は嫌われるものだが、さすがにルージュもそれを弁《わきま》えているようだ。それならば問題ない。

「ねえ、ジルク。知り合いの冒険者とかいないの？」

「いないな」

即答するとルージュが呆《あき》れたような視線を向けてくる。

「冒険者をやっておきながらそれってどうなのよ。じゃあ、強そうな冒険者とかわからない？」

「……あそことあそこにいるテーブルにいる冒険者を狙え。あの辺は実力がありそうだ」

「わかったわ。ありがとう！」

先ほど、危機察知能力を働かせていた冒険者を教えてやると、ルージュはさっと移動した。

「ジルクさんは窘《たしな》める側なのか、勧める側なのかどっちなんですか……」

「いい魔道具を作るためにも、いい素材は必要だからな」

優秀な冒険者に採取の依頼を頼めるに越したことはないからな。

俺が話を通す方が早いのかもしれないが、生憎《あいにく》とそういうのは苦手だ。得意なルージュに丸投げするに限る。

「エイトさんとマリエラさんがやってくるまで遠いですね」

「俺たちは後ろのテーブルだからな」

前の方にいるのはエイトとマリエラの親しい冒険者仲間だろうか。

その集団と親しげに会話しているようだ。

最後列であるこちらのテーブルまで回ってくるにはまだまだ時間がかかるだろう。

「ジルクさんはどうします？」

「適当に料理でも食って時間を潰す」

「ええ、せっかくの披露宴でボッチ飯は寂しくないですか？」

「別に俺はそれでいい」

見ず知らずの人間と関わるよりも、目の前に陳列されている豪華な料理と向き合う方がよっぽど楽しいからな。

俺は構ってほしそうなトリスタンを放置して、料理たちと向き合う。

テーブルの上にはコカトリスの丸焼きやローストビーフ、ブルーシュリンプの塩焼きといった豪快な料理から、綺麗《きれい》に飾り付けされた料理が並んでいる。

さすがに披露宴の食事だけあって豪勢だ。

これらのほとんどは高ランクの魔物による食材。聞けば、それらを採ってきたのはエイトとマリエラのパーティーだと言うのだからさすがとしか言いようがないな。

「おお！　こいつは将軍蟹《ジェネラルクラブ》の塩焼きじゃないか!?」

料理を眺めていると中央に鎮座している大きな焼き料理。

大の大人の腕ほどの大きさのある真っ赤な蟹の鋏《はさみ》がどっしりと鎮座していた。

「なんですかそれ？　美味《おい》しいんですか？」

「危険度Aの魔物食材だ。高級レストランでも滅多に出てこない。かなり美味《うま》いぞ」

「マジですか!?」

俺がそのように説明してやると、手持無沙汰にしていたトリスタンが目を剥《む》いた。

二年前に一度食べたことがあったが、かなり美味しかった。

スプーンで軽くほぐして自分とトリスタンの皿に取り分けてやる。

香ばしい蟹の匂いを堪能しながら将軍蟹《ジェネラルクラブ》の身を口にする。

口の中で広がる芳醇《ほうじゅん》な蟹の風味。少し前に食べた鎧蟹《アーマークラブ》とは風味も味も段違いだ。

「美味い」

軽く振りかけられた塩だけで十分に完成されている。さすがは危険度Aの高級食材。

素晴らしい味だ。

「本当に美味しいですね！」

これにはトリスタンも夢中になっている様子だ。

まさか披露宴で将軍蟹を食べられるとは。

色々と迷って参列することを渋っていた俺だが、これを食べられただけでも来た甲斐《かい》があったかもしれない。

「すみません、良かったらご一緒してもいいですか？」

将軍蟹を味わって食べていると、急に声をかけられた。

振り返ると見慣れない女性の二人組が立っていた。

身に纏《まと》っている二人のワンピースは肩が見えていたり、スリットのラインが深かったりしている。

「近くで見ると本当にイケメン。エイトよりもカッコいいかも……」

お陰でトリスタンの視線があからさまだ。

招待客のドレスコードとしては少し相応《ふさわ》しくないように思える。

「……どちら様で？」

「マリエラの友人のフレアといいます」

「わたしはベルーサ」

まだ一緒のテーブルについてもいいと言っていないにもかかわらず席につく二人。

非常に図々《ずうずう》しい。俺は将軍蟹を味わうのに忙しいのだが。

「名前を聞いても？」

「はじめまして、俺はトリスタンといいます！」

「ああ、そう」

「イケメンのお兄さんの方は？」

名乗ったにもかかわらず素っ気ない対応をされたトリスタンが、ガックリと肩を落とした。

ここまで露骨な対応をされると彼女たちの目的もわかるというものだ。

「ジルク＝ルーレンといいます」

「ええ、ジルク＝ルーレンって、あの魔道具師の!?」

「というか、貴族じゃない！　やばっ！」

名乗っただけではしゃぐ女たち。

そこに品性は感じられず、騒々しいとしか言えない。

そして、この次に彼女たちが言ってくる台詞《せりふ》は大体決まっている。

魔道具に興味があるのでお話を聞かせてくれとかいうものだ。

「あの！　お仕事の話とか聞かせてくれませんか？　私、魔道具に興味があって！」

「わたしも聞きたいです！」

ほら、みろ。やっぱり、こういう台詞が出てきた。

ワントーン上がった声に媚《こ》びるような上目遣いに辟易《へきえき》とする。

俺の容姿とルーレン家という肩書きに惹《ひ》かれているのは明らかだった。

これが社交界であれば、ひと睨《にら》みをして追い返すところであるが、エイトとマリエラの披露宴である以上、あまり手ひどい対応はできない。騒ぎになったら申し訳ないからな。

こういう面倒なことが起きるから、催し物は苦手なんだ。

しかし、今日はエイトとマリエラを祝福すると決めている。

会場の空気を悪くしないためにも穏便な対応をしてやらないといけないか。

「いいですよ。どんな魔道具のお話が聞きたいですか？」

俺は綺麗な笑みを意識して貼り付けて、面倒な女たちの相手をするのであった。

43話
Episode 43
独身貴族の心は変わらない

「八歳の時に冷蔵庫の設計図を描いたってすごいじゃないですか！」

「設計図とはいっても、今のものと比べると非常に稚拙なものでした。魔力効率もすごく悪くて、すぐに魔石を交換しないといけないくらいでとても魔道具とは言えません。今、家庭で使っているものになるまで両親の協力とかなりの時間がかかりました」

「いやいや、それでも天才すぎます！」

「わたし、八歳の頃ってなにしてただろう？　近所の子たちと走り回って遊んでた気がする。そんなわたしと比べると、やっぱりジルクさんはすごいですよ。子供の頃から努力家だったのですね」

魔道具の話を聞いて、過剰なまでのよいしょをしてくる女たち。

その無理矢理ともいえる持ち上げには、こちらをバカにしているんじゃないかって思えてしまう。

というか、魔道具の話をしていただけなのにいつの間にか女が増えている。

一体、いつになったらこの包囲網がなくなるのやら。

「やあ、賑《にぎ》わっているところごめんよ」

「ちょっとジルクさんとお話させてー」

将軍蟹《ジェネラルクラブ》を抱えて走って家に戻りたい。などと現実逃避していると、本日の主役であるエイトとマリエラがやってきた。

新郎と新婦がやってきては、さすがに遠慮せざるを得ないのか周囲にいた女たちは蜘蛛《くも》の子を散らすように離れていった。

「ジルク、モテモテだったじゃないか？」

ようやく地獄から解放されたとばかりに息を吐《つ》くと、エイトがニヤニヤとしながら言ってくる。コイツ、俺が困ってるとわかっていて放置していたな。

「それで俺が喜んでいるように見えたか？」

「いや、まったく。でも、誰か一人くらい気が合うような女性はいるかなー、と思ってな」

「俺にはそんな気遣いは必要ない。二度としないでくれ」

「悪かった。そうするよ」

俺が本当に嫌がっているとわかったのだろう、エイトは苦笑しながらも頷《うなず》いた。

幸せのお裾分けなら違う奴にしてほしい。独身を決めている俺には必要ない気遣いだ。

「にしても、ジルクさんってあんな風な対応ができるんだねー」

「どういう意味だ？」

「いや、だって普段はぶっきらぼうというか、あんまり愛想がないから」

「俺としてはいつジルクさんが切れるか恐々としてましたけどね」

さすがにトリスタンは付き合いがそれなりにあるだけに、俺の心のフラストレーションがわかっていたみたいだ。

「あっ、やっぱりそうなんだ。早めに気遣いを切り上げて正解だったわ」

あんな奴等《やつら》を本心で接していたら胃に穴が空いてしまう。心を何重にも障壁で包んで相手しないとこちらが病んでしまうからな。

「ごめんなさい、遅れちゃって！　まさか、エイトさんとマリエラさんがもうテーブルに来ちゃうなんて！」

なんて話していると、ジルク工房の最後の従業員が慌てて戻ってくる。

つい先ほどまでエイトとマリエラは先のテーブルにいたのだ。それが急に自分たちのテーブルにやってきているのが見えて慌てて戻ってきたのだろう。

「気にしないでくださいルージュさん。俺たちの都合で強引に順番を変えただけですから」

エイトにそう言われる中、何度も頭を下げるルージュ。

主役の二人がやってきたというのにゲストがいないのは失礼に当たるからな。

しかし、今回は俺に気遣ってのせいなのであまり気にする必要はない。

「結婚おめでとうございます、エイトさん、マリエラさん」

「おめでとうございます。二人ともとてもお似合いです」

「ありがとうございます、ルージュさん、トリスタンさん」

全員揃《そろ》って一息ついたところでルージュとトリスタンが祝福の声をかける。

エイトとマリエラは二人揃って笑みを浮かべて、返事をした。

二人の言葉が終わると、エイトとマリエラはこちらに視線を向けてくる。

間違いなく俺の言葉を待っているのだろう。

「……結婚おめでとう」

結婚ということにいいイメージを持っていない俺だが、二人の幸せそうな姿を見ると何とか言葉に出すことができた。

あまりにも自分とはかけ離れた言葉であるので、出てくるか不安だったが俺の口は動いてくれたらしい。

「ありがとう、ジルクさん」

「ジルクからも祝いの言葉が貰《もら》えて嬉《うれ》しいよ。今日は来てくれてありがとう」

何の捻《ひね》りもない言葉なのに、それが最高の言葉であるかのような嬉しそうな笑みを見せるエイトとマリエラ。

本心から感じた言葉でないだけに少し罪悪感があるが、二人の喜ぶ姿が見られたのでこれで良かったのだろう。

でも、それでは俺が納得できないので言葉以外のモノを贈ることにする。

「二人に渡したい物があるんだがいいか？」

「勿論《もちろん》だ。なにをくれるか楽しみだ」

「ジルクさんの贈り物って、ちょっと予想がつかないかも」

エイトが食いつくように返事し、マリエラが苦笑した。

確かに贈り物をするなんて柄ではないしな。

マリエラがそのように言うのも仕方がない。

二人から神妙な眼差《まなざ》しを注がれる中、俺はポケットから小さなケースを取り出した。

そして蓋を開けると、そこには銀色に輝く二つの指輪が鎮座している。

「……これは指輪かい？」

「ああ、結婚指輪という。結婚した夫婦が結婚の証《あかし》としてつける指輪だ。途切れることのない円が永遠の愛を象徴する。そんなイメージを込めて作った」

確か指輪の由来はそんなものだった気がする。前世では縁のない代物であったが、友人や同僚が結婚して指輪をはめた際に、そのようなうんちくを語っていた。

「ちなみにこれも魔道具だ。攻撃を受けた際に自動で障壁を展開してくれる。中級魔法程度なら一度は防いでくれるだろう」

「そんな性能まであるのか……」

魔道具としての効果を聞いて、エイトが驚く。

ただの自己満足かもしれないが、真心を贈れない者なりに考えて作ったものだ。

この世界にはアクセサリーとして指輪をつける習慣はあるが、婚約や結婚など、愛を誓い合った者たちが指輪をつける文化はない。

だから、結婚式の場に相応《ふさわ》しい贈り物として結婚指輪というものを真っ先に思いついた。

「……素敵」

指輪を見て、一番大きな反応を見せたのはマリエラだ。

ただ指輪を見せただけなのに何故《なぜ》か泣きそうになっている。

「すごく綺麗《きれい》だ。本当に貰ってもいいのか？」

「勿論だ。左手の薬指にはめてみてくれ」

「……そこにつけるのにも理由が？」

「その位置には太い血管が通っていて、心臓ともっとも繋《つな》がりが深いからだ」

「へえ、ジルクは物知りだな」

「まあな」

まあ、前世でそう考えられていただけで、一番の理由はその位置が日常生活で邪魔にならないからだと思う。だけど、感激している二人に水を差す必要もないので黙っておくことにした。

「エイト、私の指につけて。エイトの指輪は私がつけてあげる」

「いいね。そうしよう」

俺がつけ方を説明するまでもなく、マリエラはエイトにつけてもらうことを要求した。

エイトはにっこりと笑って、それを了承。

マリエラの指輪はシルバニウムにルビーをはめ込んだ指輪だ。

二人とも冒険者であるし、あまり派手なものは好まないと思ったのでシンプルなデザインにしている。

マリエラの指輪が入ったケースを差し出すと、エイトはそれを丁寧に摘《つ》まむ。

それからマリエラの左手を取って、薬指にゆっくりと差し込んだ。

指輪にはサイズ調整の魔法を付与しているので、マリエラの指にそっと馴染《なじ》んだ。

「すごく綺麗……」

指輪を見て、うっとりとした呟《つぶや》きを漏らすマリエラ。

「次は俺のを頼むよ」

「ええ」

エイトに頼まれて、今度はマリエラがエイトの指輪を摘まんだ。

エイトの指輪も同じくシルバニウム。デザインはお揃いであるがはめ込まれたのはサファイアだ。

クールな彼に相応しい落ち着いた輝きを放っている。

マリエラがエイトの左手を取って、そっと薬指にはめ込んだ。

「……これはいいな」

「私たちだけの指輪だね」

互いの左手を眺めて、嬉しそうな笑みを浮かべる二人。

そんな二人の様子を周囲の者たちも見ていたのか、途端に大きな拍手に包まれた。

教会での拍手よりも大きいんじゃないかと思う音だ。

「最高のプレゼントを貰った！」

「私たちの結婚指輪よ！」

エイトとマリエラは驚きつつも、互いの指輪を見せつけるように笑顔で叫んだ。

幸せの空気があっという間に伝播《でんぱ》していく。

「ちなみにエイトの指輪には追跡の魔法をかけている。これでエイトがいつどこに行っているかマリエラにはわかるぞ」

「うえっ!?」

「冗談だ」

ジョークなのだがエイトがやたらと焦った表情をするので、すぐにネタばらしをする。

しかし、そんな旦那の反応を嫁は見逃さなかったようだ。

「なに今の反応？　もしかして、やましいことでもしようと考えてる？」

「べ、別にしてないさ。ジルクも変な冗談はやめてくれよ！」

どうやら既に嫁の尻に敷かれている傾向があるようだ。

高ランク冒険者でも、嫁には敵《かな》わないということか。

などとしょうもないことを考えていると、ルージュに軽く小突かれた。

「まったく、ジルクは……珍しく良いことをしたと思ったら、最後に余計なことを言って」

「本当ですよ。ジルクさんのことを見直して損しました」

拍手をしながら傍《そば》で聞いていたルージュとトリスタンが呆《あき》れの表情を浮かべていた。

俺がそういう奴だというのはわかっていたはずだ。それはしょうがない。

「それにしても、この『結婚指輪』ってやつは流行《はや》りそうね。私の勘がこれは売れるって叫んでいるわ」

「確かにその予感はありますね。なんだかすごく興味のこもった視線を感じます」

「今は二人を祝うことだけ考えろ。商売のことは放っておけ」

「それもそうね。ジルクが素敵な魔道具を作るもんだから、つい営業の血がね」

どこか照れ臭そうに笑うルージュ。

俺たちの視線の先にはタキシードに身を包んだエイトと、ウエディングドレスに身を包んだマリエラがいる。

互いに腕を組み合って、誇らしそうに指輪を見せる二人は間違いなく幸せなのだろう。

「こういう幸せそうな光景を見ると、ジルクも結婚したくなるんじゃない？」

微笑《ほほえ》ましく二人を見守っていると、ルージュが小声で囁《ささや》く。

が、俺の心はこの程度では決して揺らぐことはない。

「いいや、まったくならないな」

もう一度生まれ変わり、生きる世界が変わっても俺は俺だ。

独楽場利徳という魂が変わらない以上、俺の信念も変わらない。

エイトとマリエラの幸せそうな姿を見ようとも、俺には一人で生きていく方が合っている。

「俺は異世界でも独身で生きていくと決めているからな」

独身生活を送ることが、自身にとってもっとも幸せな過ごし方だと理解しているから。

だから、俺は異世界でも結婚しない。

今度こそ独身貴族生活を満喫してやるのだ。

44話 Episode 44 独身貴族は丸投げしたい

「よし、そろそろいいだろう」

起床して身支度を整えた俺は、リビングにある魔道具を止めた。

それにより魔道具内で放出されていた温風が消える。

四層の円盤形をしているこの魔道具はフードドライヤーだ。

風と火の魔石を本体に埋め込み、温風を放出させることで簡単にドライ食品が作ることができる便利な代物だ。

蓋を開けてみると、中にはすっかりと乾燥したバナナとキウイが顔を出した。

スライスした時の瑞々《みずみず》しい光景はどこに行ったのかと思うような乾燥具合。

軽く指でキウイを触ってみるとしなしなだ。だけど、カラカラッていうほどではない。ほんの少しだけ水分が残っているようだが、これくらいで十分だろう。

ちなみに一層目にはタマネギ、ニンジン。二層目にはショウガ。三層目にはリンゴ。四層目にはバナナ、キウイといった食材を並べている。

ちなみにこれも正式には発売していないもので、個人で楽しんで使っている。

つまり、こうして気楽にドライフルーツを作ることができるのも俺くらいのものだろう。

それぞれ確認してみると、きちんと乾燥しているようだ。

「……旨《うま》みが凝縮されていて美味《うま》いな」

乾燥してはいるが噛《か》むと奥底にある旨みが染み出してくる。

パリパリになるまで乾燥させたドライフルーツも嫌いではないが、俺はこのぐらいの乾燥具合が好きだな。

いくつかの食材を乾燥させてきたが、今日のものが一番自分好みだ。

一通り、味見を終えると朝食に使う分だけのバナナやキウイ、リンゴを小皿に入れておく。

他のものは革袋に入れて、【マジックバッグ】に収納しておく。

小腹が空《す》いた時にいつでも食べられるし、ドライ野菜なんかは外に出た時にスープの具材として食べることができる。完璧だ。

「とはいえ、作りすぎたな」

この完璧な乾燥具合を模索するために、いくつものドライ食材を量産した。

マジックバッグの中はそればかり。

容量にも限界があるし、あまりにも種類が多いと取り出す際に混乱することもある。少し整理した方がいいだろう。

「ルージュやトリスタンにくれてやるか」

あいつらならば、乾燥具合に拘《こだわ》ることもないだろうしな。

そんなことを考えながら全てのドライフルーツを収納した俺は、フードドライヤーを片付けて朝食を作る。

魔道コンロで温めたフライパンの上に卵を二つ割り落とす。

ジュウウッという油の弾《はじ》ける音が聞こえ、白身があっという間に白くなっていく。

少量の水を入れて蒸し焼きにすると、左側のコンロにホットサンドメーカーを載せて食パンを挟み込む。

今日は特に具材は挟まず、ただ焼くだけだ。

食パンが焼けるまでの間に、冷蔵庫の中にあるトマトやキュウリ、キャベツをカットした皿に盛り付け、特製のオリーブオイルソースをかけた。

市場で買っておいたヨーグルトを取り出すと、こちらも皿に盛り付ける。

いつもならここに砂糖か蜂蜜、ジャムでもかけるところだが、今日は代わりとばかりにドライさせたリンゴ、キウイ、バナナを投入だ。

それが終わると自動ミルでコーヒーを作る。

そして、焼き上がった食パンを皿に載せると……。

「完成だ」

サクサクに焼けている食パンを頬張り、ドライフルーツの交ざったヨーグルトを口にする。

ヨーグルトのまろやかな酸味と、リンゴやキウイ、バナナといったドライフルーツの凝縮された旨みが非常に合っていた。

決して豪華な朝食とは言えないが、洋風モーニングセットの完成形がここにある。

コーヒーミルを作ったお陰で家でもコーヒーが飲めるようになり、フードドライヤーのお陰でヨーグルトにも彩りができたな。

いい一日はいい朝食から始まる。今日はいい日になりそうだ。

✦ ✦ ✦ ✦ ✦

朝食を摂り終えて準備を整えた俺は外に出る。

いつもは素通りするエントランスのポストであるが、今日は中に郵便物が入っていた。

中を確認してみると一枚の手紙が入っていた。

「またか……」

軽く中を覗《のぞ》いてみると、実家からの食事会の誘いだった。

ルーレン家の紋章が見えた時点で、そんなことだろうと思っていた。

おかしい。いい朝食を摂ったはずなのに、早速俺の一日に暗雲が立ち込めている。

「無視だな」

つい、二か月ほど前に行ったばかりだ。そんなに頻繁に戻れるほど暇じゃない。

手紙をポケットにしまい込むと、俺はいつも通りに工房へ向かった。

中央区のやや外れた場所にある三階建ての民家。それこそが俺の構える工房だ。

「ジルクさん、おはようございます」

工房に入ると、トリスタンが挨拶してくるので軽く返事をして自分のデスクへ。

「コーヒー作りますけど飲みますか？」

「自動ミルで頼む」

「俺の作るコーヒーはそんなにマズいですか……」

「ああ、マズい」

「…………」

面と向かってそう言われるとは思ってなかったのかトリスタンが無表情になる。

だから自動ミルの方で頼んでいるんだろうに。

トリスタンがすごすごと自動ミルに移動すると階段の方から騒がしい足音がした。

木箱を抱えて降りてきたのは、我が工房の営業、販売、雑務を担当するルージュだ。

「あっ、ジルク！　ようやく来たわね！」

「別にいつも通りの時間だろう」

「それよりも見て！　結婚指輪の製作依頼がたくさん来てるわ！」

ルージュは俺の返答をスルーして木箱を置くと、自分のデスクにあった書類を渡してきた。

ざっと確認しただけで十数件もの製作依頼が来ている。

「こんなにもか？　一体、どうして？」

「どうしてって、あんな贈り物をすればそうなるに決まってるじゃない」

「あんないい物を見れば、自分たちも結婚式でって思うのは当然じゃないですか？」

尋ねると、何を当たり前のことを聞いているんだとばかりの表情を浮かべるルージュとトリスタン。

この事態を予想していなかったのはこの中で俺一人だけらしい。

「そんなに良かったのか？」

「素敵じゃない。二人の愛の証《あかし》の指輪だなんて」

「結婚したっていう実感と思い出が強く感じられますよね」

どこかうっとりとした表情で言うルージュと神妙な顔で頷《うなず》くトリスタン。

「モノがないと互いの繋《つな》がりを信じられないのか？」

「うるさいわね。どうして考えた本人がケチをつけるのよ！」

「考えたのはジルクさんですよね？」

「それもそうだな」

などと突っ込みを入れると、ルージュとトリスタンが反撃してきた。

エイトとマリエラを祝うために、前世の風習を取り入れた贈り物をしたのは俺なので、これ以上何も言うことはできないな。

「あんないい魔道具を作った人が、こんな捻《ひね》くれた人だなんてね」

作った人物と魔道具に関係はないだろ、などと突っ込みたかったが、これ以上話をしても作った本人であるために不利でしかない。黙ってスルーしておくのが正解だな。

「そういうわけで指輪の製作をお願いね」

「待て。俺は引き受けるとは言っていないぞ？」

あれはエイトとマリエラを祝うために特例とした作った魔道具だ。どこの誰とも知らない奴のために作る気はない。

「依頼者のほとんどは高ランクの冒険者なの。その人たちとの繋がりを作るために、引き受けてほしいわ」

「そうは言われてもなぁ。作りたくないものは作らない主義だ」

「……魔道具に使う素材欲しくないの？　高ランク冒険者を安くこき使うチャンスよ？」

ルージュの悪魔の囁《ささや》きに俺の心が揺さぶられる。

素晴らしい魔道具を作るためには良質な魔石と、魔物の素材が必要になる。

それを集めるためには高ランク冒険者との繋がりが必要だ。それらがあれば、商売としての利益を度外視した自分だけの魔道具が作れるわけで……。

どうするべきか悩んでいると、ポケットの中でカサリという音がした。

その感触を認識した瞬間、俺は天啓のごとく閃《ひらめ》いた。

「よし、実家に任せよう」

名案とばかりに告げると、期待の表情を浮かべていたルージュがなんとも言えない顔になる。

「それがダメとは言わないけど、実家の方も忙しんじゃないの？」

「大丈夫だ。そっちの方は何とかしてみせる」

ちょうど実家に帰る口実があるわけだ。さっさと行って話をつけてくることにしよう。

次巻予告

ジルク、
(しぶしぶ)社交界へ。

エイトとマリエラに送った「**結婚指輪**」が大流行!
工房に制作依頼が殺到するも、
独身貴族なジルクは困惑気味。
しかも依頼はどれも**スケジュール**が**タイト**で、
このままでは**自分の時間**がなくなってしまう……

そんなわけで、実家である**ルーレン家**に
結婚指輪製作を依頼しようとするジルク。
なんとか**弟アルトの妻**が
引き受けてくれることになったのだが、
アルトからは**条件**を**提示**されて——?

今冬発売予定!

※発売予定および内容は変更になる場合があります。

あとがき

本書をお手に取っていただきありがとうございます。錬金王です。

——独身貴族と呼ばれる人種をご存じでしょうか？

結婚することなく独身生活を楽しんでいる人のことです。

家族がいると時間やお金などの制約に付きまとわれますが、独身であれば時間もお金も自分のために使うことができます。

そんな悠々自適な雰囲気が「貴族」に例えられて生まれた言葉らしいとのことです。

著者である私も独身貴族であり、作家という職業も相まって自由な生活です。

何時に起きようが、どこで何を食べようが、何にお金を使おうが自由です。

何故ならば独りだから。


本作の主人公であるジルクには、同じく独身である私の経験も入っていることでしょう。

まあ、私はジルクのようにイケメンで高身長で高収入とはいきませんが……。

独りというものもすべてがいいものでもありません。

病気になっても一人で何とかしないといけませんし、困った時に助けてくれる人もいません。

愛する人と一緒に過ごす温もりを得ることもできず、猛烈な寂しさに襲われることもあるでしょう。

そのデメリットを抱えていながら一人で生きることを選んでいる人が多い昨今。

そこにはデメリット以上のメリットや安らぎがあるのかもしれませんね。

ジルクの生活や考え方を通して、独りなりの楽しみというのを知って、あるいは共感して頂けると何よりです。

数十年前までは国民のほとんどが結婚していたということは驚愕です。

そんな時代で独身だと、かなり白い目で見られ、一人前の大人と認められなかったのだとか。

しかし、今では多種多様な生き方が見出され、独身という道を選ぶのも一つの生き方として認められています。

数十年先には人口の半分が独身者になるという予測データまで出ており、最早独身というは異常なものではなく、当たり前に移行しつつありますね。

そうなった時に人々がどのような生き方をしているのか。どのようなサービスが出てくるのか非常に気になります。

個人的に孤独死しないような見回りサービスや、同じく独身者同士の交流ができるようなサービスが出てくることを願うばかりです。


最後になりましたが謝辞を。

本作を担当してくださった編集様、イラストレーターの三登いつき様をはじめとする関係者の皆様。こうして書籍という形にできたのは皆さまのお陰です。ありがとうございます。

そして、書籍をお買い上げくださった読者様に感謝を。二巻でも会えることを願います。

独身貴族は異世界を謳歌する
漫画／駒鳥《こまどり》 ひわ
原作／錬金王《れんきんおう》
キャラクター原案／三登《みと》いっき
コミカライズ企画進行中!!
水曜日のシリウスにて、2021年冬頃連載開始予定!!
水曜日のシリウス
➡https://seiga.nicovideo.jp/manga/official/w_sirius/

GC NOVELS
独身貴族は異世界を謳歌する
～結婚しない男の優雅なおひとりさまライフ～ 1
2021年9月5日　初版発行

著者　錬金王
イラスト　三登いつき

発行人　子安喜美子
編集　川口祐清　和田悠利
装丁　AFTERGLOW
本文DTP／校閲　株式会社鷗来堂
印刷所　株式会社平河工業社
発行　株式会社マイクロマガジン社
URL:https://micromagazine.co.jp/

〒104-0041
東京都中央区新富1-3-7　ヨドコウビル
TEL 03-3206-1641　FAX 03-3551-1208（販売部）
TEL 03-3551-9563　FAX 03-3297-0180（編集部）

ISBN978-4-86716-178-4　C0093